Jane Gardam

Tage auf dem Land

Roman

Aus dem Englischen
von Monika Baark

Hanser Berlin

Die englische Originalausgabe erschien 1976
unter dem Titel *Bilgewater* bei Hamish Hamilton Ltd
Der vorliegenden Übersetzung liegt die Ausgabe von 1985,
erschienen bei Abacus, London, zu Grunde.

Die Motti auf Seite 7 stammen aus: Tom Stoppard, *Rosenkranz und Güldenstern sind tot*, aus dem Engl. übers. von Hanno Lunin, Rowohlt, 1967 und Benjamin Disraeli, *Coningsby oder die neue Generation*, aus dem Engl. übers. von Peter Naujack
Zürich, Manesse Verlag, 1992

1. Auflage 2025

ISBN 978-3-446-28176-9

Kolbergerstraße 22 | 81679 München | info@hanser.de

Umschlag: Anzinger und Rasp, München
Motiv: © Elizabeth Mayville
Satz: Greiner & Reichel, Köln
Druck und Bindung: GGP Media GmbH, Pößneck
Printed in Germany

FSC
www.fsc.org
MIX
Papier | Fördert gute Waldnutzung
FSC® C014496

Für

WP + V^A x 47

1918–1965

»Jugend heißt stolpern.«

Benjamin Disraeli, *Coningsby oder die neue Generation.*

»Und nun das Gegenstück zum vorigen logischen Schluss! Jetzt wird es verzwickt, pass also gut auf, es könnte sich als tröstlich erweisen.«

Tom Stoppard, *Rosenkranz und Güldenstern sind tot*

Prolog

Das Interview schien vorbei zu sein. Die Rektorin des College saß da und betrachtete die Kandidatin. Die Rektorin saß mit dem Rücken zum Licht, ihre kräftige, kurze Silhouette hob sich scharf gegen das Fenster ab, und nur der Flausch ihrer alternden, aber ziemlich hübschen Haare lockerte die ganze Erscheinung etwas auf. Draußen der graue und grausame Cambridger Nachmittag – Dezember und Regen.

Die Kandidatin saß vor ihr und fragte sich, was nun? Der Stuhl hatte eine weiche Sitzfläche, aber hölzerne Lehnen. Sie schlug die Beine erst so rum übereinander, dann andersrum – dann fragte sie sich, ob man die Beine überhaupt übereinanderschlagen durfte. Sie fragte sich, ob sie aufstehen sollte. Neben ihr lag ein Zigarettenkästchen. Sie fragte sich, ob man ihr eine Zigarette anbieten würde. Im Bücherregal stand eine Karaffe Sherry. Sie sah aus, als würde sie selten benutzt.

Dies war das dritte Interview des Tages. Das erste war genau wie erwartet gewesen – mäkelig, schnippisch, harsch, argwöhnisch – unfreundlich, noch bevor man die Hand vom Türknauf genommen hatte. Ein Härtetest. Typisch Cambridge. Ein Zeichen der Zeit. Eine Stunde später dann das zweite Interview – fünf Leute diesmal hinter einem Tisch – vier Frauen, ein Mann, alle in alten Klamotten. Ganz schön ausführlich. Aber höflich. Gar nicht so schlecht. »Haben *Sie* irgendwelche Fragen an *uns*?«

(»O ja. Ich möchte wissen, warum ich hier bin. Ob ich wirklich hierherkommen will, selbst wenn ihr mich nehmt. Wie ihr alle so seid. Ob ihr jemals verrückt wart vor Liebe? An Selbstmord gedacht habt? Im Kino geweint? Jemanden in einem Bett umschlungen?«)

»Nein, danke. Ich glaube, Miss Blenkinsop-Briggs hat meine Fragen heute Morgen beim Interview schon beantwortet.« Sie bewegen ihre Stifte, schürzen die Lippen, drehen sich aus der Hüfte zueinander, legen die Fingerspitzen zusammen. Ich merke auf. Ich setze mich gerade hin. Ich mustere sie kühl, aber nicht respektlos. Hier könnte ich eine Chance haben. Aber denk nicht, es sei ein gutes Zeichen, wenn sie nett zu dir sind, hat die olle Miss Bex gesagt.

Und jetzt sitzen wir hier. Das dritte Interview. Die Rektorin kennenlernen. Ein Gespräch mit der Rektorin heißt, ich habe Chancen auf ein Stipendium. Unfassbar!

Im Gegenlicht kann ich ihr Gesicht nicht erkennen. Sie hat etwas Grübelndes. Sie ist eine Masse. Unter dem Flausch ist Masse. Eine massive Intelligenz, die vor sich hin klickt und tickt – beobachtet, bewertet, aussiebt, einordnet. Kein Gefühl, keine Regung, kein einziger dummer Gedanke. Eine beeindruckende Frau.

Sie steht auf. Es war uns eine Freude. Sie hoffe auf ein Wiedersehen. (Heißt das, sie nehmen mich?) Von so weit her sei ich gekommen für das Interview. Ganz aus dem Norden. Sie hoffe, ich sei gut untergebracht gewesen.

Wir geben uns auf sehr nordische Weise die Hand. Dann schlüpft sie in einen Mantel – sehr schöner Mantel. Pelz. Schöner Pelz. Irgendwo schimmert da was Menschliches durch. Sie begleitet mich zur Tür und die Treppe runter, und auf den Collegestufen bleiben wir noch mal stehen.

Ein kalter weißer Nebel wirbelt umher, steigt vom Fluss auf. Die Bäume sind schlank, peitschen mit ihren langen schwarzen Ruten das Wasser. Ein Innenhof, frostig, herrlich proportioniert. Ein Brunnen, ein Tor. In den Fenstern rings um den Innenhof gehen nach und nach die Lichter an. Aber es ist feucht, alt, kalt, kalt, kalt. So kalt wie zu Hause.

Soll ich hierherkommen?

Würde es mir am Ende vielleicht doch gefallen?

Kapitel 1

Meine Mutter starb bei meiner Geburt, was mir etwas Prinzessinnenhaftes und irgendwie Romanhaftes gibt. Von Anfang an haben die Leute gesagt, ich sei altmodisch. In Yorkshire bedeutet altmodisch, von gestern, aber nicht zwangsläufig aus der Mode zu sein, wobei ich glaube, dass ich wahrscheinlich beides bin. Denn es ist ziemlich aus der Mode, auch wenn ich kommenden Februar achtzehn werde, eine Mutter gehabt zu haben, die starb, als man geboren wurde, und es ist altmodisch, das Unglück zu haben, ich zu sein und wie ich auszusehen.

Ich trat in dieses kalte Haus in dieser kalten Schule in diesem kalten Küstenort, wo man wegen der Höhe der Hügel dahinter nicht mal richtig Fernsehen empfängt – ich trat in dieses endlose Meer aus Jungen und Lehrern an der Schule meines Vaters (St Wilfrid's) als weitsichtiges, froschartiges Urgetüm mit orangen Haaren, ein quadratisches und ernstes Baby, eine klobige, in die Gegend blinzelnde Zweijährige mit wackliger Pupille (das war noch vor der Brille, mit der das linke Auge korrigiert wurde), eine finstere Zehnjährige, die im Kreuzgang der Schule herumlungerte (»Na, Bilgie, wo ist dein Besen?«), und eine seltsame, dickliche, hoffnungslose Pubertierende, ohne Freunde und mit einem Hang zu langen Streifzügen am Meer.

Mein Vater – ein Housemaster – wird von den Jungen Bill genannt. Mein Name ist Marigold, aber weil mein Vater sehr denkwürdig und exzentrisch ist und sehr lange vor meiner Geburt schon an der Schule war – hieß ich bei allen immer nur

Bills gelungene Tochter. Verkürzt zu Bilge. Was haben wir gelacht! Bilge Green.

Ich gebe gern zu, dass mir der Name Marigold sehr gut gefällt. Marigold Daisy Green ist mein echter Taufname, und ich finde ihn wunderschön. Daisy war der Name meiner Mutter und kommt auch bei Chaucer vor. Daisy, *day's-eye*, Auge des Tages (*Die Legende der guten Frauen*, Prolog l.44), wie mir mein lieber Uncle Edmund Hastings-Benson hin und wieder ins Gedächtnis ruft (er unterrichtet sowohl Englisch als auch Mathe). Es erscheint mir überaus bitter, dass jemand mit einem so wohlklingenden Namen wie Marigold Daisy Green mit *Bilge* geschlagen ist, egal wie angemessen es sein mag. »Am Ende«, hat mal jemand gesagt, »ist fast alles angemessen«, und tatsächlich haben die Jungen über die Jahre ein eigenartiges Gespür dafür entwickelt, mit ihren Spitznamen den Nagel auf den Kopf zu treffen.

Spitz-Name. Ein Spitzenname: Bilge.

Bilge Green.

Mein Vater und ich leben allein in seinem House, abgesehen von ungefähr vierzig Jungen, die jenseits der grünen Tür rechts und links des Flurs mit Paula Rigg, der Hausmutter, auf der Anderen Seite wohnen. Unsere Seite – Vaters und meine Seite – nennt sich die Private Seite, und wir teilen sie nur mit ein bis zwei Katzen und Mrs Dings, die vorbeikommt und den Haushalt macht. Mrs Dings wechselt von Zeit zu Zeit, und die Katzen variieren, wie das so üblich ist bei Katzen, und die Jungs kommen und ziehen vorbei und ziehen davon wie Wellen im Meer, aber Vater und ich und Paula sind Konstanten. Seit ich mich erinnern kann, ist Paula die Hausmutter auf der Anderen Seite.

Ich gehe auf die örtliche Gesamtschule. Während der Schulzeit esse ich nie zu Hause mit meinem Vater, da er mit den Jungen frühstückt und ich am Küchentisch schnell einen Happen runterspüle, bevor ich die Promenade entlang zur Schule gehe, dort zu Mittag esse und mein Abendbrot auf einem Tablett aufs Zimmer gebracht bekomme, zubereitet von Mrs Dings, wenn sie dran denkt, oder, wenn ich Glück habe, von Paula, während mein Vater im Speisesaal mit den Jungen zu Abend isst. Aber selbst wenn Vater und ich nicht zusammen essen und ich tagsüber kaum im House bin und er an den meisten Abenden noch Silentium und Nachhilfe hat, verbringen wir den Rest der Zeit größtenteils zusammen und meistens komplett schweigend.

Denn wenn ich Bilge die Schreckliche bin, altmodisch und verschroben, ist mein Vater zweifellos William der Schweigsame. Wenn er nicht gerade unterrichtet, spricht er eigentlich nicht. Selbst im Unterricht, so sagt man, muss er nie laut werden. Er staunt über die neuen Lehrer mit den Strickpullovern und verwegenen Haarschnitten, die im Unterricht rauchen und sich kaum bei den Schülern durchsetzen können. Darüber kann er nur den Kopf schütteln. Er ist überhaupt unheimlich still. Er läuft so leise durchs Haus, dass man nie weiß, in welchem Raum er gerade ist. Man kommt in sein Arbeitszimmer, und er steht einfach nur da, schaut vielleicht nach unten auf das Schachbrett oder rauf zu Botticellis Frühlingskopf über dem Kamin, oder er hat eine Katze auf dem Schoß und sieht hinaus in den Garten. Er raschelt nicht, hustet nicht, summt nicht vor sich hin. Er zieht niemals die Nase hoch (zum Glück), und niemals, niemals würde er laut rufen oder irgendwas verlangen. Wenn Paula reinkommt und ihm eine Tasse Tee hinstellt, sieht er zu ihr hoch und lächelt, als sei das sein innigster Wunsch gewesen: Darum bitten würde er aber nie. Er trägt seine Sanftmut überall mit hin – im House und außerhalb des

House. Er hat nicht die geringste Ahnung, dass ich hässlich bin, und wir sind sehr glücklich zusammen.

Die Greens gelten natürlich als skurril, und Vaters Schweigsamkeit und meine Hässlichkeit und der Mangel an sogenanntem Sozialleben werden oft thematisiert. In den Ferien genießt mein Vater die leere Schule, weshalb wir so gut wie nie verreist sind. An meiner Schule habe ich keine Freunde gefunden, ich habe immer allein gesessen und bin allein nach Hause gegangen. In Sport bin ich eine Niete, und ich bin in keinen Schulklub eingetreten. All die anderen Mädchen, die in Straßen oder Anwesen in der Gegend wohnen, schienen mir immer von vornherein in festen Grüppchen und Cliquen zu sein, und wegen meiner Augen habe ich von Anfang an in der ersten Reihe sitzen müssen, direkt vor dem Lehrerpult, kein beliebtes Terrain. Jahrelang bin ich in den Pausen drinnen geblieben – das dürfen wir: Es zählt als freie Meinungsäußerung –, denn ich wusste ewig nicht, wie ich draußen auf dem Schulhof die Zeit rumbringen sollte. Später, als ich lesen konnte, war es einfacher, aber es ist selten warm genug an diesem Küstenabschnitt von Yorkshire, um längere Zeit im Freien zu lesen.

Es gab mal ein Mädchen, mit dem ich mich gut verstanden habe – die Tochter des Direktors von Vaters Schule. Sie war eine Zeit lang hier, als ich noch sehr klein war – ein lustiges Mädchen. Aber sie kam dann auf ein Internat, und der Direktor hat ein Haus in Frankreich und eine Mutter in Wiltshire. In den Ferien verlassen sie den Norden, so schnell sie können. Ich habe sie seit Jahren nicht mehr gesehen.

Ich will Ihnen schildern, wie es zwischen mir und Vater abläuft.

Ich komme von der Schule nach Hause.

»Hallo, Vater.«

»Ah.«

Ich lege meine Schulsachen ab und streune eine Weile durch sein Arbeitszimmer. Ich lande neben dem Kaminhocker, auf dem das Schachbrett liegt. Ich stehe da und betrachte die Figuren. Nach einer Weile bewege ich eine Figur, und die Zeit vergeht. Draußen ziehen lärmend ein paar Jungen vorbei. Mein Vater sitzt da und arbeitet oder liest. Oder er sitzt einfach nur da.

»Ich hab einen Läufer bewegt.«

»Du hast einen *Läufer* bewegt?«

Die Zeit vergeht.

Mein Vater kommt rüber und schaut sich das Brett von der anderen Seite an. Er sagt: »Ah.«

Wir stehen da.

Dann setzt er sich hin und starrt weiter auf das Brett. Dann setze ich mich hin und starre weiter auf das Brett. Schließlich sagt er: »Du hast also einen Läufer bewegt?«

Dann, zack, bewegt er einen Bauern, und wir sitzen da.

Nach einer Weile sage ich: »Ach verdammt.«

»Ha.«

»Das war's dann.«

»Hm.«

»Oder? Es ist Schach, oder? Es ist –«

»Na ja –«

»Es ist matt.«

»Nein. Nein. *Denk nach*, Marigold.«

Wieder herrscht Schweigen. Irgendwann folgt das wilde Gebimmel zum Silentium oder die Essensglocke, oder ein Junge kommt mit einer Prüfungsarbeit vorbei, oder der alte Hastings-Benson steckt sein riesiges rotes Gesicht durch die Tür, und weg ist er, mein Vater.

Ich glaube, Vaters Freunde gelten als fast so skurril wie wir, und Hastings-Benson (HB = genannt Bleistift) »am Ende ist alles angemessen«, ibid.) gilt womöglich als der Skurrilste. Auf jeden Fall ist er aber der Netteste.

Er ist alt – Generationen älter als mein Vater – und Hauptmann gewesen in irgendeinem Krieg, für den Vater zu jung war. Er bekam in dem Krieg viele Orden verliehen, ging dann nach Cambridge und wurde Top-Mathematiker. Damit ist er – oder war er – noch genialer als mein Vater, dem Tops aber völlig egal sind. Er ist noch heute ein sehr großer Mann und muss schon ein Riese gewesen sein, bevor er vor vielen, vielen Jahren in die Schützengräben ging und Gas abbekam. Das Gas und die Schützengräben waren es, meint Paula, die ihn ruiniert haben, weswegen er immer geduckt mit eingezogenem Kopf herumläuft und seit gut fünfzig Jahren Stammgast im Lobster Inn an der Strandpromenade ist. »Ihr habt ein Glück«, sagen die Leute von den wichtigen Privatschulen, die uns besuchen kommen. »Er ist *genial.* Der hätte überallhin gehen können.« Und trotz des Lobster Inn ist er immer noch ein ziemlich guter Lehrer, und alle haben ihn so gern, dass es ein Jammer wäre, wenn er wirklich irgendwohin ginge. Wobei das eher unwahrscheinlich ist, mit seinen knapp achtzig Jahren.

Sein dicker Freund ist Puffy Coleman (Geschichte), der sich auf dem Schulfoto immer wegdreht, weil er kaum noch Zähne im Mund hat. Beim letzten Mal meinte der Direktor: »Sagen Sie, Coleman – das wievielte Schulfoto ist das jetzt für Sie?«

»Das dreißigste, Herr Direktor. Vielleicht das einunddreißigste.«

»Wie wär's also dieses Jahr mit einer Frontalansicht? Kann ruhig ernst sein, wissen Sie. Kein Mensch muss lächeln.«

Doch nach einigem Grübeln und Wirbeln in seinem grasgrünen Talar, der auf die Zeit des Gründervaters St Wilfrid zurückgeht und bei dem schon Butter- und Gänseblümchen aus den Nähten sprießen – nach einigem Gewirbel also lässt Coleman auf seine typische Art vor dem Sprechen ein bisschen den Unterkiefer kreisen und sagt: »Nein, Herr Direktor. Dieses Jahr nicht. Lieber nicht«, macht seine übliche schnittige Linksdrehung und scheint wie immer einen tiefen Blick in Hastings-Bensons rechtes Ohr zu werfen, wobei er fast mit der Nase in der Troddel hängt. Die Troddel gehört zu Hastings-Bensons Doktorhut, denn die Schule meines Vaters ist extrem veraltet, man brezelt sich auf und pocht aufs Zeremoniell, und Hastings-Benson pocht noch lauter aufs Zeremoniell als die meisten anderen. Er pocht schon so lange aufs Zeremoniell, dass er inzwischen in allen vier Winkeln der Erde die Schule verkörpert – vielleicht sogar noch darüber hinaus, wo das Empire nun vorbei und das Commonwealth nur noch ein Schatten seiner selbst ist –, und dennoch erinnert man sich an ihn. Auf den verschiedenen Nostalgietreffen der Altherren redet man über die gemeinsame Schulzeit und sagt: »Wisst ihr noch, der alte Hastings-Benson?« Und alle brüllen vor Lachen.

Mir scheint, Uncle Hastings-Benson hat seinem Land erklecklich gedient, wenn jemand zwanzig, dreißig Jahre später noch sagen kann: »Wisst ihr noch, *der*?«, und vor Lachen brüllt. So ein Mann ist unsterblich, ein auf Erden erschienener Gott. Ich würde mich sogar zu der Behauptung hinreißen lassen, dass ich mich, hätte ich die Wahl zwischen Hastings-Benson und einem auf Erden erschienenen Gott, »Maiglöckchen blühten hell um seinen Fuß« (Keats. Paula), immer wieder für Hastings-Benson entscheiden würde. Ich liebe ihn. Wir verstehen uns. Er ist noch lange nicht tot.

Und jetzt verrate ich Ihnen, warum man über ihn lacht: Er ist andauernd verliebt. Meine Mutter war seine erste Liebe, und damals sagten angeblich alle, kein Wunder, denn sie war bildschön. »Diese wundervollen Haare. Und ganz ehrlich – mit dem armen alten Green als Gatten!« Ich glaube allerdings nicht, dass meine Mutter Uncle Edmund geliebt hat – oder eben so wie alle anderen. So wie ich – angeblich hat meine Mutter meinen Vater vergöttert, so arm und alt er heute erscheinen mag, und mein Vater hat in all den siebzehn Jahren nie eine andere Frau angeguckt. Er hat ihr Foto neben seinem Bett stehen, wo es zur Farbe von Milchkaffee geronnen ist, ganz weich und verblichen. Im Grunde sieht man nicht viel von ihr, nur den Hut, einen Schlapphut mit einer Rose dran, und eine Halskette aus Bernstein und ein hübsches zartes Kinn, das meinem nicht im Geringsten ähnelt.

Meine Mutter hat Uncle HB mit Anstand einen Korb gegeben, und seit ich auf der Welt bin, weiß ich, dass wir nett zu ihm sein müssen, weil er traurig ist. Die Liebe hat ihn immer traurig gemacht. So gesehen ist es komisch, dass er sich darin so festgebissen hat. Aber er macht unermüdlich weiter – erst ist es die junge Frau aus der Stadtapotheke, dann die Neue aus der Schulkantine, dann die schreckliche Cellistin, die für das Schulorchester angeheuert wurde, zuletzt dann die Profi-Schauspielerin, die für die Schulaufführung von *Captain Brassbound's Conversion* ins Boot geholt wurde. Das war ein echtes Drama – erst letztes Jahr –, und ich habe jede einzelne Phase davon mitbekommen, weil Mrs Bellchamber – besagte Schauspielerin – in unserem House untergebracht wurde und Uncle Edmund morgens, mittags und abends bei uns herumlungerte, seinen Unterricht verpasste, die Stipendienvergabe verschlief, die Kricket-B-Mannschaft im Stich ließ, und der Krach aus seinem Silentium war bis zur Strandpromenade von Scarborough zu hören. Weil er nämlich nicht mal in der Nähe seiner

Schützlinge war, sondern drüben im Schultheater, angeblich um die Beleuchtungsarbeiten für die Premiere zu beaufsichtigen, ein Einsatz, der dafür sorgte, dass die gesamte Bühne, der Saal und die halbe Hauptstraße in Dunkelheit getaucht wurde und ein ruhiger, kompetenter Junge namens Boakes, der wirklich was von Beleuchtung versteht, durch einen so heftigen Stromschlag von der Leiter gefegt wurde, dass er bis in die zweite und dritte Generation vor Rheuma verschont bleiben wird, sofern er sie, Uncle Edmund sei Dank, überhaupt wird hervorbringen können.

Als uns die Schauspielerin verließ, war Uncle Edmund am Boden zerstört. Er nagelte die Leute fest, er presste sie gegen Wände, um drüber zu reden. Wenn wir in Vaters Arbeitszimmer in ein Schachspiel vertieft waren, steckte Paula ihren Kopf durch die Tür und rief: »Lauft – er kommt!«, und schon war mein Vater aus der Tür und hatte sich im Fives Court versteckt. Einmal, als HB sehr verzweifelt war, zog er los zu Puffy Coleman – der, der sich immer ins Profil dreht –, und als er vor verschlossenen Türen stand, vorne wie hinten, lief er ums Haus herum zum Schuppen – vermutlich in der Annahme, dass Mr Coleman ihn hatte kommen sehen, sich oben ins Bett gelegt und die Decke über den Kopf gezogen hatte, obwohl
[illegible] d ein warmer Frühlingstag war.
[illegible] Schuppen und lehnte sie gegen
[illegible] r Coleman sagte, das Rumpeln
[illegible] der Hauswand und das Federn
[illegible] enden Füße sei höchst unange-
[illegible] sen. Immer tiefer vergrub er sich
[illegible] le E. HBs riesiges rotes Gesicht
[illegible] se und den freundlichen kleinen
[illegible] gensonne zwischen den Gardinen
[illegible] nd klopf, klopf, klopf – »Hör mal,

Coleman. Lass mich rein, ja? Ich fürchte, ich muss wirklich mit dir reden. Es geht um Mrs Bellchamber.«

Mir ist also die Liebe nicht fremd, so isoliert mein Leben auch bislang gewesen ist. Und angesichts der Wirrungen, die sie zu stiften scheint, weiß ich meine Isolation mit jedem neuen Schultrimester mehr zu schätzen.

Und ich liebe die Ferien.

Lassen Sie mich schildern, wie es mit mir und Vater in den Schulferien abläuft.

Mein Vater sitzt lesend im Fives Court und sieht hoch, um zu gucken, ob ich noch da bin. Als er sieht, dass das nicht der Fall ist, streift er durch den Steingarten, dann zwischen den Treibhäusern und Salatbeeten umher, um dort nach mir zu suchen, wobei er die Fingerspitzen als Lesezeichen benutzt – er unterrichtet Griechisch und liest auch sonst aus purem Vergnügen ständig in den alten Texten herum. Unterwegs wird er ein- oder zweimal abgelenkt, steht längere Zeit da und betrachtet eine Raupe, die über einen Stein kraucht, pflückt eine Duftwicke und streicht mit dem Finger über ihren rauen, gefurchten Stängel, geht zum Eckladen, um Tabak zu kaufen, vergisst dann aber den Tabak, um stattdessen zu beobachten, wie Wasser in einen Gully rinnt. Zu fast allen Jahreszeiten trägt er lange dicke, schlauchartig eingerollte Wollschals. Er wirkt gebrechlich, zart in der Hüfte, abknickbar wie eine Duftwicke, und aus irgendwelchen Gründen kommt das sehr gut an. Wenn er beim Spazierengehen Leuten begegnet, lächelt er sie an, und die Leute erwidern seinen freundlichen Blick.

Manchmal findet er mich. Wenn wir Sommer haben, findet er mich meistens im Schulschwimmbad, wo ich Bahnen schwimme. Es gehört zu den königlichsten und luxuriösesten Dingen – höchst prinzessinnenhaft –, ganz legitim und ganz allein in den Ferien in einem Schulschwimmbad zu schwimmen. Dort ziehe ich meine Bahnen, hin und her, Froschgesicht, Froschkörper, die Augen fest verschlossen, und denke mir, meine ganze Gesamtschule, wenn sie's wüsste, würde mich beneiden, die allesamt in der Stadt sind und mit dem öffentlichen Hallenbad vorliebnehmen müssen, oder dem eiskalten Meer.

Ich ziehe meine Bahnen, hin und her, und Vater steht drüben am Ufer wie Galilei und beobachtet das grüne Wasser und die wackelnden schwarzen Leitlinien, über die ich hinwegschwimme. »So ist's gut, mein armer Knopf«, ruft er. »Schön strampeln. So ist's gut. Armes Kerlchen.«

Prustend ziehe ich meine Bahnen. Bald fängt mein Vater wieder an zu lesen. Irgendwann schlendert er, immer noch lesend, davon.

Ich weiß noch, wie ich einmal – ein einziges Mal nur –, als ich ungefähr dreizehn war, die Augen aufschlug und feststellte, dass er verschwunden war, und mich gänzlich irrelevanterweise fragte, ob meine Mutter nicht vielleicht ein eher unaufregendes Leben gehabt hatte.

Kapitel 2

In diesem ganzen großen Frieden ist natürlich immer Paula da gewesen, und vielleicht wäre ein solcher Frieden ohne Paula unerträglich gewesen. Vielleicht war er ja unerträglich, wie mir heute aufgeht. Vielleicht ist meine Mutter deshalb so plötzlich gestorben. Vielleicht hat meine Mutter einen Blick auf mich geworfen und sich gedacht: »Erst langweile ich mich zu Tode, und dann *das.*« Ich glaube, es könnte Paula sein, die Vaters wundervolle Friedlichkeit so begehrenswert macht, und der große Tornado namens Paula ist es, der die stille Luft um Vater herum so angenehm macht.

Sie ist sechsunddreißig und kommt aus Dorset. Das an sich ist schon aufsehenerregend für uns hier oben. Im Nordosten trifft man jede Menge Leute aus Pakistan oder Jamaika oder Uganda oder Sambia oder Bootle, aber kaum jemanden von der Südküste Englands.

Paula kam mysteriöserweise hierher – ich glaube nicht, dass sie die Sache richtig durchdacht hatte –, als sie siebzehn war, zur Unterstützung der damaligen Hausmutter, die sich hastig in den Ruhestand begab und Paula den Weg zur Macht ebnete. Sie muss unanständig jung ausgesehen haben und war es ja auch, aber den Direktor oder das Direktorium oder den Bildungsbeauftragten oder Kaiser oder Fürsten oder sonst einen Machthaber hätte ich sehen wollen, der es geschafft hätte, diese Siebzehnjährige zu vertreiben, wenn sie sich in den Kopf gesetzt hatte, zu bleiben. Und ich denke, weder die Gestapo, der KGB noch eine Heerschar Midianiter hätten Paula missen wollen. Sobald man sie kennt, braucht man sie. Die Welt geht zugrunde, die Lichter gehen aus, und alle tappen nur noch im Dunkeln, sobald Paula den Raum verlassen hat.

Paula – ist einfach bezaubernd. Sie hat einen grandiosen geraden Rücken mit dem langen Hals einer Herzogin und einen Riesenschwall Haare, die am Oberkopf mit einer Nadel zu einem seidigen Bündel zusammengesteckt sind. Sie ist hochgewachsen, hat eine fein gezeichnete schmale Figur mit abgeschrägten Schultern, und alles, was sie trägt, sieht teuer aus. Auf Vaters Veranstaltungen kommt sie in egal was hereingerauscht und setzt sich egal wohin, und alles dreht sich nach ihr um. Sie nickt und lächelt nach hierhin und nach dorthin, und all die Metzgersfrauen in Polyester und Ohrringen auf dem Tanzboden sehen aus wie reihenweise nadelnde Weihnachtsbäume.

Paula redet manchmal, als wäre sie aus Hardys *Am grünen Rand der Welt* entsprungen – so schön. »Brav, mein Hase«, »Brav, mein Liebchen«. Um Ihnen die volle Großartigkeit Paulas zu veranschaulichen – noch nie habe ich gehört, dass jemand gekichert hätte, wenn sie zu einem der Jungen auf ihrer Krankenstation »Brav, mein Liebchen« sagt.

Paulas tiefe lustige kratzige Stimme passt zu ihren rosigen Wangen und flinken Füßen. Sie ist ständig am Rennen, und meistens in deine Richtung. Bei dem Vers »O einen Becher warmen Südens jetzt« muss ich immer an Paula denken, was ich ihr auch gesagt habe, als sie mir zum ersten Mal Keats vorlas, als ich ungefähr elf war. Ich habe sehr spät angefangen zu lesen, und es fiel mir selbst mit elf noch schwer, mich hinzusetzen und für längere Zeit zu lesen, also hat Paula mir vorgelesen. Ich wünschte, sie täte es noch heute.

»Im warmen Süden«, sagt Paula. »Da wär ich jetzt gern, statt in diesem gottverlassenen Nest.«

»Wieso bist du dann hiergeblieben?«, ruft der tagesaktuelle

Junge aus dem Isolierzimmer. Es gibt ein Isolierzimmer für einsame Leidende und einen größeren Raum für Epidemien. Im Isolierzimmer liegt fast immer jemand, meist einer von den Kleinsten. Sie kommen in Trauben. »Hausmutter, ich bin krank«, »Hausmutter, mein Blinddarm bricht durch«, »Hausmutter, ich hab ein Loch in der Lunge«, und zack, wumms, hat sie sie gepackt, Fiebermessen, Pulsmessen: »Unfug, mein Liebchen. Lass den Quatsch, ja? Setz sich aufs Bett, trink einen Kakao und sei still, während ich unserer Marigold vorlese.« Sie biegt sie alle wieder zurecht, die Kranken wie die Heimwehkranken. Manchmal sagen sie schreckliche Sachen.

»Hausmutter, ich blute aus den Ohren.«

»Hausmutter, Terrapin hat Selbstmord begangen.«

»Hausmutter, Boakes liegt im Koma.«

Wenn es nicht wahr ist, und das ist es fast nie – weiß sie Bescheid. Wenn es wahr ist, wird sie zu einem brausenden Wirbelwind, das städtische Krankenhaus steht sofort stramm, und sie saust darauf zu, wirft Pfleger um wie Bowlingkegel und begleitet die Trage mit meisterlich wippendem Haarbausch bis vor die Türschwelle des Operationssaals. Ja, Paula ist allen wohlbekannt. Wenn jemand auf Prüfungsergebnisse wartet, ist es Paula, die sie als Erste rauskriegt. Bei Tagesanbruch steht sie unten vorm Postamt. Man rechnet schon mit ihr. Und wenn es Ärger gibt oder irgendwas Aufregendes in der Familie eines Jungen, weiß sie es im selben Moment, manchmal sogar eher.

»Wieso bist du dann hiergeblieben?«, fragte der tagesaktuelle Patient, nachdem ich ihr gesagt hatte, sie sei wie der warme Süden.

»Weiß der Kuckuck, mein Liebchen.«

»Welcher Kuckuck?«, fragte der Junge. Wahrscheinlich war es Terrapin oder Boakes. Im ersten Jahr sah man sie fast unausgesetzt Kakao schlürfen.

»Na, der Kuckuck eben. Noch Fragen?«

Terrapin (oder Boakes) lag warm eingepackt hinter der Tür zum Isolierzimmer. Ich saß auf dem Boden vor Paulas Wohnzimmerkamin. Paula saß im Schaukelstuhl, mit straffem Rücken unter ihrem Haar und Keats auf dem Schoß.

»O Hippokrene, die zum Rande schäumt.«

Das Feuer flammte auf. Draußen wehte ein roher, trostloser Wind, und ein schwarzer Ast tippte gegen die Scheibe, Möwen kreischten sich verzweifelt an, das Meer brauste. Auf dem Kaminsims stand ein Bild von Paulas Familie – ein Farmer auf einem Heuwagen und viele kleine Kinder in Schlapphüten, die grinsend in die Sonne blinzelten. Irgendwo bei Lyme Regis offenbar, wo immer das war. Dorset. Wessex. Der warme Süden.

»Warum bist du hiergeblieben, Paula?«

»Wer soll euch denn sonst Geschichten erzählen?«, sagte Paula. »So bin ich nun mal. Ich bin anscheinend eine sehr nette Frau.«

Sie las weiter die *Ode an eine Nachtigall*, und Terrapin – ich erinnere mich jetzt, dass es Terrapin war – schnitt von seinem Krankenbett aus besonders hässliche Grimassen in meine Richtung, auf allen vieren und vorgebeugt, um mich sehen zu können, und wirkte dabei kerngesund.

Ich hatte aber nie den Eindruck, dass Paula mich für sonderlich wichtig hielt. Eher im Gegenteil. Sie hatte keine Lieblinge. Sie strahlte eine unwiderrufliche Gerechtigkeit aus, und obwohl man spürt, dass ihre Hingabe und Gefühle tief und wahrhaftig waren, zeigte sie keinerlei Bereitschaft, darüber zu reden – zumindest nicht, was die liebenden Empfindungen anging. Egal wer vor ihr stand, der lächerliche Terrapin, der freundliche Boakes oder der wundervoll göttliche und himmlische Jack Rose, Held der Schule, sie behandelte alle Jungen gleich. Mir begegnete sie von Anfang an mit ruhiger und unerschütterlicher Fürsorglichkeit, die mich einhüllte wie ein Mantel. Sie hat mich nie übermäßig behütet oder bewacht, und ich kann mich nicht erinnern, dass sie mich seit meiner Babyzeit jemals geküsst oder umarmt hätte. Jeden Abend meines Lebens hat sie mich ins Bett gebracht, und als ich die Masern oder Windpocken hatte, durfte ich drüben bei ihr auf der Jungensseite liegen, und ich wusste mit absoluter Sicherheit, dass sie immer in Rufweite wäre.

Sie hat aber nie versucht, mich zu bemuttern. Paula hat kein weiches Herz. Sie kann Rührseligkeit jedweder Art nicht ausstehen und sagt immer und immer wieder – es ist ihr Diktum, ihr ungeschriebenes Gesetz: VERZICHTE AUF SELBSTMITLEID.

Trotzdem kann man ihr alles erzählen. Sie ist nie schockiert, sie ist nie überrascht. Sie akzeptiert und akzeptiert und akzeptiert. Puffy Coleman verliebt sich immer wieder in die ganz kleinen Jungen (»Na ja, er *tut* ihnen ja nichts«); der liebe Uncle Edmund HB-Bleistift klettert Leitern hinauf und weint aus Liebe um alles auch nur annähernd Weibliche (»Weiß der Kuckuck, er ist nun mal ein Romantiker«); einer der Jungen betrinkt sich im Lobster Inn besinnungslos, nachdem er durch die Prüfung gerasselt ist (»Er soll seinen Rausch ausschlafen, sich bedauern lassen und sie Weihnachten nachschreiben«). Und sie fand es nie in irgendeiner Form abstrus, dass ich mit zehn noch immer nicht lesen konnte. »Wenn die Augen in Ordnung sind«, sagte sie, »und dafür haben wir ja jetzt gesorgt, kommt das Lesen von ganz allein. Ich halte ganz und gar nichts von diesen psychologischen Quacksalbern und IQs und weiß der Kuckuck was.« Und das Lesen kam wirklich von allein. Am Ende kam es.

Und niemals, niemals vermittelte mir Paula den Eindruck,

dass ich hässlich sei, und als ich mal was in diese Richtung fallen ließ, ging sie in die Luft wie eine Bombe. »Nicht mit mir, mein Liebchen, nicht mit mir«, erklärte sie und polterte und klapperte mit der Nähmaschine.

»Ich hab keine Freunde«, jammerte ich. (Das war kurz nach den Masern. Ich war sehr schlecht drauf.)

»Selber schuld.«

»Alle hassen mich.«

»Nun bild dir mal bloß nichts ein. Himmel hilf, das Ding ist ja völlig hinüber.«

»Kein Wunder, wenn du sie auf den Boden fallen lässt. Das war die Nähmaschine meiner *Mutter*«, sagte ich. Ich weiß noch, dass mir dieser Satz Genugtuung verschaffte. Ich betonte jedes Wort einzeln. »Mein Vater hat sie meiner Mutter geschenkt. Sie hat sie immer geliebt.«

»Zu dumm, dass sie sie nicht öfter benutzt hat. Ich sag ja nur, als ich hierherkam, warst du ’n nackter Wurm in ’nem lumpigen Fetzen Decke, es war nicht ein einziger Strampler für dich im Haus!«

»Sie war nicht von dieser Welt – «

»Dann ist sie da, wo sie ist, ja bestens aufgehoben.«

»Paula!«

»VERZICHTE AUF SELBSTMITLEID«, wetterte sie mit leuchtenden Augen und schön wie der Tag. »VERZICHTE AUF – «

»Ich hab keine Mutter. Ich kann nicht lesen. Ich bin häss–«

»Du kannst genauso gut lesen wie alle andern. Du bist ’n Zahlengenie. Du kannst schwierige Stücke nach Gehör spielen und beim Schach mit deinem Vater mithalten. Und außerdem – «

»Bin ich hässlich.«

»Hast du wunderschöne Haut und Hände und Haare.«

»Ach Paula, meine Haare sind schrecklich. Sie sind kraus. Sie sind fluoreszierend. Man kriegt Migräne davon. Alle lachen über mich.«

»Abwarten«, sagte Paula feierlich wie ein Orakel, stach sich mit der Nähmaschinennadel in den kleinen Finger und schrie wie am Spieß. »Ich bin verwundet, ich blute, die Nadel steckt fest!«

Nachdem sie sich selbst gerettet hatte, fügte sie hinzu: »Du bist das beste Mädchen auf der Welt. Du bist die beste Freundin auf der Welt.«

»Du meine auch, glaube ich«, sagte ich, und wir sahen uns in die Augen, ohne Quatsch. Dann sagte ich: »So gesehen bist du meine einzige Freundin, und umgekehrt. Wir haben sonst niemanden.«

»Das ist wahr«, sagte Paula, ballte ihre Hand zur Faust und setzte sich auf den schmerzenden Finger. »Ein gottverlassenes einsames Nest ist das.«

»Warum bist du dann hiergeblieben?«

Womit wir wieder am Anfang wären.

Diese Gespräche mit Paula fanden immer donnerstagabends statt, und zwar »seit Adam und Eva«, wie unsere Mrs Dingse sagten, weil Donnerstag der Tag war, an dem Vater abends Besuch empfing.

Er machte das seit Vorkriegszeiten, sogar als er noch unverheiratet war, und es kamen immer dieselben Besucher: ein oder zwei, niemals mehr als drei ältere Lehrer. Uncle Bleistift und Puffy Coleman verstanden sich von selbst, und der Dritte im Bunde war meist ein Amalgam aus Spinnweben und Staub und hörte auf den Namen Old Price. Jeden Donnerstag während der Schulzeit kamen diese Leute gegen neunzehn Uhr dreißig angekrochen wie greise, heimkehrende Schnecken. Wenn es nicht allzu kalt ist, schälen sie sich im Flur aus Bekleidung, lassen Gehstöcke – Uncle HB besitzt einen Sitzstock – in den Flurständer fallen und schlurfen missmutig ins Arbeitszimmer. Paula bringt ihnen Kaffee und Gläser und Vater schließt langsam sein unterstes Schreibtischfach auf und holt eine Flasche Wein hervor, die er lange nach Ankunft der Gäste erst öffnet und wahrscheinlich nur dank des sehr bestimmten Einschreitens Uncle HBs, der oft auch noch einen eigenen Flachmann dabeihat, was Vater bestimmt noch nie bemerkt hat.

Während die Minuten nach dem Kaffee lang werden, schiebt Uncle HB seinen Flachmann nach hierhin und dorthin und rückt ihn an sehr auffällige Stellen, weil er ein guter Mensch ist, Feigheit jeder Art hasst und an unverblümte Ehrlichkeit glaubt, was menschliche Schwächen angeht. »Ich trinke«, sagt er, »aber niemals heimlich«, und er wirft einen finsteren Blick in die Runde, als würden alle anderen in ihrem Kleiderschrank Schnaps brennen. Auch mein Vater trinkt nicht heimlich, und ich bin mir sicher, dasselbe gilt für Puffy – nur jede Menge Gingerbeer mit den Jungen –, und wenn Old Price mehr als zwei Schlucke trinken würde, ginge er in einer kleinen Rauchfahne auf. Ich frage mich oft, wie es dazu kam, dass Vater traditionell den Wein besorgt und warum von ihm erwartet wird, dass er jede Woche eine Flasche Rosy, wie Paula sagt, zur Verfügung stellt, wo er selbst den üblichen leiblichen Genüssen so wenig zugetan zu sein scheint. Von allein käme er nie weiter als zum rein mechanischen Beäugen der Flasche und dem Lüften von Schulheften, alten Teekannen und ein bis zwei Socken auf der Suche nach dem Öffner, um letztendlich dazustehen wie der Priester bei der Messe, versonnen die Flasche gegen das Licht zu halten und in das Rosa des Weins zu schauen oder in das beunruhigend sexy Gesicht der *Primavera* über dem Kamin. Schließlich nimmt ihm Uncle Bleistift, der weder Farbe noch Botticelli bemerkt, die Flasche ab, schnuppert daran, beschwert sich darüber und schenkt ein. Dann nimmt Paula das Tablett und geht, und die vier sitzen da bis halb elf.

Als ich klein war, durfte ich manchmal ein bisschen dabei sein – na ja, dürfen ist übertrieben. Ich hab's einfach gemacht. Sie schienen mich nicht wahrzunehmen, und ich habe viel gelernt. Mit vier oder fünf saß ich ewig unter dem Schreibtisch und spielte mit den alten Schuhen, die mein Vater dort anhäufte. Es waren freundliche Schuhe mit Namen, und wir führten schöne lange Privatgespräche, bevor Paula herabfuhr wie eine Walküre. »Darf ich kurz stören, die Herren, sie ist hier und kommt da jetzt raus, aber dalli. Unter diesem Schreibtisch. Ja. Ich hab die ganze Schule abgesucht. Sollten sich was schämen! Das Kind muss doch noch wachsen. Fünf Jahre alt, und es ist nach acht! Nee, nee, lassen Sie mal, Mr Hastings. Passen Sie lieber auf Ihren Flachmann auf, der fällt gleich runter« – und sie packte mich mit beiden Armen, hob mich hoch und schwang mich über sämtliche Köpfe hinweg durch die Luft, und ich brüllte: »Ich bin nicht *müde*. Ich mach hier was. Du bist nicht NETT, Paula« usw., und ich schlenkerte mit einem Schnürschuh, der Heim und Herd niemals wiedersehen würde.

Irgendwann passte ich nicht mehr unter den Schreibtisch, und außerdem roch es dort unten, Pardon, inzwischen ein wenig würzig, also gab ich die Donnerstagsempfänge auf, um mich Paulas Lazarettlesungen zu widmen, und ich lernte dabei weitaus interessantere, universellere und philosophischere Dinge.

Inzwischen habe ich Romane voller intelligenter Gespräche gelesen. In den Romanen gibt es oft eine Standardsituation, genannt Universitäts- bzw. College-Gespräch. Diese kann zwischen Studenten stattfinden oder, ein halbes Leben später, an den Alumni-Abenden. Sie besteht aus sehr vielen Pausen, und während der Pfeifenrauch aufsteigt und das Licht des Kaminfeuers auf den alten Ledereinbänden flackert, hängen Weisheit und sanfte Nostalgie in der Luft. Das Wesen Gottes, die Realität fester Gegenstände, die Nichtexistenz von Zeit werden thematisiert, sanft von allen Seiten betrachtet. Nicht so bei Vaters Leuten. Oben bei Paula, ein Stockwerk drüber – und Paula hat gar keine Schulbildung –, reden wir ohne Ende über:

Sünde

Tod

Liebe

Harmonie

Ethik

Vor allem über Ethik, z. B. wenn Posy Robinson Sehnsucht nach seiner Mama hat und weinend ins Zimmer kommt und wir nur zwei Eier und zwei Streifen Speck und zwei Löffel Kakao haben, während wir gerade unsere vier Füße aufs Kamingitter gelegt haben und nach den Nachrichten ein tolles Radiohörspiel hören.

Aber unten! Hier eine Kostprobe des Geplauders an einem der gelehrten Donnerstage.

»Kalt heute Abend.«

»Eigentlich besser so.«

»Ganz schön kalt. Hast du schon deine Kohle?«

»Nein. Hast du schon dein Öl?«

»Nein!«

»Wird Zeit, dass wir Ölheizung kriegen. Ist gar nicht so viel teurer.«

»Stinkt aber.«

»Ganz und gar nicht. Und man muss nicht mehr schippen.«

»Du hast ja Personal.«

»Personal! Der faule Sack. Hätten wir Öl, könnten wir ihn entlassen.«

»Gunning entlassen? *Gunning* entlassen?«

»Wird Zeit. Der ist seit den Zeppelinen bei uns.«

Beklommenes Schweigen, während man überlegt, ob Old Price noch die Zeppeline erlebt hat.

»Ich habe mal einen Zeppelin gesehen«, sagt Puffy Coleman freundlich. »Als Junge. Über dem Meer schoss eine Stichflamme in die Luft – bei Scarborough, und dann sahen wir lauter kleine Flammen ins Wasser fallen. Kleine brennende Männer. Ein schrecklicher Krieg war das.«

»Schrecklich.«

»Was war schrecklich?«

»Dieser Krieg.«

»Welcher Krieg?«

»Na ja – der letzte Krieg. Der – Zeppelinkrieg.«

»Ich erinnere mich«, sagt ein schwaches Stimmchen aus der Ecke, wenn es ein warmer Abend ist – er kommt nur an ausgewählten Abenden, Old Price, wie die Amsel bei Masefield – »Ich erinnere mich noch an die Zeppeline. Die Jungs sind alle raus und die Klippen entlanggerannt und haben gejubelt. Im Schlafanzug.«

»Ah«, sagt Puffy Coleman und senkt die Zähne.

»Ah«, sagt Uncle Bleistift. Und dann: »Das war aber nicht *der* Krieg.«

»Doch. Was denkst du denn, welcher es war? Der napoleonische?«

»Scarborough wurde im napoleonischen Krieg bombardiert«, flüstert Old Price.

»Nun ja, Price, du warst aber nicht im napoleonischen Krieg«, sagt der Bleistift.

»Nein. Nein. Ich sagte doch nur – uff, uff, uff –«

Vater beäugt den hochgehaltenen Wein. Die *Primavera* schaut mit ihrem niederträchtigen Blick.

»Glaubst du, Price war im napoleonischen Krieg, William?«

»Wie bitte?«

»Uff, uff, uff –«

»Ha, ha, ha, ha«, sagt Vater verwirrt und sieht herzlich, freundlich in die Runde, er ist sich nicht ganz sicher, da er ein ganzes Stück jünger ist als die anderen, was sein oder was nicht sein könnte.

Sie denken nach.

O ja, da geht die Post ab.

Kapitel 3

Was ich mit alldem eigentlich sagen will, ist, dass ich, obwohl ich einen so großen Teil meines Lebens idyllisch und prinzessinnenhaft unter weitaus älteren Leuten zugebracht hatte und so einiges über die Eigentümlichkeiten der Erwachsenen wusste, in Bezug auf mich selbst und meine Altersgenossen vollkommen ahnungslos war, was die ersten Offenbarungen dann so verstörend machte.

Es gab zwei einschlägige Offenbarungsmomente, die mehrere Jahre auseinanderlagen, für Außenstehende völlig belanglos waren, mich aber in ein Gewimmel aus Sorgen und Fehlannahmen und Schüchternheit und Qualen stürzten.

Beide hatten mit dem Jungen namens Terrapin zu tun.

Der erste fand statt, als ich dreizehn war und eines relativ späten Abends gegen Ende des Sommers in meinem Zimmer saß. Es war noch hell – es war eine der seltenen Nächte hier im Norden, in denen es nie ganz dunkel wird und man sich erinnert, dass Norwegen nur wenige hundert Meilen entfernt ist, näher als Cornwall. Es war ein Abend so warm wie in Cornwall, hell, schattig, lauschig, nicht schwer oder gewittrig; ein schwelgerischer, träger, duftender Abend, der einen seufzen und langsam in die Gegend blinzeln lässt.

Mein Zimmerfenster ist ein großes, tiefes mit Schieberahmen, und ich hatte bäuchlings auf dem Boden gelegen und Hausaufgaben gemacht.

Ich war gerade fertig geworden, und da ich mich auf die Ellbogen stützte und das Kinn wiederum in die Hände, lag ich mit der Nase auf der Fensterbank. Somit befanden sich auf der

Fensterbank nur meine dicke Brille und meine leuchtenden und widerlich orangen Haare.

Ich bin sehr weitsichtig. Ich nahm die Brille ab und sah in den Abend hinaus. Erst mal war da unser Garten, hübsch wie ein Ofenschirm, eine schöne dunstige Stickerei aus Stockmalven, Tabakpflanzen und Rosen, ein Wirrwarr aus Pflanzen vor einer alten Backsteinmauer. Hinter dem Garten war der hauseigene Küchengarten mit dem Fives Court am Ende, umringt von hohen Bäumen, und dann sah ich deutlicher als alles andere die ferne hohe Linie der Moore, scharf gezeichnet über einem großen sanften Himmel. Vom Fives Court drangen späte Geräusche, plonk, ka-plonk, klonk, wumms, und die Rufe der Jungen. Von irgendwoher hörte ich einen Jungen Querflöte üben. Eine, zwei, drei Noten, Pause. Ein Ruf, ka-plonk. »Mann, du Pfeife, Jenks.« Eins-zwei-drei-vier-Pause. Vogelgezwitscher. Die Abendbrise. Ka-plonk. Einszweidreivier (und weiter, gut gemacht) fünfsechs kamen die Noten, rauf und runter. Pause – dann die ganze Melodie, diesmal mühelos, komplett. Mozart. Wundervoll.

Ich war höchst zufrieden damit, zur richtigen Zeit am richtigen Ort zu sein. Ich, Marigold Green, eine Figur an der richtigen Stelle in einem Gemälde, eine Gleichung auf einer Seite, eine Note in einem Musikstück, nicht transponierbar, unersetzlich. Hässlich, altmodisch und quadratisch lag ich da, glücklich und daheim, wo ich hingehörte. Schläfrig und glücklich beobachtete ich den Jungen mit der Querflöte – es war der nette, normale Boakes – durchs Gemüse mäandern und den Rasen unter mir überqueren.

»BILGE.«

Ich fuhr hoch und knallte mit dem Kinn gegen die Fensterbank. Meine Augen zuckten, ich griff nach meiner Brille und schob sie mir ins Gesicht.

»DRECKIGE BILGE.«

Ich wandte mich zur Seite und sah den Jungen Terrapin aus einem der Fenster hängen. Er war damals zwölf, ein neuer Junge, doch er hatte sich vom ersten Moment seiner Ankunft im letzten September an bemerkbar gemacht. Obwohl er ziemlich nah war – der Schlafsaal lag im rechten Winkel zur Privaten Seite, und die Fenster gingen auf unseren Garten raus –, hatte ich keinen Zweifel, dass er es war. Er war schon im Stimmbruch und klang wie eine Kolonie Krähen.

»BILGE! DRECKIGE BILGE! DU WILLST UNS WOHL NACKT SEHEN!«

Dann bemerkte ich durch die offenen Fenster noch weitere Jungen, die hinter ihm herumsprangen und sich bettfertig machten. Terrapin, wie ich sah, hatte obenrum nichts an, und untenrum war das Fenster davor. Hinter ihm konnte ich hin und wieder eine hüpfende Gestalt erkennen, die, leuchtend weiß, eine Pyjamahose über dem Kopf schwenkte.

»BILGE HAT 'NE DRECKIGE FANTASIE«, sang Terrapin.

Da kam eine Hand aus einem Fenster, packte ihn am Haarschopf und zerrte ihn zurück, sodass er nicht mehr zu sehen war, und der Schülerbetreuer – Jack Rose, ein Jahr älter als ich – warf einen schnellen, leicht verlegenen Blick hinaus, sah mich, nickte mir kurz zu und verschwand.

Jack Rose war der netteste Junge auf der Schule. Einen gibt's immer, sagte Paula. Silberne-Löffel-Jungen, nennt sie sie – gutaussehend, gut in Sport, gute Schüler und charmant. Wollen unbedingt Arzt werden. Immer wollen sie Arzt werden, sagte Paula. Einmal hatte er mich aus der Schule kommen sehen und mich an den Haaren gezupft, als wären sie nicht grässlich, und gesagt: »Hallo Marigold« (nicht Bilge), und mir war vor Ekstase der Ranzen aus der Hand gefallen.

Mein Riesenstapel Hausaufgaben hatte sich über den Gehweg verteilt, und er hatte mir beim Einsammeln geholfen und mich nach Hause begleitet. An der Tür zur Privaten Seite hatte er eine lustige Grimasse geschnitten, keine verächtliche, und mir zugezwinkert. Bei Jack Rose gut anzukommen war mir wichtiger als Rubine und Posaunenklänge.

Und jetzt hielt er mich – für was eigentlich? Er hielt mich für – (ich lief puterrot an) – eine Spannerin! Mit diesem Horrorgedanken ließ ich mich langsam einen halben Meter unters Fensterbrett sinken und drückte mein Gesicht ins Linoleum, rollte meine Wangen drauf herum und dann über die glatte Fläche meines Aufgabenhefts. Vielleicht bin ich das, dachte ich. Vielleicht bin ich eine Spannerin. Ich begann zu weinen. Ich wollte sterben.

Sollte ich jemals – Gott bewahre – eine Tochter wie mich haben, werde ich bei so etwas zur Stelle sein, beschloss ich. Ich werde nicht wie Vater Nachhilfe geben oder wie Paula wild und leidenschaftlich Tennis spielen. Ich werde da sein.

»Liebling – was hast du denn? Sag, warum weinst du?«

»Oweh oweh, er hat Spannerin zu mir gesagt.«

»Sei nicht albern, Marigold. Wer hat Spannerin zu dir gesagt? So ein Quatsch!«, und meine liebe Mutter rennt ans Fenster. Zorniger Blick hinüber zu den Schlafsälen. »Ihr Jungs da, jetzt ist Ruhe, ihr geht sofort ins Bett.« Und das Schiebefenster fällt zu.

»Marigold, Liebling, nicht weinen. Sei nicht albern. Wer hat gesagt –?«

»Terrapin hat das gesagt.«

»Terrapin! Du dumme kleine Gans, du wunderschöne Gans! (Das geht runter wie Öl!) Setz dich bitte auf und putz dir die Nase und sag mir, ob irgendwer schon mal was auf Terrapins Meinung gegeben hat?«

»Noch nie.« (Schluck. Schluchz.)

»Na dann –«

»Aber er hat gesagt –«

»Als würde den überhaupt einer angucken! Ausgerechnet Terrapin!«

(Lächeln unter Tränen.)

»Er würde sich in Stein verwandeln. Wie beim Gorgonenhaupt.«

(Kicher. Lach.)

Und das war's. Terrapin wird fortan das Gorgonenhaupt heißen, und meine Mutter und ich lachen uns noch Jahre später drüber schlapp. »Weißt du noch, den Abend, als Terrapin Spannerin zu dir gesagt hat?«

So wird es meiner Tochter ergehen, dachte ich. Dafür sorge ich. Viele Stunden lag ich auf dem Boden auf meinem seidigen Schulheft. Nach der ersten Stunde dachte ich: »Ich werde für immer und ewig hier liegen bleiben. Ich werde hier die ganze Nacht liegen und vielleicht sterben. Niemand wird kommen.« Ich benetzte das Heft mit Tränen. Ich spürte, wie die Tränen seitlich an meiner Nasen entlang zu Boden tropften und die Tinte und meine hässliche Handschrift verschwimmen ließen.

»Ich werde hier liegen bis morgen früh.«

Doch nach einer gefühlt halben Nacht stieß ich in meinem benebelten Zustand den kolossalsten Seufzer aus, hievte mich hoch und streckte mich, um das Fenster zu schließen. Die Fenster der Schlafsäle standen immer noch weit offen, aber dahinter war es dunkel. Auf dem Fives Court war es still. In der glimmenden schattigen Nacht hörte ich unter mir Schritte und sah Paula und Vater durch den Garten schlendern, Paula noch im Tennisdress, weiß zwischen den einstweilen ebenfalls verblassten Blumen. Vaters Stimme war leise und gelassen, und Paula lachte ihr lautes nettes Lachen. Sie gingen entspannt nebeneinanderher, Paula schlenkerte mit ihrem Tennisschläger, und dann waren sie außer Sicht. Mich überkam eine große Sehnsucht nach etwas, aber ich knallte so laut wie möglich mein Fenster zu und legte mich voll bekleidet ins Bett.

Auch der zweite Vorfall war an einem wunderschönen Tag – in den Sommerferien, als das House leer war bis auf uns, die große Haustür weit offen stand und die Sonne hereinströmte. Paula war draußen in den Himbeeren. Ich hatte sie gefragt, ob ich ihr helfen solle, aber sie hatte lieber für sich sein wollen. Sie singt, wenn sie allein ist, sehr laut und etwas schief. Sie weiß, dass es mich stört, sosehr ich auch versuche, mir nichts anmerken zu lassen, also zieht sie oft allein los und singt sich ordentlich aus, wenn niemand in der Nähe ist.

Sie erinnern sich sicher, dass ich vorher vom Swimmingpool erzählt habe, wie viel er mir in den Schulferien bedeutet, und wie Vater immer am Beckenrand auftauchte, mir beim Schwimmen zusah und gleichzeitig Aischylos las, bis irgendwann Aischylos die Oberhand gewann und Vater davonspazierte.

An diesem Tag – es war der Sommer nach der Spanner-Affäre – hatte ich mir einen Kimono aus Paulas Kleiderkisten angezogen. Keine Ahnung, woher er stammte, aber umso besser, dass er da war, denn ich war gerade im Badeanzug auf der Haupttreppe nach unten unterwegs gewesen, und ich bin quadratisch und dick; aber irgendetwas ließ mich kehrtmachen und in der Kiste wühlen. Ich setzte meine Brille ab, schlüpfte mit meinen nackten Füßen in ein Paar komische alte pinkfarbene Pumps mit pinkfarbenen Federn, schnappte mir ein Handtuch und ging los. Im Flur saß Boakes lesend vor Vaters Arbeitszimmer, insofern war ich sehr erleichtert. Als ich vorbeiging, sah er vermutlich auch die Federn vorbeigehen, blickte auf und sagte: »Hallo. Gehst du schwimmen? Hast du Lust auf einen Spaziergang?« Ich sagte: »Nein danke, Boakes«, denn es wäre nicht sehr aufregend gewesen, da er die ganze Zeit das Buch vor der Nase gehabt hätte, und ich rauschte weiter zum Pool. Ich schwamm eine Weile hin und her, und bald schon kam Vater dazu, der Boakes wohl gerade zum Tor begleitet hatte. Ein paar Bahnen später sah ich hoch und stellte fest, dass er wie üblich verschwunden war, dafür aber Terrapin seinen Platz eingenommen hatte.

Terrapin war zwar von hier, aber ein Interner. Es gibt viel weniger Interne an Vaters Schule als Externe, und die Warteliste für das Internat ist lang. Heutzutage, sagt Paula, scheinen die Internen alle aus zerrütteten Elternhäusern zu kommen und brauchen Zuwendung und Schutz, oder es sind ausnehmend schlechte Charaktere. Schon als Auswärtiger muss man ziemlich bedürftig sein, um einen Internatsplatz zu bekommen, Sie können sich also vorstellen, was für ein schwerer Fall man sein muss, um einen Internatsplatz zu bekommen, wenn man nur wenige Meilen entfernt wohnt wie Terrapin.

Um Terrapin rankten sich die Gerüchte – angeblich hatten sich seine beiden Eltern mit dem Gasofen umgebracht, und seine restlichen Verwandten waren lieber geschlossen nach Australien ausgewandert, als ihn bei sich aufzunehmen. Irgendwie bekam ich das mit – teils von den tratschenden Gesamtschülerinnen, teils durch das, was aus dem Dunstkreis von Vaters House durchsickerte, wobei Vater und Paula niemals durchblicken ließen, dass sie vom Privatleben irgendeines Jungen auch nur das Geringste wussten.

Doch an Terrapin war eindeutig etwas spektakulär seltsam, denn er war nicht nur Interner und von hier, nein, jetzt hatten wir ihn offenbar auch noch in den Ferien am Hals. Terrapin stand also an Vaters Stelle am Beckenrand.

»Hallo Bilge«, sagte er.

Inzwischen war seine Stimme sehr tief, immer noch heiser und rau wie damals im Stimmbruch. Terrapins neue Stimme ließ sich Zeit, brach langsam durch, wie die Sonne an einem nassen Morgen. Doch es war eine Stimme von großer Kraft, und beim Sprechen traten seine Augen hervor, und am Hals wurden Adern sichtbar. In den Pausen zwischen Aussagen grunzte er, und beim Grunzen bohrte er in der Nase. Er war ein sehr kleingewachsener Junge mit dünnen glatten weißlich gelben Haaren, die ihm aus einem zentralen Punkt am Oberkopf wuchsen und zu beiden Seiten seines schrecklichen Gesichts herabhingen. Er sah aus wie ein kleiner Albinoaffe.

Ich sagte: »Hau ab«, und drehte mich auf den Rücken. Dann dachte ich daran, wie er mit seinen Glubschaugen meine breiten Hüften abtastete, und drehte mich wieder auf den Bauch.

»Wo ist dein Vater?« Er betrachtete mich, und zwar nicht mein Gesicht, mit beängstigend lüsternem Blick, und ich begann wie wild mit den Beinen zu strampeln und wühlte eine Heckwelle auf wie ein Schlachtschiff. Mit einer Monsteranzahl Knoten schoss ich durchs Becken.

Als ich die Stufen am anderen Ende erreichte, hockte er schon dort und wartete, also machte ich mich unter ihm breit, streckte die Arme und Ellenbogen über dem Beckenrand aus und starrte in die Ferne.

Grunz, grunz, hörte ich von oben.

Er sagte: »Du hast echt schöne Arme.«

Ich stieß mich ab und legte erneut einen donnernden Sprint durchs Becken hin, wobei mein Kopf die ganze Zeit unter Wasser war, nur die Beine bewegten sich, und das Wasser spritzte hoch genug, um Regenbogen zu bilden. Als ich das tiefe Ende erreichte, blieb ich von ihm abgewandt und hängte mich an den Handlauf. Als ich endlich aus dem Wasser ging, war er weg.

Mir war übel. Ich hatte noch nie etwas Abstoßenderes gesehen. Er war wie Caliban – Paula hatte mir donnerstags den *Sturm* vorgelesen –, er war so widerlich, dass ich ihn am liebsten an seinen scheußlichen Knöcheln gepackt, ins Wasser gezerrt und auf den Grund des Pools getreten hätte. Sobald er auftauchen und nach Luft ringen würde, mit Rotz in der Nase und Glubschaugen und geschwollenen Halsadern, würde ich ihm eins überbraten.

»Bilge! Bilge! Hilfe! Hilfe!«

»*Runter* mit dir, du Schmuddelkind.«

»Hilfe! Hilfe! Ich kann nicht schwimmen!«

»Dann ertrink!«

Aber das Schreckliche damals – ich glaube, ich war dreizehn, vielleicht gerade vierzehn geworden, vielleicht auch zwölf –, das Undenkbare war, dass mich, als er das über meine Arme sagte, ein wellenartiges Kribbeln vom Scheitel bis zum Wirbelsäulenende überkam.

»Du hast echt schöne Arme.«

Am Abend vor dem Schlafengehen untersuchte ich meine Arme, drehte sie nach außen und nach innen. Ich habe blasse Haut und eine sehr gut sichtbare blaue Ader, die diagonal über die Innenseite meines Ellbogens verläuft. Die Hände an den Enden der Arme sind auch in Ordnung, mit spitz zulaufenden, fähigen Fingern und sauberen Nägeln. Ich mag saubere Nägel.

Als ich noch klein war, kam mal Mrs Gathering, die Frau des Direktors, an Vaters Schule, zum Tea. Sie hatte ihre Tochter dabei – mit der ich mich ziemlich gut verstand, die, die dann wegging. Lustigerweise kann ich mich bei diesem Besuch nicht an die Tochter erinnern, auch wenn ich meine, dass sie eine meiner Puppen kaputtgemacht hat – ich weiß nur noch, dass Mrs Gathering am Teetrolley meine Hand ergriff und sagte: »Was für schöne Hände.« Sie sagte es in dramatischem Ton. Ich fand sie ein bisschen beknackt, diese Frau. Das Kompliment – mein erstes – blieb mir aber im Gedächtnis. Dieses von Terrapin war mein zweites.

Meine Hände und meine Arme. Meine Hände und meine Arme. Am nächsten Tag fragte ich Paula, ob ich ein ärmelloses Kleid haben könnte, und sie sagte: »Ja, mein Hase. Sobald ich mal Zeit hab.«

Es gibt noch einen weiteren aufwühlenden Vorfall. Die Frau des Direktors hat mich wieder drauf gebracht. Es war im vorletzten Sommer, als ich fünfzehn war, und fand im Lavendelgang statt, eine Art Liebesnest im Stadtpark, der gern spätabends von den Leuten aus meiner Gesamtschulklasse aufgesucht wird. Zusammen mit Vaters Externen klettern sie über den Zaun am Bahnübergang. Nach allem, was vor der Morgenandacht so geredet wird, muss es in mondlosen Nächten hoch hergehen dort im Lavendelgang, während ich zu Hause sitze und aus dem Fenster glotze.

Ich liebe den Park. Er ist zugewuchert und oft leer. An einem Sommermorgen unter der Woche dort spazieren zu gehen ist so, als wäre man in einem privaten Garten. Mit seinen hohen Hecken hat er etwas Mittelalterliches. Es würde einen nicht wundern, wenn hinter der nächsten Biegung ein paar langgliedrige Leute mit Wimpeln, Schleiern, knallroten Strumpfhosen und Schuhen mit hochgebogenen Spitzen auftauchen würden, die sich mit Leiern gegenseitig ein Ständchen bringen. Hinten aus einem der Rosengärten könnte man fast einen Turm mit einem Turmbläser ausmachen, dahinter eine flauschige Wolke am Himmel. Eines Morgens nach den O-Levels, als wir frei hatten und keine Hausaufgaben und zu Hause keiner zum Reden war, schlenderte ich dort herum. Der Lavendelduft in der heißen Morgensonne reichte aus, um sehr viel vernünftigeren Leuten als mir die Sinne zu verwirren.

Und plötzlich stieg Mrs Gathering aus dem Lavendel.

»Marigold! Marigold!«, sagte sie, und mit großen weichen Augen sah sie sehnsuchtsvoll zu mir herunter.

»Marigold!«, sagte sie. Fast hätte ich sie gar nicht erkannt – dank der Häuser in Frankreich und Wiltshire und ihrer eigenbrötlerischen Art war sie eine Frau, die auf St Wilfrid's nur selten gesehen wurde. Sie war eher jemand, die sinnierend auf dem Sofa saß. Einige sagten ihr nach, sie litte an Melancholie, andere, sie litte unter ihrem Mann, Vaters Schulleiter, der ein Kirchenbänkler ist, klein und gedrungen, wie ein Dynamo mit Hundehalsband, ein großer Listenschreiber, ein Gremiumsmensch. Mittlerweile unterrichtet er selbst überhaupt nicht mehr, bis auf die ein oder andere Stunde Theologie, zu der er niemals Bibelkunde oder Religion oder sonst was sagt. Er gönnt die Theologie nur wenigen Favoriten, denjenigen, die von ihm für sein ehemaliges Oxford-College ausgewählt werden. Angeblich macht er jeden Herbst eine Exkursion nach Oxford, in der milden fruchtbaren Zeit der Zulassungsgespräche. »Alle meine Jungs«, sagt er, »können sichergehen, dass sie einen Platz bekommen, und die meisten sogar ein Stipendium.« Das ist Quatsch, wie Vater und der Donnerstagsklub häufig anmerken – denn inzwischen ist es Jahre her, dass jemand von der Schule ein Stipendium für Oxbridge bekommen hat, und selbst die Studienplätze sind immer dünner gesät. Seit Dr. Gathering ist die Schule auf dem absteigenden Ast. »Ich lege immer noch Wert darauf, *jede Menge* Leute zu kennen«, sagt er und delegiert seine ganze Arbeit an Vater, um sich zum

Bahnhof zu verdrücken und erste Klasse im besten Zug nach Süden abzudampfen. Seine Besuche fallen zusammen mit den Ferien seiner Tochter in Cheltenham. Nach Oxford fährt er weiter zu ihr – verblüffend, wie gut sie versteckt wird –, und danach geht's in seinen Londoner Herrenklub.

Er kommt immer sehr erholt zurück, und auch seine Frau wirkt in seiner Abwesenheit sehr erholt. Sie wird mitunter sogar in der Stadt gesichtet, in unvergesslicher lilafarbener Kleidung, die nie im Leben warm genug ist für die Jahreszeit. Manchmal spaziert sie am Strand entlang und geht in die Bücherei oder einen Blumenladen. Einmal trug sie eine kleine Kornähre und ein verziertes Bäckerbrot die ganze Promenade entlang, hinter die Pier zur Pfarrkirche, wo gerade das Erntefest vorbereitet wurde. Sie ist selbst ein wenig wie ein Erntefest – ein immenses Warenlager von einer Frau mit einem großen, wenn auch unbestimmten Gesicht. Sie ist wie eine Figur aus einem ziemlich schlechten Buch, von der man entfernt mal gehört hat.

»Die sind hier nicht zu Hause«, sagt Paula oft, »diese Gatherings. Die sind halt aus dem Süden.«

»Aber du doch auch.«

»Die sind anders. Anders als ich.«

»Wie denn?«

Paula rumpelte mit dem Bügeleisen, drehte es mit der flachen Seite nach oben und sah es gespannt an, als erwarte sie von ihm die Antwort. Das silberne Dreieck hatte rostige Streifen, wo sie irgendetwas versengt hatte.

»Du verbrennst dir noch das Gesicht.«

Sie hielt sich das Eisen dichter an die Wange, die ländlich braun und rot war, obwohl ihre Haut seit Jahren der Kälte Yorkshires ausgesetzt war.

»Ich weiß nicht recht«, sagte sie. »Früher sagte man Oberschicht. Und davor waren's Adlige.«

»Adlig ist ein bisschen veraltet«, sagte ich, »und Oberschicht mag ich nicht. Es ist nicht richtig, Oberschicht zu sagen.«

»Du meinst, Oberschicht zu sagen, ist nicht standesgemäß. Jetzt komm mir nicht mit Marxismus und Wir-Menschen-sind-alle-gleich.«

»Nein – das meine ich nicht«, sagte ich. »Aber von Oberschicht reden immer nur Leute, die sich für weniger halten. Ich bin nicht weniger als Mrs Gathering.«

»Niemand könnte *mehr* sein als Mrs Gathering.« Wir lachten, und Paula stellte das Bügeleisen ab und spielte Mrs Gathering in der Küche. Erst spielte sie Mrs Gathering beim Rumlaufen und Blumenpflücken, wobei sie sich extrem langsam in den Hüften wiegte. Dann spielte sie Mrs Gathering, die sich auf ihrem Sofa zurechtsetzt und über köstliche Ideen meditiert; und dann – denn so ist Paula, das kann ich Ihnen ruhig sagen – spielte sie Mrs Gathering im Bett mit Mr Gathering, der vom dicken kleinen Kissen dargestellt wurde, das Paula den Jungen unter die Köpfe schiebt, wenn sie mit Gehirnerschütterung vom Rugby kommen. Sachte, sachte schloss Paula Dr. Gathering in ihre Arme und stöhnte: »Ooooooooh! Horold!« Dr. Gathering heißt eigentlich Harold, aber Paula sagt, im Süden und beim Landadel werde der Buchstabe a so ausgesprochen.

Oh, Paula ist zum Totlachen, und als ich kurz darauf Mrs Gathering im Lavendelgang traf, musste ich mir große Mühe geben, nicht an das dicke Kissen zu denken und vor Lachen zu sterben. Ich blinzelte wie verrückt. Ich zappelte herum. Ich grinste sehr breit. Das Grinsen schien sie zu überraschen, das in keinem Verhältnis zur Geringfügigkeit des Anlasses stand, doch sie nahm meine Hand, und ich hörte sie Folgendes sagen: »Marigold. Marigold Green. Deine liebe Mutter –«, und ihre Augen wurden feucht. »Was für ein schrecklicher Jammer. Es hätte alles ganz anders sein können.«

Sie sah jetzt natürlich nicht mehr mein Grinsen, sondern meinen aufgeribbelten Rocksaum und das Loch am Knie in meiner Strumpfhose. Was saubere Fingernägel angeht, ist Paula die reinste Furie, aber für Kleidung fehlt ihr der Blick. Auch meine eine Sandalensohle schlackerte ein bisschen. Aber ich war stinksauer, weil diese ganze Nummer mit den feuchten Augen nicht mehr und nicht weniger als eine Kritik an Paula und Vater war. »Ich könnte nicht glücklicher sein«, erklärte ich und schenkte ihr einen gleißenden Blick durch meine Brille. Es sind unkaputtbare Kunststoffgläser, und mit dem richtigen Winkel kann man den Augapfel so vergrößern, dass er das komplette Glas ausfüllt. Für eine Fünfzehnjährige war das wohl ziemlich kindisch, aber es war die Frucht jahrelanger Übung und hatte eine Zeit lang meine Klassenlehrerin Miss Bex zu lohnenden Dingen animiert, etwa aufzujaulen und die Marmeladengläser mit den Osterglocken umzustoßen, die dann hinters Regal fielen, tropf, tropf, tropf, alles auf die roten und nicht farbfesten Warwick Hamlets.

»Oh, natürlich, meine Liebe«, sagte Mrs Gathering und ließ sich zurückfallen, und erst da bemerkte ich (da kann man mal sehen, wie groß sie ist), dass Jack Rose gleich hinter ihr stand und ihre Leihbücher von Boots trug. Sie war mit ihm, Vaters House-Captain, Rugby-Captain, groß wie eine Lilie, zwischen Lavendel und Raketenblumen durch den Park spaziert.

Und Jack hatte einen sehr selbstsicheren und zufriedenen Ausdruck im Gesicht, während er mich ansah und mir von oben aufmunternd zulächelte. Seitdem er in der Spanner-Affäre vor drei Jahren den grässlichen Terrapin vom Fenster weggezogen hatte, war er noch um einiges gutaussehender geworden. Er sah sehr stark und sauber aus und hatte ganz reine

Haut – ein cremiger Teint wie ein blasser Spanier. Fast wie bei ihr. Seine Augen waren ebenfalls braun wie ihre, aber wo ihre rund und feucht und unruhig waren, waren seine klein und wachsam. Ich hab's nicht so mit braunen Augen. Ich meine damit nicht, dass ich Leute mit braunen Augen per se nicht mag, aber immer wenn ich denke, dass mir jemand wichtig werden soll, bin ich ein bisschen erleichtert, wenn die Augen dieser Person blau sind. Paula meint, in Indien oder Wales wäre ich einsam.

Jack Roses Augen jetzt zu bemerken war eine sehr merkwürdige Erfahrung. Ich dachte:

1. Sie sind braun.

2. Sie sind klein.

3. Aber es ist Jack Rose. Jack Rose. Mein Leben und meine Liebe.

Und dann überkam mich der Gedanke:

4. Er ist mit Mrs Gathering im Park, und die beiden sind gerade aus einem Lavendelstrauch gekommen!

Wie schon gesagt, die beiden Terrapin-Erlebnisse haben mich einiges über mich selbst gelehrt. Wie schon gesagt, mein ganzes langes ruhiges Leben ausschließlich in Gesellschaft von Erwachsenen hat mich etwas über Reife gelehrt. Was ich aber jetzt entdeckte, war eine Woge von Erregung und Abneigung und Interesse und Verzweiflung und Neugier und eine Art Neid auf etwas, das zwischen den beiden war. Ich sah etwas, das ich nicht verstand und auch gar nicht verstehen wollte.

Nein, das stimmt nicht. Ich sah etwas, das ich immer schon verstanden hatte und besser verstehen wollte.

Was wollte ich wissen? Ich betrachtete Jack Roses Hände, lange weiße Medizinerhände, die hin und wieder über Mrs Gatherings Leihbücher strichen, sah hastig zur Seite und ertappte mich dabei, wie ich in den tiefen V-Ausschnitt von Mrs

Gatherings elegantem fliederfarbenem Kreppkleid starrte. Ihr Hals bis zum V-Ausschnitt war gerötet, die Haut angeraut und mit Pickelchen übersät. Es war ein *alter* Hals. Ich sah wieder in Jack Roses faltenloses wunderschönes ausdrucksloses blasses Gesicht hoch oben über uns beiden. Ich hätte heulen können. Ich weiß nicht, warum.

O doch, ich weiß es.

Kapitel 4

Es waren Schritte unternommen worden, mich ein Schuljahr früher zu den A-Levels zuzulassen. Zu aller Überraschung hatte ich die O-Levels geschafft, sogar in Englisch, da die prüfungsrelevante Lektüre sehr einfach gewesen war, *Die Liebe der Fancy Day*. Ich mochte *Die Liebe der Fancy Day* nicht besonders, außer dass es nach Dorset klang und hin und wieder Spuren von Paula enthielt, was mich zum Grinsen brachte, wobei Paula um einiges explosiver war. Ich überredete Paula, mir an einem einzigen Abend das ganze Buch vorzulesen, und die Lernunterlagen sah ich mir nicht mal an. Im Fancy-Day-Unterricht saß ich einfach nur herum und dachte an dieses und jenes und fühlte mich keineswegs als was Besseres, wie es mir Miss Bex, die Englischlehrerin, unterstellte. Ich weiß nicht, warum Miss Bex so überzeugt war, dass ich sie nicht ausstehen konnte. Ohne sie wäre ich auf vieles nie gekommen.

Eines Tages zum Beispiel las sie uns etwas erstaunlich Interessantes vor. Es war etwas, das Hardy über den Roman geäußert hatte. Ein Roman, sagte Hardy, sollte das aussprechen, was alle denken, aber niemand ausspricht.

Ein Roman muss wahr sein.

Ich wage zu behaupten, dass das für die meisten bestimmt nicht sehr spannend klingt, aber für mich schon. Denken Sie mal drüber nach – WAHR. Wahr wie ein Theorem. Wahr wie eine Gleichung. Nackt und ungeniert. Ich sagte es laut: »Nackt und ungeniert«, sagte ich, und Miss Bex sagte: »Hallo? Ja? Was? War das *Marigold*?« Weiter fiel mir dazu nichts ein, aber ich war noch so bezaubert von Hardys Worten, dass ich ihr ein breites Grinsen zuwarf und nickte und dann ein bisschen zuwinkte.

Sie wirkte leicht verstört, und der Rest der Klasse fing an zu prusten und zu husten und umständlich die Taschentücher rauszuholen. Miss Bex meinte, das reiche jetzt, drehte sich schwungvoll zur Tafel und tippte mit der Kreide drauf herum, und ich glaube, um auf Zeit zu spielen, schrieb sie an die Tafel: *Ein Roman sollte zum Ausdruck bringen, was alle denken, aber niemand sagt.* Dann drehte sie sich um und starrte mich lange böse und bedrohlich an, und selbst nachdem die Worte abgewischt und in der nächsten Stunde mit Algebra überschrieben worden waren – es war eine dieser grünen Tafeln, wo die Kreide noch wochenlang durchscheint, selbst wenn man die Tafel mit dem nassen Schwamm bearbeitet hat –, spürte ich eine Wärme und Genugtuung, als ich die Worte hinter den Formeln hervorschimmern sah – Fakten hinter Fakten. Wahrheit hinter Wahrheit. Und am Abend auf dem Heimweg von der Hardy-Stunde traf ich wie zur eigenhändigen Krönung der Schönheit des Ganzen auch noch Jack Rose. Er kam die Madeira Street entlang, die Straße neben der Bahnstrecke, die auf der anderen Seite von einer rosaroten Mauer gesäumt wird, die nach Süden geht und alle Sonnenwärme speichert, wenn's mal welche gibt – für die viktorianischen Häuser mit den langen Küchengärten, die dahinter liegen. Genau wie damals beim Spannen war es ein lauer Abend, und ich schlenderte vor mich hin und stellte mir vor, ich wäre Fancy Day auf einem Wagen, die ihr hübsches, brillenloses Gesicht in einem Spiegel betrachtet. Mit einer Hand trug ich meinen Einkaufskorb voller Bücher und beobachtete die Grasbüschel zwischen den Pflastersteinen, die aussahen wie flaumige Algen – Weitsichtigkeit kann manchmal interessant sein. Und plötzlich stand Jack Rose neben mir.

»Hallo«, sagte er.

Er hatte ein freundliches Gesicht. Wirklich freundlich. Nicht schleimig oder süßlich, sondern freundlich. Gutmütig und liebevoll. Seine Haare waren weich und braun und frisch gewaschen. Schwungvoll beugte er sich nach unten, nahm mir meinen Bücherkorb ab und ließ ihn baumeln. »Ganz schön viele Hausaufgaben«, sagte er. Er hatte eigene Bücher in der anderen Hand und ließ sie in meinen Korb fallen. Seine Bücher vermischten sich mit meinen. O Gott! Ich liebte ihn – beim Anblick unserer gemeinsamen, zu einem Haufen zusammengewürfelten Bücher. Dann kam das oberste Buch ins Rutschen, und ich fing es auf und gab es ihm zurück. Es hieß *Ulysses*, ein dickes schweres Ding. »Danke«, sagte er, »nicht, dass ich's nicht auch gern verloren hätte.«

»Was ist das? Ist das griechisch?«

»Nein. Es ist englisch. Angeblich ein Roman. Es geht um eine arme Nervensäge und seine Gedankenschleifen. Willst du's lesen?«

Er nahm es heraus und reichte es mir feierlich, und obwohl es nur aus der Schulbibliothek von St Wilfrid's war und ich den ganzen Stress hätte, Vater um die Rückgabe des Buches zu bitten, war ich begeistert, weil mir noch nie jemand ein so dickes Buch zum Lesen gegeben hatte, wohl wissend, dass mir das Lesen schwerfiel. Es war allgemein bekannt, dass ich kaum lesen konnte. »Schenk ich dir«, sagte er und verbeugte sich, und ich drückte den *Ulysses* an mein Herz, und Rose schlenderte neben mir her und erzählte von Sachen wie Cricket und den Sommerferien und allem, was er vorhatte, als wäre ich jemand oder attraktiv.

Plaudernd standen wir vor dem Schuleingang, und die Jungen kamen und gingen an uns vorbei, sprangen umher wie Kaninchen, weil sie frei hatten bis zu den Hausaufgaben. Boakes kam aus dem Gebäude und lächelte mich an. Dann kam Terrapin herausgetapert und stolperte über Roses Füße. Rose versetzte ihm einen Tritt. »Steh auf, du Flasche. Fast hättest du Bilge umgeworfen.«

»Hab ich aber nicht. Sondern dich.«

»Dann entschuldige dich.«

»Kannste ver– aua!«

»Und jetzt verzieh dich.«

Terrapin massierte sich den verdrehten Arm, schaute mich an und sah das Buch und las den Titel vor meiner Brust. »Du liest ja wohl nicht das da!«, sagte er und lachte los.

»Verzieh dich!«

Terrapin ignorierte ihn. »Das gefällt dir nicht, Bilge. Lass die Finger davon.«

»Wieso?« Ich war so wütend, dass ich schwitzte.

»Ist nix für dich«, sagte Terrapin. »Du liest es sowieso nicht zu Ende, weil's viel zu lang ist. Es sind lauter langweilige private Gedanken. Wie man Sprache benutzt, wenn man denkt.«

»So was interessiert mich.«

»Sag ich doch«, sagte Rose und zupfte (oh, wie göttlich) zum zweiten Mal an meinen Haaren. »So was mag Bilge.«

»Ein Roman sollte beinhalten, was alle denken und keiner zu sagen wagt«, erklärte ich, und es entstand eine kurze Pause. Jack Rose sagte: »Du siehst also, Terrapin. Sie hat *wohl* das richtige Buch. Es ist später, als du denkst.« Er beäugte mich ein bisschen und verschwand im Schulgebäude.

Als ich Terrapins verrücktem knopfäugigem Blick begegnete, der alles andere als freundlich war, rutschte mir raus, dass ich *Ulysses* in Wirklichkeit noch nicht mal angefangen hatte. »Ich verstehe eigentlich gar nicht, um was es –«

»Das wirst du am Ende auch nicht«, sagte er. »Aber ich denk mal, du wirst die Stelle mögen, wo Zeug aus dem Bauchnabel seiner Schwester kommt.« Er verschwand durch die Tür und schaute noch mal raus, und sein Gesicht war schlimmer als sonst – ZERBEULT und grimmig.

»Und es gibt eine schöne lange Stelle, wo einer auf dem Klo sitzt und drückt. Alles, was er so denkt, während er am – ach der gute Thomas Hardy«, brüllte er, und ich konnte sein schreckliches Gelächter durch den ganzen Garten hören und unsere Treppe rauf und bis in Paulas Wohnzimmer, das leer war, und die aktuelle Mrs Dings hatte vergessen, mir was zu essen hinzustellen.

Ob es nun an *Ulysses* lag oder nicht – und ich glaube nicht, dass es daran lag, denn ich habe es wirklich nie zu Ende gelesen –, jedenfalls hatte sich Uncle Bleistift in den Kopf gesetzt, dass ich angeblich davon träumte und die Chance bekommen sollte, ein Jahr früher meinen Abschluss zu machen.

Ich hatte mit meinem Vater in den Ferien sehr viel gelernt, und als ich die A-Levels mit Bestnote bestand, fanden sich der Bleistift und Puffy und Vater und Paula zu einem großen Plausch zusammen, und es wurden Briefe an Miss Bex und die Direktorin verfasst. Miss Bex, die mich wie gesagt noch nie im Geringsten gemocht hatte, bat mich eines Tages nach der Schule um ein kurzes Gespräch, und ich erfuhr, dass ihr jemand – vermutlich wieder Uncle Bleistift – zugeraunt hatte, ich hätte Chancen, in Cambridge angenommen zu werden. Miss Bex erzählte mir davon, als wäre es ihre Idee gewesen, sie bot sie mir an wie eine dicke fette klebrige Praline. Strahlend lehnte sie sich zurück, um mich geifern zu sehen.

Ich besah die Praline nachdenklich von allen Seiten, und dann sagte ich, dass ich sie mit nach Hause nehmen müsse zu Vater. Sie fing an, mit enttäuschter Miene Papierstapel auf ihr Pult zu knallen. Sie wollte Aufregung und Dankbarkeit sehen. Jahrelang hatte Miss Bex mir das Gefühl gegeben, ich sei dumm wie Brot. Jahrelang war es Miss Bex gewesen, die mich im Englischunterricht beim Vorlesenlassen übergangen hatte, weil sie mich für lernbehindert hielt. Die guten A-Levels mussten sie überrascht haben, aber sie hatte nie was gesagt – »Gut gemacht« zum Beispiel.

»Ich sollte wohl sagen«, rief sie mir zu, während ich meine Bücher nahm, um mich auf den Heimweg zu machen, »dass ich *nicht* sehr zuversichtlich bin. Mir scheint die Idee doch sehr – *ambitioniert.*«

Schien mir ja genauso. Die Idee schien absolut irrsinnig. Ich hatte mich kaum an die Tatsache gewöhnt, dass ich nicht unterbelichtet war, und hatte in meinem Leben noch nie auch nur irgendeine Universität in Betracht gezogen, geschweige denn Oxbridge. Vermutlich ist es ein weiterer Beweis meiner Schrägheit, dass ich mir überhaupt noch keine Gedanken über die Zeit nach der Schule gemacht hatte. Sobald sich diffuse Überlegungen aufdrängten, hatte ich ihnen schnell mithilfe der Erinnerung an Miss Bex' dauergenervter Miene einen Dämpfer verpasst.

»Die schriftliche Prüfung wird das Problem sein«, sagte Vater, als er es erfuhr.

»Kann ich mir da nicht helfen lassen?«, fragte ich. »Ist das nicht so eine Art Essay?«

»Englisch«, sagte Paula und setzte das Teetablett ab. »Könnten Sie das hier bitte für Boakes' Furunkeltabletten unterschreiben, William?«

»Nein, nein, Paula. Nein, nein.«

»Warum nicht?«

»Na ja, die Lektüre. Die gesamte Lektüreliste.«

»Sie liest doch jetzt prima.«

»Ich bin nicht taub«, sagte ich, »ich bin hier. Leibhaftig.«

»Und was ist mit den Jahren, in denen sie nicht gelesen hat? Nein, nein. Sie müsste viel zu viel nachholen.« Aber während er Paula das unterschriebene Rezept zurückschob und ihren ernsten Blick sah, begriff ich, dass er sich unheimlich freute, und ich erkannte plötzlich, wie viele Sorgen sich die beiden all die Jahre um mich gemacht haben mussten, als ich a b nicht von a d unterscheiden konnte: die Sorge, dass irgendwas mit mir nicht stimmt. Ich musste an all die Abende denken, an denen Paula mir vorgelesen hatte, und an ihr unerschütterliches Vertrauen – trotz der geheimen Briefe von der Lehrerschaft, die ich zu Hause hatte abgeben müssen, worin es hieß, man sollte mich doch mal von Psychologen oder Irrenhausbetreibern begutachten lassen, und so weiter –, ihr Vertrauen, dass ich am Ende die Kurve kriegen würde.

Ich hätte nie damit gerechnet, nach den O-Levels noch mal Englischunterricht nehmen zu müssen, und schriftlich bin ich immer noch sehr schlecht. Hinzu kam, dass – wer sonst – Miss Bex die Oberstufe unterrichtete, und die Bücher, die sie in ihrem Kurs durchnahm, waren alle sehr schön, und ich wollte sie mir nicht verderben lassen. Mir war's immer lieber gewesen, über ein Buch nachzudenken, als drüber zu schreiben, und ich habe immer angenommen, dass Englisch zusammen mit Religion ein Fach für Luschen sei oder für Leute, die Sachen nur zum Spaß machen. Aber für einen Bewerbungsessay –?

»Na gut«, sagte ich. »In Ordnung. Lerne ich halt noch ein bisschen Englisch.«

»Es ist deine Entscheidung«, sagte Vater. Paula tänzelte davon, als hätte sie Jerusalem erobert.

Anders als Miss Bex. »Wirklich?«, sagte sie. »Englisch? Für den Oxbridge-Essay?«

»Für Cambridge.«

Als ich das sagte, fühlte ich mich total schrecklich. Ich wusste, dass ich kaum eine Chance auf Cambridge hatte, auch wenn meine Noten in Mathe und Physik nicht schlecht waren.

Ich lief knallrot an, und Miss Bex stieß ein kleines sardonisches Lachen aus. »Na ja«, sagte sie, »ich denke, du solltest es wenigstens *probieren*. Ich sollte mich mal mit deinen Eltern unterhalten. Sie möchten mich bitte kontaktieren, ja?«

»Es ist nur mein Vater«, sagte ich. »Meine Mutter ist gestorben.«

»Oh. Ach so. Das tut mir so leid. Das habe ich nicht – Ich hoffe, es war nicht –?«

»Ist schon länger her«, sagte ich tapfer.

»Ach herrje. Hat die Direktorin –?«

»Ich habe nicht darüber gesprochen«, sagte ich. (Wäre auch schlecht gegangen. Da ich gerade erst geboren worden war, konnte ich ja noch nicht sprechen. Ich bin nicht stolz auf dieses Gespräch und sollte mich nicht darüber freuen, dass sie furchtbar betreten wirkte.)

»Ich werde deinem Vater schreiben«, sagte sie. »Vielleicht darf ich vorbeikommen und mich mal mit ihm unterhalten?«

»Das wäre besser«, sagte ich, »als ihn herzubitten. Er verlässt das House nicht oft. Er führt ein sehr ruhiges Leben.«

Sie sagte: »Ah.«

Eine Woche später schaute ich aus meinem Schlafzimmerfenster, und siehe da, mit wackelndem Kopf und bierernster Miene lief sie durch den Garten und kaute meinem Vater ein Ohr ab, und Vater beugte sich mit seinem herzallerliebsten zerstreuten Lächeln höflich zu ihr. Während ich die beiden beobachtete, pflückte er ihr eine wilde Rose – oder vielleicht pflückte er sie auch nur und hielt sie ihr zum Bewundern hin, aber sie nahm sie mit großem Gewese entgegen und steckte sie in ein Knopfloch ihres großkarierten Tweedkostüms.

»Wer ist das denn?«, fragte Paula über meine Schulter hinweg.

»Das ist Miss Bex. Bei ihr machen wir Hamlet und Hardy.«

»Gott hab Erbarmen«, sagte Paula.

»Ach komm«, sagte ich, »sie ist schlau. Sie weiß viel.«

»Das ist ja wohl das Mindeste«, sagte Paula. »Ich frag mich, was Hamlet und Hardy wohl von *ihr* gehalten hätten.«

So hatte ich Paula noch nie lästern hören. Sie gibt doch sonst nichts auf Äußerlichkeiten.

Am nächsten Montag, als ich Miss Bex im Schulkorridor traf, schenkte sie mir ein breites empathisches Lächeln und zeigte dabei beide Zahnreihen und die Feuchtigkeit, die sich in ihren Mundwinkeln sammelt und beim Sprechen ein leises Geräusch erzeugt wie ein pfeifender Wasserhahn – ein Wasserhahn mit nicht ganz durchgescheuerter Unterlegscheibe, aber fast. Ich dachte an Paulas feindselige Haltung, die mich richtig schockiert hatte, da sie so ungewöhnlich für sie war, und verzichtete daher auf meinen linsenverzerrten Basiliskenblick, den ich sonst bei unseren Zufallsbegegnungen gern anwende.

»Da *bist* du ja«, sagte die Bex. »Du bist doch heute Nachmittag dabei?«

»Ich?«, fragte ich. »Wobei denn genau –?«

»Bei meinem Wordsworth- und Hamlet-Kurs?«

»Bin ich denn drin?«

»Aber natürlich, meine Liebe. Hat dir dein Vater nichts gesagt?«

»Hat er wohl vergessen.«

»*So* ein lieber Mensch«, sagte sie. Mich konnte sie schwerlich damit meinen, also bezog sich das wohl auf Vater. »Wir sehen uns nicht allzu oft«, sagte ich und hätte mir dann in den Hintern treten können, als ich die Woge des Mitleids sah, die über ihr Gesicht schwappte. »*So* tapfer«, sagte sie. »*So* schwer beschäftigt.«

Als ich erstmals in Erwägung gezogen hatte, für meinen Essay die Englisch-AG zu belegen, war mir klar geworden, dass ich mich darauf freute. O-Level-Englisch ist natürlich Pillepalle – kann man sich wohin stecken. Kinkerlitzchen für Kleinkinder – wobei mir die Bücher selbst Spaß gemacht hatten. Auch Wordsworth war kurz drangekommen. Ich mochte ihn. Er war immer im Dienst der guten Sache unterwegs, und ich stellte ihn mir gern vor, wie er durch den Lake District streifte und sich Gedichte ausdachte, während Dorothy hinterherrannte und sie dann netterweise zu Papier brachte. Der Widerwille, den Wordsworth anscheinend gegen den Schreibakt hatte, brachte ihn mir nahe. Und mir gefiel, wie sich die Wordsworths draußen in den Bergen in Wolldecken gehüllt auf die Erde legten, um einen klaren Kopf zu kriegen, während der Regen vom Himmel stürzte. Und dann diese riesige unglückselige Nase.

Und Wordsworths Leidenschaft für die Schönheit der Seen, zitternd und glänzend unter den wirbelnden Wolken. Ich fragte mich, ob Wordsworth weitsichtig gewesen war. Dorothy schien mir eher kurzsichtig. Präzise. Ich liebte Dorothy. So eine furchtbare Köchin. Ich saß da und dachte während der ganzen ersten Stunde bei Miss Bex über sie und ihren Bruder nach, während die anderen beflissen mitschrieben. Erst am Ende der Stunde beschloss ich, dass es noch mehr zu entdecken geben musste als den Aufbau der Wordsworth'schen Sehnerven.

Ich traf eine bewusste Entscheidung – Miss Bex, merkte ich gerade, hatte mich angesprochen, und ich hatte sie einfach nur angestarrt –, dass ich dieses Englisch ernst nehmen würde. Ich würde mich von nun an – da es zum ersten Mal läutete –

in ihrem Hamlet-Kurs, der als Nächstes dran war, richtig auf den Hosenboden setzen. Ich sagte: »Danke, Miss Bex«, als Antwort auf das, was immer sie gerade zu mir gesagt hatte, und auch, weil sie ziemlich erschöpft aussah und sich wirklich solche Mühe gibt und weil sich die Feuchtigkeit schon wieder in ihren Mundwinkeln sammelte. »Die arme Bex«, dachte ich. »Ich werde sie zufriedenstellen. Ich werde mich ändern. Die werden Augen machen«, und beim Blick in die Runde wünschte ich mir fast, es gäbe jemanden, dem ich das sagen könnte. Ich warf einen Blick in die Runde und war ein bisschen traurig, denn es waren die üblichen Nasen, mit denen ich zur Schule gegangen war, die allesamt indoktriniert waren von der Idee, dass Marigold Bilge Green ein grässlicher Mensch sei, alle, wie sie dort hockten.

Zum allerersten Mal in meinem Leben wünschte ich mir – ich glaube, ich betete sogar dafür – eine Freundin. Ich vergaß Paulas Zweites Gesetz. Ihr Erstes Gesetz lautet VERZICHTE AUF SELBSTMITLEID!, aber ihr Zweites Gesetz ist ziemlich nah dran: BETE MIT BEDACHT. Das Erschreckende am Beten sei, sagt sie, dass man meistens erhört würde.

Tja, und dann ging's los – wir waren zu zwölft – mit dem Hamlet-Kurs. Wir waren die sogenannte Gruppe B, und kaum jemand hatte mehr Hamlet gelesen als hier und da mal ein Bruchstück. Nicht einer von uns hatte das Stück gesehen, nur einen ganz schrecklichen Film, in dem Hamlet eine goldblonde Perücke aufhat und ziemlich alt wirkt und unter Wolken, die nach Wasserdampf aussehen, auf irgendeiner Burgmauer vor sich hin jammert.

Vor dieser Stunde hatten alle in der Klasse reihum vorlesen müssen, aber es war so grauenhaft, dass wir jetzt nach vorn mussten wie Zwölfjährige, um den Text zu spielen. Wie immer waren nicht genug Bücher da, also teilten sich Rosenkranz und

Güldenstern ein Buch und warfen es nach Bedarf zur Königin rüber. Polonius sprang von hier nach dort und las beim Ersten Spieler mit, und ich erinnere mich, dass ein sehr seltsames Mädchen namens Penelope Dabbs, die den Hamlet spielte, über den Boden robbte und den König durchdringend anblickte, um zu sehen, ob ihm komisch wurde. Sie machte Stielaugen in Richtung König (gespielt von der Bex), und außerdem streckte sie das Buch in die Höhe. Als Obermufti hatte sie zumindest ein eigenes Buch haben dürfen, aber während sie es durch die Luft schwenkte, die Augen verdrehte und sich Splitter in den Bauch jagte und schrie und lamentierte, wie es Hamlet so macht, kam es mir schon seltsam vor, dass mich ausgerechnet *so was* nach Cambridge bringen sollte.

Ich hatte natürlich keine Rolle.

Seit der Zeit, als ich nicht lesen konnte, wurde ich nie aufgefordert, irgendwo mitzumachen, und saß immer nur hinter meinem Pult. Die Pulte standen kreuz und quer, nach hinten geschoben, und dahinter die dreckige Tafel, und die schrecklichen Blumen davor in den scheußlichen Vasen auf den Fensterbänken waren besonders deprimierend. Blumen in Klassenzimmern sind ähnlich deprimierend wie Blumen in Krankenhäusern – sie betonen einfach nur die Tatsache, dass man nicht rauskann, um sie wachsen zu sehen. Klassenzimmer brechen einem das Herz.

»Nein!«, sagte die Bex gereizt zu Penelope Dabbs. »Nicht – oh, ihr seid ein dummer Jahrgang! Ein *dummer* Jahrgang!«

»Blaa, blaa, blaa«, blökte jemand anders.

»Blaa, blaa, blaa«, wehklagte Penelope Dabbs, und hinter der ganzen Truppe ging die Tür auf, und dort stand eine Erscheinung.

Kurz hing sie in der Luft. Die Tür schwang langsam hin und her, und dann war die Erscheinung weg.

»Hallo?«, rief die Bex und fuhr herum. »Hat es geklopft?« Sie sah mich fragend an, da ich die Einzige war, die nicht mit dem Rücken zur Tür saß. Wie üblich sagte ich nichts, aber nicht aus dem üblichen Grund, nämlich, dass es eh niemanden interessierte.

Ich glotzte.

Wieder ging die Tür auf, diesmal weiter, und ein Mädchen trat ein und lehnte sich dagegen und begann, sich sanft hin und her zu wiegen. Dann, als wären ihre Wimpern zu schwer für ihre Lider, schloss sie halb die Augen und musterte auf diese Weise Miss Bex und alle anderen. Es waren dicke fette schwarze Wimpern wie Kaminbürsten, und darüber waren sehr schön konturierte schwarze Augenbrauen, die man für künstlich hätte halten können, was aber ziemlich sicher nicht der Fall war. Die Augen hinter den Schlitzen waren leuchtend türkis.

Das Mädchen war groß und sah fast knochenlos aus. Sie war ungefähr siebzehn, dachte ich, mit einem großen bleichen Gesicht. Sie trug ein grünes Kleid, das ihr praktisch am Körper klebte und zwei sehr lange weiße Arme zur Geltung brachte. Aber der größte Hingucker waren ihre Haare. Es war ein gigantischer Schauer, eine Art Wasserfall aus Gold – na ja, fast goldfarbenes *Rosa*! Sie waren wie Zuckerwatte, eine riesige Wolke aus Licht. Sie bauschten sich nach unten und nach oben und zur Seite, und sie nahmen das ganze Licht der ganzen kläglichen Atmosphäre in sich auf.

Da stand sie, träge gegen die Tür gelehnt, und wiegte sich lässig hin und her, mit diesem ganzen Haar – und wie bei den Augenbrauen sah man sofort, dass es echt war, das kann man ja manchmal: Es bestand nicht der geringste Zweifel – mit diesem ganzen Haar, das loderte und glühte und leuchtete wie die himmlischen Heerscharen in Gold und Alabaster auf einem mittelalterlichen Gemälde. Und ich dachte: Du liebe Güte! Wenn Uncle Edmund Hastings-Benson *das* sehen könnte!

»Ja bitte?«, sagte Miss Bex.

Das Mädchen lächelte.

»Wolltest du zu mir?«

Immer noch lächelte das Mädchen.

»Hat es irgendwas zu tun mit – « Miss Bex verstummte. Was hatte es auf sich mit diesem Geschöpf? War sie Ophelia auf dem Weg zum Fluss? Wohl kaum. Groß, selbstbewusst, sicher stand das Mädchen da.

Schließlich sagte sie: »Ja ich weiß auch nicht so genau. Ich weiß nicht, wo – «

»Das ist die Sixth Form. Englisch-AG. Gruppe B«, sagte Miss Bex in angespitztem Ton.

»Na ja, kann sein, dass – «

»Wen suchst du? Wer bist du?«

»Oh, wenn ich *das* nur wüsste.« Sie stieß einen Riesenseufzer aus, blickte sich um, und als sie mich in der ersten Reihe sitzen und zurückstarren sah, sagte sie: »Ah, hallo.«

»Hallo«, sagte ich.

»Was geht hier vor sich?«, fragte Miss Bex und tippte energisch mit der Kreide gegen die Tafel – im Kreidetippen ist sie ganz groß.

»Lange nicht gesehen«, sagte die Erscheinung. »Wie geht's?«

»Ganz gut«, hörte ich mich sagen. »Komm doch rein. Sie spielen *Hamlet.*«

»*Hamlet*!!« Sie riss ihre kolossalen Augen auf, ließ den Blick über die Bohlen schweifen und entdeckte P. Dabbs auf dem Bauch: Und plötzlich war ich übermannt. Mein Vorsatz aus der Wordsworth-Stunde, brav zu sein und Englisch ernst zu nehmen und nett zu Miss Bex zu sein, löste sich in Luft auf. Ich konnte nichts dafür. Ich wollte keine Unruhe stiften. Ich bin einfach irgendwie explodiert. Ich stieß ein unflätiges, lautes, langgezogenes Geräusch aus, schlug die Hände über den Mund, stieß ein noch schlimmeres Geräusch aus, riss mir die Brille von der Nase, ließ meine Stirn auf den Tisch fallen und kreischte vor Lachen. Da ich in meinen fünf Jahren an der Gesamtschule bis dahin kaum einen Laut von mir gegeben und vor anderen Menschen bis auf vielleicht Paula in meinem ganzen Leben noch nicht so gelacht hatte, können Sie sich den Rest vorstellen. Irgendwer – die gute alte Penelope – klopfte mir auf den Rücken. Jemand anders bewegte meine Arme auf und ab, als müsste man mich wiederbeleben. Phyllis Thompson rannte los, um ein Glas Wasser zu holen, und die Bex ordnete ein sofortiges Öffnen sämtlicher Fenster an.

Die Erscheinung jedoch drapierte sich einfach über zwei Stühle und wartete. »Keine Sorge«, rief sie. »Alles gut. Das ist normal bei ihr. Sie war immer schon ballaballa. Halt die Klappe, Bilgie, Himmel.«

»Himmel«, sagte sie und vertrat sich die Beine, während ich nach Luft schnappte und mit tränenden Augen blinzelte. Sie nickte freundlich rüber zur Bex und drehte sich zurück zu mir. »Erinnerst du dich nicht an mich? Ich bin Grace Gathering.«

»Grace Gathering«, sagte ich.

»Ich war deine beste Freundin, als wir fünf waren. Erinnerst du dich nicht?«

»Nein«, sagte ich. Und dann erinnerte ich mich. »Grace *Gathering*«, sagte ich. »Aber du bist die Tochter des Direktors – Du bist doch in – Du bist nicht hier!«

»Jetzt ja«, sagte die Erscheinung.

Sie wandte den Blick ab, ebenso wie ich und Rosenkranz und Güldenstern und Polonius und die ganze königliche

Familie, weil die Hintergrundmusik aus heftigem Geklopfe schneller und lauter geworden war. Die Bex in all ihrer Macht hatte sich hinter ihrem Pult verschanzt, und die Kreide ratterte wie ein Gewehr. »Könnte man mich bitte *einweihen*«, sagte sie, und auf jedem Reißzahn bildete sich ein Eiszapfen, und der Raureif blähte sich vor ihren Nasenlöchern – »Könnte man mich *gnädigerweise* –«

»Oh – entschuldigen Sie bitte vielmals.« Grace sprang auf und ging zu ihr hin. »Ich glaube, ich komme wahrscheinlich in diese Klasse. Im Lehrerzimmer ist niemand, und die Direktorin ist auch nicht in ihrem kleinen Nest. Ich bin wohl ein bisschen spät dran. Ich dachte, ich probiere einfach ein paar Türen.«

»Das heißt«, sagte Miss Bex frostig, »du bist ein neues Mädchen?«

»Ja.«

»In meiner Klasse?«

»Ich glaube ja. Ich war bisher auf einem Internat. Ich bin wohl ungefähr in demselben Alter.« Sie winkte luftig in unsere Richtung.

»Aha. Von welcher Schule?«

»Dartington Hall.«

»Aha.«

»Ich dachte, du warst auf Cheltenham«, sagte ich, und alle sahen mich an, als hätte eine Wachsfigur auf einmal angefangen zu sprechen.

»Geflogen«, sagte Grace Gathering.

»Und Dartington?«, fragte Miss Bex.

»Auch geflogen.«

Sie schenkte der Bex und allen anderen ein reizendes Lächeln.

»Also bin ich nach Hause gekommen zu Mum«, sagte sie. »Ins School House, gegenüber von unserer Bilge.« Sie nickte der Bex aufmunternd zu. »Jetzt wird alles bestimmt viel besser.«

Da läutete die Schulglocke, und irgendwie kriegten wir die Shakespeares eingesammelt und die olle Bex aus dem Raum geschafft, und alle fanden zusammen wie eine Truppe zur Lagebesprechung. Sie scharten sich unter dem Watts-Bildnis vom *Mann mit großem Besitz*, der aussah wie jemand, der in der Ecke steht und kotzt. Irgendwer stieß eine Vase mit verblühten Chrysanthemen um, und während das Wasser hinabrann, ging mir auf, warum ich mich so gut fühlte. Denn die Mädchenschar schaute nicht nur die Erscheinung an, sondern auch mich. Die Erscheinung und ich waren zusammen. Wir waren Alliierte!

»Chrysanthemen«, sagte Grace und warf ihnen ein Lächeln zu, und das Wasser tropfte, und sie ließ sich auf meiner Bank nieder. »Ist euch schon mal aufgefallen, dass sie aussehen wie Schafe von hinten?«

Sie zwirbelte einen der Stängel. »Im Wind«, sagte sie. »Gestern sind wir von York über die Moore hergefahren – all die armen Schafe, die mit dem Hintern zum Wind standen. Wie lauter graue Chrysanthemen.«

Die Bex-VI, Gruppe B, hatte dazu keine Meinung, also wandte sich Grace wieder zu mir und warf sich ihre rosa Zuckerwatte über die Schultern, die nichts von toten Chrysanthemen oder Schafshintern hatte. »Na, Marigold Bilge Green, altes Haus«, sagte sie, »schön, dich wiederzusehen nach all den Jahren. Deine Haare find ich gut. Ganz schön lockig geworden. Toll, ein bekanntes Gesicht zu sehen.«

Kapitel 5

An jenem Nachmittag kam ich von der Schule zu Paula nach Hause und platzte herein wie nie zuvor und seitdem nie wieder. Ich stürmte rauf ins Bügelzimmer, rüber auf die Krankenstation, runter in Vaters Arbeitszimmer, um sie und Vater endlich im Schlafsaal der Jungen fast über den Haufen zu rennen. Als ich in den Raum stürzte, wuselten mir die Jungen um die Füße wie fliehende Ratten aus einer Scheune. Ich knallte mit Boakes zusammen, der beim Rausgehen ein Buch vor der Nase hatte, und kollabierte vor Paulas Füßen, die gerade die Verwendung von Jalousienschnüren demonstrierte, und weder sie noch Vater zeigten sonderlich großes Interesse an den Neuigkeiten, die ich mitbrachte.

»Grace Gathering ist zurück«, erklärte ich.

»Man könnt meinen, die hätten reihenweise versucht, sich aufzuhängen«, sagte Paula. »Total zerfetzt, und jetzt gehen sie nicht mehr runter, oder es wird zu fest dran gezogen, und, pling, schießen sie wieder hoch!«

»Schießen sie wieder hoch«, sagte mein Vater gedankenverloren, kniff die Augen zusammen und genoss die Aussicht. »Hallo, Marigold. Herrliche Wolkenformation. Guck mal.«

»Das heißt, sie müssen erneuert werden, und es wird hundert Pfund kosten, und da kommen wir nicht drum rum.«

»Grace Gathering ist hier.«

»Es gehört sich nicht, wie die nackigt hier rumspringen.« (Nackigt reimt sich bei ihr auf Dickicht.)

»Ach, kommen Sie«, sagte Vater, »das ist doch kein Drama. Wer ist hier, Marigold?«

»Grace Gathering. Dartington Hall hat sie rausgeschmissen. Sie kommt auf unsere Schule. Sie wohnt jetzt wieder zu Hause, beim Direktor.«

»Ah, gut. Dann hast du ja jetzt 'ne Freundin hier«, sagte Paula, »und ich werde es nicht zulassen, dass diese großen haarigen Oberstufler ohne Sichtschutz hier rumspringen und mir die jungen Mädchen verderben. Wer ist denn diese Grace Gatherin?«

»Grace *Gathering* heißt sie. Sie war mal meine beste Freundin. Erinnerst du dich nicht? Sie ist *irre* freundlich und sie ist total hübsch geworden. Und *nett*«, fügte ich frostig hinzu, während Paula anfing, mit einem Maßband zu hantieren.

»Was ist denn mit dir los?«, sagte sie. »Wer ist denn hier *nicht* nett? VERZICHTE AUF SELBSTMITLEID. Vor allem muss ich jetzt wissen, kann ich neue *Schalousien* bestellen?«

»Könnten Sie nicht – diese schönen Gardinen nehmen, die wir vor langer Zeit mal hatten?«, fragte Vater leicht erschöpft.

»Staubfänger. Fir-le-fanz. Hab ich längst verbrannt, und solange ich am Leben bin, wird's keine neuen geben. Nach mir, meinetwegen. Und die brauchen hier nicht nur ordentliche Schalousien im Winter, sondern auch Vorhänge. Damit die Wärme im Haus bleibt. Und jetzt kommen Sie mir nicht mit Tom Brown's Schooldays, diesen Internatsgeschichten.« Und so ging es immer weiter mit den beiden.

»Ich gehe jetzt«, sagte ich, und sie nahmen keine Notiz von mir. »Ich geh rüber zum Direktor und geh sie besuchen.« Das war für mich etwas höchst Außergewöhnliches, normalerweise setzte ich nach der Schule keinen Fuß vor die Tür, aber Paula rief nur: »Abendbrot. Vergiss nicht dein Abendbrot. Spiegeleier und Bohnen werden schnell ledrig.«

»Ich werde heute *auswärts* essen«, verkündete ich und verschwand hinter den Holzschuppen, schlenderte über die Straße und vorbei an den anderen Houses bis zum schmiedeeisernen Zaun und der georgianischen Haustür des Direktors. Was ich dann dort zu tun gedachte, weiß ich nicht, aber Grace' Ankunft hatte mich seltsam erschüttert. Vom ersten Moment ihres Auftauchens an hatte ich das ziemlich sichere Gefühl, dass sie irgendein Geschenk des Himmels war – eine Art Erlösung, obwohl mir bis zu dem Moment, als sie den Kopf durch die Tür steckte, nicht klar gewesen war, dass ich überhaupt Erlösung brauchte. Wie bei dem *Mann mit großem Besitz* war alles in Ordnung gewesen – zumindest hatte ich das angenommen. Mir war nicht klar gewesen, wie sehr ich eine Freundin brauchte.

Eine Erzählung und eine Gleichung sind insofern eins, als sie ein Versuch sind, eine Aussage über die Wahrheit zu treffen, über das, was – wie Hardy sagt – alle denken und niemand auszusprechen wagt: Falls Sie also denken, ich hätte gewisse Gefühle für Grace Gathering – so wie die Unterstuflerinnen sich manchmal in eine Lehrerin verlieben oder Puffy Coleman sich in die neuen Jungen verguckt –, kann ich Ihnen kühlen Kopfes sagen, dass das nicht der Fall ist. Ich habe sehr gut ausbalancierte Hormone, die alle an der richtigen Stelle sitzen. Allenfalls machte mir Sorgen, dass sie so frühzeitig zu köcheln begannen und ich schon mit elf – ja, ich gebe es zu – manchmal nicht einschlafen konnte, weil ich an Jack Rose denken musste.

Aber ich stehe nicht auf Mädchen. Mein Staunen und Entzücken über Graces Anblick, über ihre Zuwendung und Freundlichkeit war einfach der Tatsache geschuldet, dass ich die wundersame Hoffnung darin sah, mich ein wenig darin zu sonnen, mich an sie dranzuhängen. Mit ihr assoziiert zu werden. Mit Grace Gathering war etwas sehr Verheißungsvolles in den Hamlet-Kurs hineinspaziert – eine Art diffuse Zuversicht, eine schläfrige, köstliche Zufriedenheit, wie ich sie an jenem Abend vor langer Zeit verspürt hatte, als Boakes vor dem Fives Court Querflöte spielte, oder damals an dem Nachmittag, als ich die Madeira Street entlangging und Jack Rose des Weges kam und mir *Ulysses* ans Herz legte.

Anders gesagt, ich begriff, dass Grace Gathering Romantik versprühte, und wenn ich ihre Nähe suchte, würde ein bisschen davon auf mich abfärben. Romantik schwebte mir als edle Minne im Tennyson-Stil vor. Ein Zyniker wie Terrapin hätte jetzt sofort gesagt: »Ha – Bilge hat gedacht, Grace würde Jungs anlocken, und wenn sie mit ihr rumhängt, würde sie, Bilge, vielleicht ein paar Reste abgreifen können.«

Aber Terrapin stellte keine Bedrohung für mich dar. Er war mein böser Geist aus der Vergangenheit. Ich sah ihn kaum noch. Die einzigen beiden romantischen Episoden meines Lebens hatte er plattgewalzt, aber ich würde nicht zulassen, dass er sich auch noch diese krallte. Grace wäre sich der Terrapins dieser Welt überhaupt nicht bewusst, ebenso wenig, wie sie Gefahr laufen würde, auf das romantische Gesäusel des lieben alten Uncle Edmund Hastings-Benson reinzufallen. Grace sah ich als Figur, die himmelweit über jeder Derbheit und Schlampigkeit stand – eine Figur wie aus einer Rittersage, ein Geschöpf der Wehrgänge, Schlossgräben und einsamen Nachtwachen, der Fehdehandschuhe und Streitrösser, weithin wogender Felder von Gerste und Roggen.

Und jetzt wurde ich mit ihr assoziiert. Ich stellte mir vor, wie ich über Vaters Sportanlagen Richtung Kricketpavillon schlendere, dann die Straße entlang zurück, bei Grace vorbei, aber ohne einen Blick auf das Haus zu werfen, und dann wieder heimwärts, dabei eine Hand lässig über das Geländer des Schulzauns gleiten lasse: Ich sah Grace Gathering in einem luftigen Kleid und hohem spitzem Hut mit flatterndem Schleier zum Fluss schweben und sich in ein Boot legen, das sachte, sachte den Fluss hinuntertreibt und im perligen Dunst unter den Brücken verschwindet. Und ich hörte Grace' Stimme, ich hörte sie singen und singen, immer leiser und leiser singen und verstummen, und an der letzten Brücke stand Lancelot höchstpersönlich und beugte sich traurig über die Brüstung, mit traurigem Blick.

Er sagte: »Sie hatte ein schönes Gesicht

Die Dame von Shalott.«

Und neben ihm auf der Brücke stand ich – Bilge. Er hatte es zu mir gesagt.

»Ach, ach!«, sagte er. »Grace Gathering. Tot, das arme Ding, und nicht für mich gestorben. Nicht *wirklich* mein Typ, klar«, sagte er – Jack Lancelot. »Kein Mädchen, das man *wirklich* lieben könnte, das *wirklich* nahbar wäre«, sagte er, und er streckte mir seine blasse Doktorenhand in seinem mittelalterlichen Kettenhandschuh entgegen und hob meine Hand an seine Lippen. »Oh, Bilge! Marigold!«

Zusammen verließen wir die Brücke, für immer ein Paar, während Grace Gatherings riesengroße weiß-goldene Leiche unter der Brücke vor sich hin schwappte.

Eine Geschichte muss das sein, was alle denken und niemand zu sagen wagt. Hiermit präsentiere ich Ihnen also meinen Kotau vor Thomas Hardy, meinen Versuch, die nackte Wahrheit zu erzählen, die Gedanken, die mir wirklich durch den Kopf gegangen sind, die Fantasie, die ich wirklich gehabt habe.

Auch wenn's nicht ganz so gut ist wie *Ulysses*.

Kapitel 6

Der nächste Tag brachte kein Lebenszeichen von ihr. Sie tauchte nicht in unserer Klasse auf, und ich sah sie nicht in der Andacht. »Was ist denn eigentlich mit diesem *Mädchen*?«, fragte Penelope Dabbs hämisch. »War sie eine Illusion?«

»Möglich«, sagte Phyllis Thompson mit bedeutsamem Blick. Bedeutsame Blicke sind ihr Ding. Wobei niemand die Bedeutung versteht, was wiederum ihr Pech ist. »Irgendwie hat sie was mit Marigold zu tun.« (An meiner eigenen Schule heiße ich meistens, wenn überhaupt, Marigold, es sei denn, jemand hat einen Bruder auf St Wilfrid's und weiß Bescheid.) »Wer ist sie, Marigold?«

»Sie ist die Tochter des Direktors. Ich kannte sie mal, als ich klein war.«

»Sie ist ein bisschen seltsam«, sagte Phyllis Thompson.

»Sie ist ein bisschen zu viel des Guten«, sagte jemand anders, »sie redet vörnehm.«

»Söhr«, sagte Penelope. »Wo hat sie denn die ganzen Jahre gesteckt?«

»Sie wurde ferngehalten von Leuten wie uns«, sagte Doris Nattress, »um sich bloß keinen Dialekt anzugewöhnen.«

»Die redet doch eh, wie sie will«, sagte Phyllis, »egal, wo sie ist. Die macht, was sie will.«

Für einen Moment waren alle in Neid vereint.

»Vielleicht saß sie irgendwo im Gefängnis.«

»Dafür ist sie nicht alt genug.«

Alle kreischten. »Ihre Haare sind zu lang.«

»Aber Dartington ist doch ein Gefängnis, oder?«

»Nein, ist es nicht. Das ist Dartmoor. Dartington ist eine Nobelschule, wo alle machen, was sie wollen. Alle sind schlecht und verdorben, und am Ende werden sie dann alle ganz toll.«

»Hört sich nach Enid Blyton an.«

Sie jaulten und kreischten vor Vergnügen. Ich fand es nicht amüsant.

Dann wurde es Mittwoch, und Donnerstag. Am Donnerstagabend war ich dann wie üblich bei Paula, und Paulas Telefon räusperte sich, und sie nahm den Hörer ab. »Sie sitzt gerade beim Abendbrot«, sagte sie. Dann: »Ach, na schön.« Sie legte den Hörer hin und schnappte sich meinen Teller und rannte damit zum Ofen. »Für dich«, sagte sie. »Du sollst unten rangehen. Los, mach schnell. Da ist jemand für dich dran, bei deinem Vater am Telefon.«

Ich lief zum Arbeitszimmer, watete durch alle versammelten ausgestreckten Füße, bahnte mir blinzelnd einen Weg durch den Pfeifenrauch zum Schreibtisch, wo der Hörer auf mich wartete.

»Hallo?«

»Marigold?«

»Ja.«

»Meine *Liebe*. Girlie *Gathering* am Apparat. Ganz recht. *Girlie*, Grace' Mutter. Ist es nicht ganz *fabelhaft*? Sie ist *hier*! Nächste Woche beginnt sie an deiner Schule. *Herrlich*, nicht wahr! Viel besser als Internat. Dein Vater war *sehr* vernünftig. Ihr seid *viel* selbstständiger.«

»Wer ist dran?«, fragte Uncle HB.

»Irgendeine Verrückte«, sagte ich.

»– also dann, gegen halb sieben?«

»Was? Wie bitte?« (Puffy und Old Price hatten angefangen, in meinem rechten Ohr über Zeppeline zu reden.)

»Passt es um halb sieben?«

»Passt es – o ja«, sagte ich, »wunderbar.«

Sie legte auf. »O Gott«, sagte ich. »Jetzt hab ich ein Problem.«

»Ach was, Unsinn«, sagte Vater und entstaubte behutsam ein Weinglas mit dem Sesselschoner.

»Ist aber so«, sagte ich. »Ich soll irgendwas um halb sieben machen, aber ich weiß nicht, was oder an welchem Tag oder wo.«

»Ah«, sagte Vater. Er blieb neben dem Schachbrett stehen und stellte das Weinglas ab. Ich schlenderte hinzu. Die Zeit verging. Vater bewegte einen Turm und sah uns alle mit einem Ausdruck der Glückseligkeit an.

»Aha, aha«, sagte Vater – wenig verwunderlich nach diesem Zug. Er war schlichtweg genial. Dieser Zug war mit das Klügste, was er je getan hatte. Es war ein Spiel, das uns beide seit mehreren Wochen beschäftigte, und bis jetzt war es sehr zäh verlaufen. Vor schierer Bewunderung sank ich hinab und landete auf Puffy Colemans Schoß. Er fegte mich weg wie eine Spinne und zog verächtlich an seiner Pfeife. Puffy paffte.

»Alter Schwede«, sagte ich zu Vater. »Du bist ja ’n verflixtes Genie!«

»William«, sagte HB. »Würdest du das bitte unterbinden.«

»Hmmm?«, sagte Vater.

»Diese Vulgärsprache. Bilges Vulgärsprache.«

»Ich *bin* nicht vulgär.«

»Manchmal schon, mein liebes Kind. *Sehr* sogar. Als alter Freund, als *privilegierter* alter Freund, der dich seit Kindesbeinen an –«

»Hey!«, sagte ich und nahm einen Springer.

»– ihr hätte das nicht gefallen.«

»Wem?«, fragte Vater blinzelnd.

»Daisy«, sagte HB, womit er Mutter meinte und den Blick

senkte. »Daisy hätte es nicht gefallen, dass Bilge so etwas sagt wie ›verflixtes Genie‹.«

»Nein«, sagte Vater und fixierte bedächtig die Quadrate. Meine Hand schwebte, meine Hand bewegte sich nach oben, meine Hand bewegte sich nach unten. Ich knallte den Springer hin, und wir beide saßen sehr lange wortlos da. Nur die herbstlaubartige Knispelstimme des Old Price wisperte weiter. Dann wurde die Luft elektrisch, und mein Vater rief: »Junge Junge! Junge, Junge, das gibt's doch nicht! Ha Ha!«

»Ha Ha«, rief er, stand auf, kam zu mir herüber und knuffte mich ein bisschen in den Rücken, »du lieber Himmel, Edmund, *sie* ist es. *Sie* ist das verflixte Genie! Grundgütiger!«

Meine Aktion war gar nicht übel. Das Spiel war noch lange nicht vorbei, aber mein Zug war wirklich nicht übel. Vermutlich würde ich nie wieder einen besseren Zug machen als an diesem Abend. Ich wackelte mit dem Kopf und guckte grinsend in die Runde. Vater ebenso. Wir waren ziemlich zufrieden mit uns.

»Schach ist nichts für mich«, sagte Puffy.

»Wo ist denn der Wein hin?«, fragte HB, und Vater begann nach dem Korkenzieher zu suchen.

Als ich zurückkam, war Paula zu irgendeiner Krise in den Schlafsälen aufgebrochen, und ich holte mein Abendessen aus dem Ofen, der dem Kotelett nach zu urteilen auf höchster Stufe gestanden hatte, und ich saß sehr glücklich da und dachte an den Turm und den Springer. Rückblickend wird mir klar, dass ich glücklicher war als über die Ankunft von Grace. Außerdem war es vielleicht das erste Mal, dass ich wirklich aufgehört hatte, an sie zu denken. Vielleicht hatte ich aber auch seit Montag an *gar* nichts *gedacht*, nur gefühlt; und die Denkleistung oder Kopfarbeit, wie Paula immer sagte, unten im Arbeitszimmer hatte mich wieder zu mir selbst finden lassen oder wenigstens zu irgendeiner Form von innerer Selbstachtung.

Schwierig.

Während ich den Kotelettknochen abnagte, dachte ich an den Turm. Ich dachte an das Chaos in Vaters Arbeitszimmer und die Ordnung und Wahrheit, die dennoch daraus hervorgingen. Ich sinnierte über den Charakter meines Vaters, sein unbestimmtes Gesicht, hinter dem sich eine Vielzahl von Tugenden verbirgt.

Paula kam herein, rot wie ein Fuchs, rot wie eine Rose, wild wie Fuchskraut, und ich lächelte sie über mein Kotelett hinweg an.

»Na bitte«, rief sie. »Jetzt haben wir den Salat! Die Schalousie ist abgestürzt. Hat ihn am Kopf getroffen. Jetzt hat er 'ne Gehirnerschütterung.«

»Wer?«

»Terrapin natürlich, wer sonst? Der arme Jack Rose hat sie abfangen wollen, und rumms durch die Scheibe durch. Gott sei Dank war Boakes da. Dicker Verband. Retter in der Not! Hätte auch die Hauptschlagader erwischen können.«

»Im Kopf?«

»Ich hab's ja gesagt. Du warst *dabei*. Ich hab's deinem Vater gesagt. Diese Schalousien. Letzte Woche. Du hast gehört, wie ich's deinem Vater gesagt habe.« Sie rannte herum, holte Wundspray und Desinfektionsmittel, dann rannte sie ans Telefon und rief den Doktor an.

»Das Leben ist nicht leicht«, sagte ich, obwohl ich in Wirklichkeit das Gefühl hatte, es ging gerade bergauf.

»Verzichte auf Selbstmitleid. Man muss immer mit Problemen rechnen. Bin ich hier in der Praxis? Rechne damit, sag ich, und alles wird gut. Hallo? Sie sollten sich mal ganz fix auf die Socken machen, wir haben hier Land unter!«

Das Erstaunliche an Paula ist, dass sie aussieht wie Tess von den d'Urbervilles und denkt wie Tess von den d'Urbervilles, und dennoch ist sie ganz anders als Tess von den d'Urbervilles. Vermutlich kommt sie aus einem anderen Teil von Dorset. Ja, das Leben findet sie schrecklich, Schicksal und Verhängnis haben das Sagen, und doch ist sie ganz und gar dafür, etwas dagegen zu tun – nicht beten oder hinnehmen. Handeln. Nie würde man Paula dabei ertappen, sich in Stonehenge hinzulegen und auf die Polizei zu warten. Sie würde ihren Kopf anstrengen, Koffer packen, eine Zugfahrkarte kaufen, einfache Fahrt mitten ins Herz der rasenden Menge.

»Ist diese Welt ein verdorbener Stern?«

»Ja, das ist sie. Na, dann wollen wir uns mal um die neuen Schalousien kümmern.«

»Dussliger Terrapin«, sagte ich. »Tapferer Jack Rose.«

Und inmitten dieses gewaltigen abendlichen Aufruhrs war mir der Anruf schlichtweg entfallen.

Kapitel 7

Grace Gathering war am folgenden Montag in der Schule, o ja. Sie war das Erste, was in der Morgenandacht zu sehen war. Der große goldene Kopf ragte einige Reihen vor mir aus dem weiten Meer der normalen Köpfe. Sie saß, wie ich sah, inmitten einer Reihe Fifth-Form-Schülerinnen. Anscheinend war sie zu den Jüngeren gesteckt worden. Komisch, dass sie in ihrem Alter noch nicht ihre O-Levels hinter sich hatte, aber vielleicht war sie ja jünger, als sie aussah.

Zufällig waren in dieser Stufe noch ein paar andere große, ältere Mädchen, und Grace Gathering stand neben einem kurvigen dunkelhäutigen Mädchen namens Beryl Irgendwas, die einen schlechten Ruf hatte und nicht allzu viel von Körperpflege hielt. Sie hatte längliche Mandelaugen. Das Auffallendste an Beryl war, dass seit unzähligen Jahren, vielleicht von ihrem ersten Schultag an, Jungs auf Mopeds vor dem Schultor herumlungerten, um sie nach Hause zu fahren.

Auf der anderen Seite von Grace saß ein anderes Mädchen, Aileen Sykes, die ich genauso wenig ausstehen konnte. Dass sie auch noch »Aileen« hieß, passte zu ihr. Überlegen Sie mal: Eltern, die Aileen wählen, wo nicht das Geringste gegen Eileen spricht! Die meisten Namen mit *leen* am Ende sind hübsch (außer Maureen oder Doreen), aber *Ai*leen! Sie hatte ein schrecklich altes, schrumpeliges Gesicht und war kleingewachsen, kompakt und baumwollgemustert und wahnsinnig eingebildet. Sie gähnte zehn Mal pro Stunde und guckte aus dem Fenster, als wäre ihr alles zu viel. Sie sah aus, als würde sie nach der Schule nahtlos in eine boudoirähnliche Parallelwelt überwechseln, mit Empfängen, Menuetts, Teetassen und etwas Cembalogeklimper. Was kaum der Fall sein konnte, weil sie in der Pearson Street wohnte, genau wie all unsere Mrs Dingse, und eine unserer Mrs Dingse hatte ihre Mutter gekannt und hatte gemeint, die Sykes hätten Kakerlaken in ihren Kuchenformen. Auch für Aileen Sykes stand hin und wieder ein Moped am Tor, und manchmal spreizte sich darauf ein recht präsentables Exemplar. Aileen sprach mit Sachkenntnis über den Lavendelgang im Park und über Mondphasen. Eines Donnerstagabends hörte ich den lieben Uncle HB fragen: »Wer ist Aileen Sykes?«, und ich dachte: Lieber Gott nein! Bitte nicht *sie*! Aber wie sich herausstellte, hatte jemand in seinem Englisch-Leistungskurs den Namen AILEEN SYKES zentimetertief in eine nagelneue Teakholzbank geschnitzt und mit unlöschbarer Tinte gefüllt. »Normalerweise eigentlich ein ganz vernünftiger Bursche.«

Grace stand inmitten dieser Sirenen, und ich verfolgte das Geschehen ringsum. Man stupste sich an, man flüsterte: »Hey – da ist sie. Das Mädchen letzte Woche aus Hamlet« usw. Ich dachte, o Gott, ich sollte ihr raten, sich fernzuhalten von den beiden. Sie wird sich einen schrecklichen Ruf einhandeln, und als wir nach den Mitteilungen zum Ausgang strömten, versuchte ich, Blickkontakt mit ihr aufzunehmen. Ihre Stufe ging vor meiner los und musste das Ende der Reihe passieren, wo ich stand.

Sie sah mich an. Sie hatte ein schläfriges, katzenartiges Halblächeln im Gesicht. Sie starrte geradewegs durch mich hindurch und schlenderte weiter.

Komisch, dachte ich.

In der Pause machte ich mich auf die Suche nach ihr.

»Hallo«, sagte ich. Sie stand mit den anderen beiden zusammen und war nicht ganz leicht zu finden gewesen. Der herrlich warme Sommer war längst vorbei, aber auf den Sportplätzen ganz hinten lag noch immer eine zweite, zu Haufen zusammengeharkte Heuernte. Die Sportplätze endeten an der Klippe, und die Heuhaufen hoben sich gegen den Himmel ab, es war kalt und windig dort, extrem gefährlich, und unten am Strand gammelten bestimmt mehr Hockeybälle vor sich hin als Steine. Um Depressive und die Opfer des Bex'schen Humors davon abzuhalten, über die Heuhaufen hinweg ins Leere zu springen, war zwischen Pflöcken ein schlabbriger Draht gespannt worden, und erst dann ging es steil nach unten. Davor standen die Heuhaufen, und zwischen Heuhaufen und Draht hörte ich Gelächter, während ich als letzte Option auf der Suche nach Grace über den Sportplatz streifte.

»Hallo«, sagte ich.

Grace, Beryl und Aileen lümmelten sich hinter dem Heu und rauchten Zigaretten. Grace lackierte sich die Fingernägel, und die drei Gestalten schienen sich pudelwohl zu fühlen, wie alte Marmorblöcke auf einem Berg, vor allem Grace, obwohl sie unmöglich schon mal hier gewesen sein konnte. Vielleicht lag es an der bescheidenen Menge Heu oder dem sehr schmalen Abhang, dass sie so gigantisch, titanisch wirkte. Auch die große braune schmutzige Beryl sah beeindruckend aus, und die weniger verkommene Aileen hatte sich vorteilhaft im Schneidersitz platziert und zuckte mit den Füßen. Sie klopfte ihre Asche ab und gähnte wie üblich, doch als ich um den Heuhaufen gebogen kam, verwandelte sich das Gähnen in eine Art angeekelte Grimasse.

»Was machst *du* denn hier?«

»O Gott!«, sagte Beryl und fing an zu lachen. Obwohl eine Stufe unter mir, sind sie, wie gesagt, alt – vielleicht sogar schon achtzehn – und haben mich immer für zutiefst unter ihrer Würde gehalten. Was ich von ihnen halte, wurde nie manifest, weil ich immer allen gegenüber dieselbe ausdruckslose, vertrottelte Miene an den Tag gelegt hatte. Mit meinem Ruf als Bekloppte bei den A-Levels mit Bestnote abzuschneiden ist für die Leute verstörend gewesen, und der Ruf hielt sich hartnäckig. »Na ja, sie ist halt *intellektuell*«, hieß es. Damals gab es die Mode, bloß nicht »intellektuell« zu werden. »Sehr intelligent, weißt du, aber zum Glück nicht *intellektuell.*« Ich war intellektuell – aber trotzdem bekloppt.

»Was willst *du* denn hier?«

»Ich bin hergekommen, um mit Grace zu sprechen.«

»Mit *Grace*!«

»Ja. Ich wollte sie sprechen.«

Grace lackierte sich den kleinen Fingernagel und lächelte ihn an.

»Na ja, da ist sie«, sagte Beryl lachend und lehnte sich mit einem trägen Schubser gegen Grace. Alle drei brachen in hysterisches Gelächter aus.

»Pass doch auf«, sagte Grace. »Jetzt hab ich geschmiert.«

»Nagellack ist in der Schule verboten«, sagte ich und klang schon genauso wie die Bex.

»Was du nicht sagst«, sagte Aileen.

»Na dann schieß los«, sagte die muffige Beryl, »lass hören, was du auf dem Herzen hast.«

»Nichts«, sagte ich. »Ich wollte nur sehen, wie's ihr geht.« Mir fiel auf, dass wir alle von Grace redeten, als wenn sie irgendeine Art Königin wäre, jemand, die man nicht direkt ansprechen durfte.

»*Wirklich!*«, sagten sie. Sie heulten fast vor Lachen. Vermutlich sah ich schlimmer aus als sonst. Ich trug Tennissöckchen und eine Art Slipper, da ich heute Morgen keine Strumpfhose gefunden hatte, denn Paula war ja zu beschäftigt gewesen mit Terrapin und Rose auf der Krankenstation, um sich mit meiner Kleidungswahl aufzuhalten. Ständig riefen Jack Roses Eltern an wegen der durchtrennten Arterie in seinem Kopf. Mein neuer Trägerrock war mir ungefähr sieben Größen zu groß, und am Morgen war mir die Brille runtergefallen und ich hatte ein Heftpflaster um das Scharnier geklebt. Dadurch schien die ganze Brille jetzt lockerer zu sitzen und rutschte mir ständig von der Nase.

»Ich glaub, sie findet dich gut«, sagte Beryl. »Sie steht auf dich.«

»Genau wie ihr Uncle Puffy Coleman«, quiekte Aileen.

»Oder ihr Uncle Hastings-Benson. Bendson. Vor dem ist niemand sicher.«

Beryl kicherte, und Grace hielt die Hand über den Abhang, nachdem sie den kleinen Pinsel langsam in das Nagellackfläschchen getaucht und den Deckel zugeschraubt hatte. Sie hielt die Hand zum Trocknen über das krauchende Meer.

»Nicht zurücktreten«, sagte Aileen.

Ich trat nicht zurück. Aber ich ging.

Doch als ich aus dem Bus stieg und über die Madeira heimwärts ging, stand dort zu meiner großen Überraschung Grace, sie wartete auf mich und schlenkerte mit einem orangen Strickbeutel herum – einem sehr hübschen. Außerdem trug sie einen sehr hübschen orangen Schal. Wie ein Hündchen trottete ich zu ihr hin.

Sie war allein, und als ich an ihre Seite trat, drehte sie sich weg und begann wortlos vor mir herzuschlendern. »Hallo«, sagte ich und holte sie im Laufschritt ein. »Wie geht's?« Ich konnte meiner eigenen Stimme nicht glauben. Schrecklich. Schleimig.

Dann sah ich knapp vor uns Jack Rose. Er machte einen erstaunlich erholten Eindruck, obwohl seine Hand (nicht der Kopf!) in einem dicken Verband und der Arm in einer Schlinge steckte. »Rose!«, rief ich und verfluchte mich selbst. Wie's scheint, kriege ich wirklich überhaupt nichts hin. Jungs hassen es, mit Nachnamen angesprochen zu werden, außer von Lehrern oder Lehrerehefrauen, und nicht mal dann. Wenn das ein Mädchen macht, ist es einfach nur das Ende. Ich vergesse das aber immer, denn zu Hause im House werden die Jungen von Paula und Vater immer mit Nachnamen angesprochen. Ich *wusste* zum Beispiel nicht mal, wie Terrapin mit Vornamen hieß, wobei ich den Verdacht hatte, dass Vater es genauso wenig wusste. Terrapin hieß bei allen einfach nur Terrapin. Was weiß ich, vielleicht hieß er Terra Pin. Oder Terry Pin. Aber nein. Ich war mir ziemlich sicher. Er war Terrapin, Punkt. Ein bisschen wie ein Lord. Ich dachte (lächerlicherweise) an Melbourne, Salisbury, El Cid. Oder ein Clown, dachte ich, Grock, Cantinflas, »Terrapin«: Und vor meinem inneren Auge sah ich Terrapins Kopf in der Luft, seine leuchtenden Knopfaugen, sein langes altes Gesicht, sein absonderlich gelbes Haar. Ja, ein Clown.

Wir holten Jack Rose ein, dem ich, Idiotie Nummer eins, »Rose« hinterhergebrüllt hatte, um unverzüglich Idiotie Nummer zwei und drei zu begehen, nämlich (2) so vulgär zu klingen, wie Uncle HB behauptet hatte, und (3) vor Grace anzugeben, dass ich den begehrenswertesten Jungen an Vaters Schule gut genug kannte, um mich brüllenderweise mit ihm zu verständigen. Und Grace konnte man nichts vormachen – sie wusste genau, was ich im Schilde führte. Ihre ausdruckslose Miene ließ durchblicken, dass sie wusste, dass ich wusste, dass sie wusste, dass ich stolz auf meine Bekanntschaft mit Jack Rose war. Es zeigte mir auch ziemlich deutlich, dass sie wusste, dass ich wusste, dass sie wusste, dass Jack Rose der begehrenswerteste Junge an der Schule war und dass sie ziemlich unbeeindruckt davon war.

Jack Rose blieb stehen und wartete, und wir holten ihn ein, und um der ganzen Idiotie noch einen draufzusetzen, wiederholte ich mich. »O Rose«, sagte ich wieder mit grausigem Grinsen in Richtung Verband, »du bist krank.« Paula hatte es mir vor Jahren vorgelesen. Blake. »O Rose, du bist krank.« Ich hatte kein Wort verstanden.

»Hallo Marigold«, sagte er und sah Grace vorsichtig an. »Hallo Grace.«

»Ah, du kennst sie?«, fragte ich überrascht.

»Ja, wir kennen uns.« Die beiden sahen sich mit halbem Blick an. »Und wie geht's dir, du arme Marigold Bilge mit deiner schiefen Brille?« Er machte sofort auf großer Bruder, stand in seiner ganzen Länge da und nahm von Grace nicht die geringste Notiz.

»Tschüss«, sagte sie, drehte sich dramatisch von uns weg und rauschte durch das schmiedeeiserne Tor ihres Vaters mit den vielen Schildern.

»Was für ein riesengroßes Geschöpf«, sagte Rose.

»Aber sie sieht wahnsinnig romantisch aus, oder«, sagte ich. »Irgendwie präraffaelitisch, findest du nicht?«

»Wie alt bist du, Bilgie?«

»Siebzehn. Wieso?«

»Manchmal kommst du mir vor wie sieben.«

Ich rannte heimwärts wie der Wind, und meine Brille beschlug, und ich stolperte über meine eigenen Füße. Ich stürzte durch die erstbeste Tür – keine Ahnung, welche es war. Sie hätte überallhin führen können. In meines Vaters House sind viele Häuser. Mir war's egal – aber Jack Rose tauchte hinter mir auf, packte mich an den Schultern und drehte mich herum.

»Hey«, sagte er. »Lass mich doch mal zu Ende reden. Manchmal kommst du mir vor wie sieben und manchmal wie siebenundzwanzig. Hör zu. Kennst du meine Mutter?«

»Ob ich deine *Mutter* kenne?«

»Ja. Sie kennt dich. Sie hat dich immer an Sports Days gesehen und so Sachen, schon seit langem. Sie kannte wohl deine Mutter. Die beiden sind zusammen zur Schule gegangen oder so was.«

»Ich kenne sie nicht.«

»Tja, sie hätte es aber gern. Sie hat deinem Vater geschrieben. Meinst du, du könntest ihn bitten, ihr zu antworten?«

»Er hat mir nichts gesagt. Ist vielleicht irgendwo untergegangen. Er ist ein bisschen – na ja, verpeilt –«

»Ja.«

»Ich versuch's rauszufinden.«

»Es geht nur darum, ob du mal vorbeikommst.«

Ich stand da wie versteinert.

»Sie möchte sehr gern, dass du mal vorbeikommst. Bei uns. In den Ferien. Würdest du? Ein verlängertes Wochenende.«

»Ich weiß doch gar nicht, wo das ist.« Ich spürte, wie ich mich von Kopf bis Fuß in ein feuriges pulsierendes blutrotes Etwas verwandelte.

»Wir wohnen auf dem Land. Oder fast. Auf der anderen Seite von Middlesbrough. Du könntest mit mir fahren. Hättest du Lust?«

»Ja«, sagte ich. »In Ordnung.« Ich taumelte davon und geriet dabei, weiß der Himmel wie, in die Umkleide der Jungen im Untergeschoss. Es gab kein Haus im House meines Vaters oder sonst wo, in dem ich mich weniger freiwillig aufgehalten hätte. Es gab reihenweise leere Haken, reihenweise zerknüllte weiße Kleidungsstücke, ein paar Turnschuhe, die wie tote Fische in den Pfützen aus diversen überlaufenden Wasserhähnen trieben, den Geruch von Jungen und Desinfektionsmittel, alle Fenster geschlossen gegen den goldenen Herbstnachmittag – zu kühl für Kricket, zu heiß für Rugby, aber da waren sie wohl trotzdem, denn die Räume waren leer.

»Ich habe eine Einladung zu Jack Rose«, teilte ich den Latrinen mit. »Ich wurde eingeladen, obwohl Grace Gathering direkt neben mir stand, das allerschönste Mädchen, das diese Stadt je gesehen hat und das er KOMPLETT IGNORIERT hat.«

Ich nahm die Hintertreppe, landete im Gemeinschaftsraum der Jungen und hatte kurz den Horrorgedanken, Jack Rose könnte dort sein und denken, ich würde ihm nachlaufen. Stattdessen saß Terrapin ganz hinten in der Ecke, der wegen seiner angeblichen Gehirnerschütterung vom Sport befreit war. Er zerfetzte gerade eine Jalousienschnur, und die Sonne schien ihm auf die langen Finger. Er hat wunderschöne Hände, dieser Terrapin.

Und dann tat ich etwas mir vollkommen Unerklärliches. Ich durchquerte den endlosen Gemeinschaftsraum, setzte mich zu Terrapin und sah ihm dabei zu, wie er seine herrlichen Clownshände bewegte. Er sah mich nicht an. Ich sagte: »Ich fahre zu Jack Rose aufs Land«, und setzte meine kaputte Brille ab.

»In den Ferien«, sagte ich.

Er ließ das Zerfetzen und sah mich an.

»Seine Mutter hat mich eingeladen«, sagte ich. »Sie war mit meiner Mutter befreundet. Na ja – wird bestimmt schön, mal in einem Landhaus zu übernachten.«

Terrapin sah aus dem Fenster.

»Die sind ziemlich nobel, die Roses, oder?«, sagte ich. »Total öde.« (Und womöglich gähnte ich genau wie Aileen Sykes.) »Heißt also, neue Klamotten.«

Er antwortete mit keinem Laut.

Und ich hatte ein solches Verlangen – ganz seltsam. Plötzlich wollte ich Terrapin in die Arme nehmen. Irgendwas war da in seinem lustigen Gesicht, seinem uralten traurigen Blick – ich streckte sogar ein Stück die Hand aus, und dann dachte ich: »Aber es ist Terrapin«, und ich stand auf und machte mich davon und nahm den Weg zurück durch die Umkleideräume und den Garten. Von außen ging ich noch mal am Gemeinschaftsraum vorbei und sah sein nachdenkliches Gesicht und die dezimierte Jalousienschnur schlaff in der Abendluft baumeln.

Kapitel 8

»Na da hast du dir ja ein richtiges Ei gelegt, du Schlaumeier!«

Als ich nach Hause kam, stand Paula oben auf dem Treppenabsatz und sah wild aus.

»Was hab ich denn gemacht?«

Ich dachte: Ach verflixt! Was ist denn jetzt schon wieder?

»Das gnädige Fräulein hatte nicht die Güte, zu einer Party zu erscheinen.«

»Ich?«, sagte ich. »Wer würde mich denn zu einer Party einladen? Ich war seit meinem fünften Lebensjahr auf keiner Party mehr.«

In der Diele hängt ein Spiegel, und beim Umdrehen und Türeschließen konnte ich mich darin sehen. In der Dielentür ist altes Buntglas, und ich wurde in rot-blaues Licht getaucht. Ich setzte mir die Brille wieder auf und glotzte in den Spiegel. Ich sah aus wie eine giftige Eule im gleißenden Sonnenuntergang nach einem Atomkrieg. Wer würde mich auf einer Party haben wollen? Ich schnitt meinem Spiegelbild eine Grimasse, und eine Brise Herbstluft zog durch die Tür und brachte den Spiegel zum Klappern wie ein krankes Herz kurz vor dem Infarkt. »Der Spiegel hat EINEN SPRUNG bekommen, einmal quer durch«, rief ich und schnitt noch eine schlimmere Grimasse.

»Jetzt pass mal auf«, sagte Paula und kam die Treppe herunter. »Sei so lieb und sag mir, wie alt du bist.«

»Komisch«, sagte ich. »Du bist schon die Zweite, die mich das heute Nachmittag fragt.«

»*Das* wundert mich gar nicht. Ich hab langsam die Nase

voll von dir, Marigold Green, dass du allen das Leben schwer machst, schusselig wie nur was. Der Flur ist zugemüllt mit Schuhen und Strumpfhosen und weiß der Kuckuck was. Und dann geht sie mir so in die Schule – heiliger Bimbam! (Sie hatte meine südlichen Regionen gesehen). Wo hast du nur diese Socken ausgegraben? Die hatte ich doch 1970 zu Oxfam getan.«

»Dann hat jemand schon sehr lange kalte Füße«, sagte ich wohl sehr vorlaut. Oh, wie sie schäumt! »Diese armen Leute. Sitzen in der Wüste ohne Socken. Und sind am Verhungern.«

»Na schön«, sagte Paula mit einem Schnauben, das unter anderen Umständen ein Lachen gewesen wäre. »Vergessen wir Oxfam, ja? Und die Socken, ja? Und reden wir von Mrs Gatherings Sherry-Party letzten Samstag um halb sieben?«

»Oh.«

»Ja.«

»Hab ich vergessen. Na ja, eigentlich hab gar nicht richtig davon gewusst.«

»Was soll das heißen – du hast nicht richtig davon gewusst? Sie hat dich am Donnerstag angerufen – sie sagt, du hättest die Einladung angenommen. Deinen Vater hat sie nicht eingeladen, sondern *dich* höchstpersönlich aufgrund dieser Grace. Du hast gesagt, du kommst.«

»Ach, Mist.«

»Es wird nicht geflucht.«

»Ach, Paula. Ich hab's wirklich vergessen. Ich hab's total vergessen. Wegen des Schachspiels. O Gott. Deswegen war sie so gemein – Grace. Was soll ich denn jetzt machen?«

»Du entschuldigst dich. Und zwar sofort.«

»Hilfe, nein – das kann ich nicht.«

»Du setzt dich in die Wanne. Du ziehst deine Socken und Schuhe aus, du ziehst dein braunes Kleid an und isst deinen

Tea. Danach gehst du rüber, klopfst bei diesen Gatherings an die Tür und bittest um Entschuldigung.«

»Geht das nicht auch schriftlich? Oder telefonisch? Und übrigens, Paula, ich bin schon siebzehn. Es ist meine Sache.«

»Du kennst sie nicht. Du kennst sie nicht gut genug, um anzurufen. Du gehst in aller Demut dorthin und entschuldigst dich. Hergott noch mal!«

»Vielleicht sollte ich lieber an die Hintertür gehen. Vielleicht sollte ich ohne Schuhe und barfuß gehen. Vielleicht könntest du mir ein bisschen Asche besorgen, um sie mir aufs Haupt zu streuen.«

»Hör auf, mich anzublaffen. Du störst deinen Vater.« Und weg war sie und zwirbelte im Badezimmer an den Wasserhähnen und streute Badesalz in die Wasserdampfvulkane. Ich hatte keine Chance.

Und was in Gottes Namen sollte ich sagen? Im braunen Kostüm mit den Schulterpolstern und Kellerfalten, das mal Paula gehört hatte und, so sagte sie, noch prima in Schuss sei, und einem Hut, den sie mir letztes Jahr bei Binn's im Schlussverkauf gekauft hatte (aus Filz, mit Krempe und einer kleinen Vogelfeder), begab ich mich über die Straße, durch das große Tor und über den knirschenden Kies. »Ich sollte eigentlich lernen«, grummelte ich und hob den dicken Türklopfer. »Wenn das was werden soll mit meiner Oxbridge-Bewerbung.«

Das School House ist das schönste Bauwerk der Stadt. Es ist aus dem 18. Jahrhundert, und menschenfreundlich, und hat noch das ganze historische Fensterglas (das weiß ich von Boakes – der fährt auf so was ab) und dadurch ein besonderes Licht. Über der Tür ist eine gefächerte Lünette, und herrliche geschwungene Stufen führen zu ihr hinauf.

Klonk, machte der Türklopfer.

Was sollte ich bloß sagen? Ich musste lernen. Warum verschwendete ich hier meine Zeit? »Es tut mir schrecklich leid, dass ich vergessen hatte –« »Ich bin Marigold Green von Green's House. Könnte ich bitte mit Mrs Gathering sprechen?« »Es tut mir wahnsinnig leid –«

Wer würde aufmachen? Vielleicht Grace. Sie würde sagen: »Ach, du schon wieder. Läufst du mir jetzt hinterher oder was?« Und wenn der Direktor selbst an die Tür ging? Er würde mich für sonst wen halten. Er würde denken, ich wollte was verkaufen. Und wenn Jack Rose an die Tür ginge?

Dieser Gedanke erfüllte mich mit solchem Entsetzen – Sie sehen, in welcher Verfassung ich war –, dass ich anfing zu zittern. Hätte ich darüber nachgedacht, wäre mir sicher aufgegangen, wie unwahrscheinlich das war. Jack Rose wohnt in Vaters House, auch wenn er Schulsprecher ist und Dr. Gathering ihn für den Erzengel Gabriel hält. Was hätte er jetzt im Schulgebäude zu suchen gehabt? Um diese Zeit war er zu Hause und machte Hausaufgaben oder kurierte auf seinem Zimmer den verletzten Arm aus oder unterhielt sich mit Vater. Wie kam ich nur auf die Idee, dass er hier sei?

Und doch war ich mir dessen so sicher, dass ich schon vor mir sah, wie die Tür aufging und sein gediegenes Gesicht dahinter zum Vorschein kam. »Ach – Bilge schon wieder! Läufst du mir jetzt hinterher?«

Ich wurde rot und begann zu zittern und drehte mich weg und rannte zurück über den Kiesweg, bevor mir klar wurde, dass ich mich wegen einer durch und durch hypothetischen Situation verrückt gemacht hatte, völlig umsonst, denn in Wirklichkeit würde überhaupt niemand an die Tür gehen. Mein *Klonk* war nicht gehört worden. Ich stand wirklich neben mir. Intellektuell, aber bekloppt.

Nachdem ich mich weggedreht hatte und losgerannt war,

ging die Tür aber doch auf. Ich hörte sie hinter mir, und ich hörte schnelle Schritte, und Uncle Edmund HB kam mit feurigem Blick und Jagdstock im Schlepptau vorbeigedonnert. Er überholte mich, erreichte das noble Tor, kam schlitternd zum Stehen, fuhr herum und sagte: »Oh. Ja. Ha.« In seinem Auge war ein allzu vertrautes Funkeln.

»Ha. Bilge. Hast du deinen Vater gesehen?«

»Nein. Er gibt wahrscheinlich Nachhilfe.«

»Lange?«

»O ja – montags immer stundenlang.«

»Ich muss kurz mit ihm sprechen. Kommst du oder gehst du?«

Ich versuchte mich zu erinnern. Ich warf einen Blick zurück zur Tür, die er sperrangelweit aufgelassen hatte, und sah drinnen jemanden durch die Halle gehen, und es verließ mich der Mut. Es war jemand zu Hause, und ich würde einen zweiten Versuch machen müssen.

»Eigentlich geh ich. Da rein. Ich muss.«

»Ah. Aha. Besuchst du die neue Freundin?« Er lief lachsrosa an. »Grace?«, hauchte er.

»Nein. Die Mutter«, sagte ich streng und machte kehrt.

Es gibt Zeiten, da erscheint mir meine Umgebung alles andere als lehrreich und der rationale Anteil im Menschen so minimal, dass man sich fragt, was die Schöpfung sich dabei gedacht hat, und sich lieber dem Schachspiel oder Katzen oder der Mathematik als rettende Strohhalme auf dem Meer widmet.

Was für eine Idiotie. Uncle Hastings-B., knapp achtzig. Ich, Bilge, knapp achtzehn, und er bereit, jedem, wenn's sein muss, sogar mir, das Flattern seines geschundenen alten Herzens um ein Mädchen meines Alters zu offenbaren – bereit, solche Dinge mit mir zu bereden, als hätten wir gemeinsam an der Somme gekämpft. Wie alt bist du? Wie alt bist du? Wie alt bist du? Ach, Bilge. Ach Uncle Bleistift, wie alt bist du?

Ich begann über das Wesen von Erfahrung nachzudenken, und im Besonderen über Erfahrung, die nicht zu Reife führt. Erfahrung. Experio. Ex-perire. So viele Ebenen umfassen eine einzige Definition. x = a + b + c + d + e + f + g + h + i + j + k + l + m + n + o + p + q + r + s + t + u + v + w + x + y + z: Aber möglicherweise führen nur einige oder verschiedene Kombinationen zu einem Ergebnis. Aber x kann auch = o sein. Können manche Menschen Erfahrungen machen und unverändert bleiben?

Nein.

Experire.

In der Natur des Wortes –

Aber Menschen können Erfahrungen machen und ihre Unschuld bewahren. Menschen können auf einem seltsamen, seichten Level Erfahrungen machen, nur um davon erzählen zu können. Für manche ist Erfahrung nur ein Vehikel. Solche Menschen machen Erfahrungen, nur um sie weiterzugeben. Künstler waren vermutlich solche Menschen, die sahen, nach Stift oder Pinsel oder Papier oder Bühne griffen und riefen: »Hier ist meine Erfahrung, BEGREIFT!«, und nach diesem Ausruf alles wieder vergaßen und weitermachten mit dem Leben.

Uncle HB jedoch – wird niemals geheilt werden. Diese Qualen und dieses Unerfülltsein, jedes Mal wieder von vorn. Eine Frau nach der nächsten nach der nächsten. Meine Mutter, Mrs Bellchamber, und nun Grace. Danach – kommt zweifellos wieder eine andere. Wird sich diese Linie hinziehen bis zum Jüngsten Gericht?

Und ich, Bilge. Ich scheine eine Erfahrung nach der nächsten zu machen, dachte ich. Immer weiter mit den Erfahrungen. Ich müsste eigentlich ganz schön erschöpft sein. Doch auch ich scheine mich kaum zu verändern. Ich scheine weder klüger zu werden, noch fällt mir irgendwas leichter.

»Ich fühle mich überhaupt nicht besser«, sagte ich zu mir und sah an Paulas braunem Fischgrätentweed herunter zu den komischen blauen Pumps, die ich unter der Treppe gefunden hatte. Unter den Schuhen schien Gras zu sein, was seltsam war, denn eben noch war es Kies gewesen. Links- und rechtsseitig der Schuhe sah ich noch viel mehr davon, und hier und dort waren weiße Metallbügel. Was zum – o mein Gott! Ich sah hoch und hinter mich, und ja, wirklich! Ich befand mich hinter dem Schulgebäude auf dem Rasen des Direktors. Die Tür hinter mir war eine Gartentür und führte zurück in eine Halle, an deren Ende ich die Rückseite der offenen Eingangstür und dahinter die Auffahrt sehen konnte. Beim Sinnieren über das Wesen der Erfahrung war ich quer durchs Haus der Gatherings gelaufen und in ihrem Garten gelandet.

Schlimmer noch, dort auf dem Krocket-Rasen, in kurzer Entfernung, waren ein paar anmutige, lachende Menschen. Sie bewegten sich auf eine Art und Weise über den Rasen in meine Richtung, die selbstsicher und heiter war, und das machte mir schreckliche Angst. Sie kamen näher. Sie baumelten mit den Schlägern, eine hatte einen großen romantischen Hut auf dem Kopf. Sie bewegten sich entspannt in ihren Kleidern, fröhlich, gelassen.

Erfahren.

Älter als ich, jünger als Hastings-Benson, doch erfüllt von seliger Selbstachtung. Und sie kamen auf mich zu, zu viert oder fünft über den Rasen, lachend wie die Leute, die Paula als Oberschicht bezeichnet, lächelnd, amüsiert.

Wasserschlangen, dachte ich plötzlich. Wasserschlangen wie bei Coleridge. »Kreaturen aus Schleim / krochen Bein hinter

Bein« – aber phosphoreszierend, angepasst, fröhlich. Ich beneidete sie. »ich musste sie unbewusst preisen«. Ich erschrak zu Tode, aber ich musste sie unbewusst preisen.

»Und wer bist du?«, fragte Wasserschlange Nummer eins (der Direktor) honigsüß freundlich.

»Ach, *Marigold*«, sagte Wasserschlange Nummer zwei (Mrs Gathering), und ich nahm meine Beine in den grässlichen Pumps in die Hand und floh.

Kapitel 9

»Da ist Besuch für dich. Komm mal bitte.«

Paulas Stimme durch die Tür klang anders als sonst, ruhiger und etwas verunsichert. Am Abend zuvor war ich zurückgekommen, war durch den Garten gerannt, an ihr und Vater in der Halle vorbei und hinauf in mein Zimmer gestürmt. Ich hatte mich eingeschlossen, die Vorhänge zugezogen und mich aufs Bett geworfen. Sehr viel später, als das Schimpfen und Zetern und Rumpeln im Flur nachgelassen hatte, war ich aufgestanden, hatte mich ausgezogen, meine Kleider zusammengeknüllt auf den Kaminrost geworfen, meinen gestreiften Schlafanzug übergezogen und mich zurück ins Bett gelegt, mich darin vergraben und den ganzen heißen späten Abend lang wie ein Kadaver unter der Decke gelegen.

Weder das Klimpern eines gewieft im Flur abgestellten Abendbrottabletts noch ein taktvolles Hüsteln und Vaters »Ich bitte dich, Marigold. Stimmt etwas nicht?« vermochten die unendliche Schwere meiner Seele zu durchdringen.

Mitten in der Nacht war ich aufgestanden, hatte die Tür aufgeschlossen, war über die kalten Bohnen und Würstchen hinweggestiegen und ins Bad gegangen und hatte ewig vor dem Spiegel gestanden, meine Zahnbürste betrachtet und überlegt, ob ich mir die Zähne putzen soll, hatte zugesehen, wie die Zahncreme aus der Tube kam und in der Luft hing. James Joyce. Dann stellte ich Zahnbürste und Zahncreme hin und ging zurück durch den stillen Flur, vorbei an Vaters Tür und der Tür zur Jungensseite, zurück in mein eigenes Zimmer, sperrte mich wieder ein und lag schwer und reglos im Bett.

Am nächsten Tag stand ich nicht auf. Paulas Stimme und Mrs Dingses Stimme schwebten hin und wieder durch mein Bewusstsein, mal lärmend, mal schmeichelnd, mal schrill. Äonen zogen vorbei.

Die Lichtspalten zwischen den Vorhängen waren heller und schärfer geworden und warfen leuchtende Streifen über den Teppich, ehe sie wieder zu einem Zwielicht verblassten, zur sommerlichen Mitternacht, zum Grablicht oder Styx-Licht. Die tiefe Mulde in meinem Kopfkissen wurde feucht.

»Na los. Du hast Besuch, Hase.« Paulas Stimme kam diesmal ganz anders rüber. Sie war scharf und hatte nichts von ihrem üblichen Singsang. Von Kritik und Genervtheit war nichts mehr zu hören, stattdessen klang sie – o Gott! – ängstlich. Paula hatte Angst.

O nein, nein, nein!

Ich wälzte mich aus dem Bett, stolperte durchs Zimmer zum Türschloss und begann den Schlüssel zu drehen. Dann lehnte ich meinen Kopf gegen die Tür und stoppte wie eine ausgeschaltete Maschine. Hinter der Tür hörte ich Geflüster und hastiges Sprechen.

»Nein. Noch nie. So noch nie. Was war denn bloß los da drüben?«

»Nichts.« (Grace Gatherings Stimme.) »Nichts. Sie sah seltsam aus. Sie ist einfach weggerannt.«

»Weggerannt! Aber wovor denn, in Gottes Namen?«

»Keine Ahnung. Wir sind auf sie zu gegangen, über den Rasen. Ma und Vater und ich und noch ein, zwei andere. Bekannte meiner Eltern, und Jack Rose – er hatte einhändig gespielt –, und dann hat sie plötzlich, na ja, total – verrückt gespielt.«

»Verrückt?«, sagte Paula, und ich schloss die Augen und fing an zu zittern.

»Verrückt? Marigold ist nicht verrückt. So viel steht fest. Hör zu, junge Frau, ich hab das schon vor Jahren einem Haufen Psychiater in Newcastle erklärt. Marigold ist nicht verrückt. Sie ist zu gescheit, das ist es, was mit unserer Marigold los ist. Sie sieht klar und lupenrein, und manchmal ist da ein bisschen mehr, als sie oder sonst wer aushalten kann.«

»Ja, aber –«

»Untersteh dich, Marigold noch ein Mal verrückt zu nennen.«

»Oh, ich wollte nicht –«

»War aber ganz knapp davor. Ganz knapp. Marigold ist nicht irgendwer, verstehst du. O nein. Verrückt sein kann jeder. Fast jeder ist ein bisschen verrückt, scheint mir. Aber nicht unsere Marigold. Merk dir das –«

(Ach Paula, ich hab dich ja so lieb.)

»Verrückt, also wirklich!«

»Aber das meinte ich doch gar n–« Arme alte Grace, jetzt waren die Schleusen geöffnet

»Ich kenn Marigold seit dem Moment, als ihr die Mutter weggestorben ist, und ich will dir was sagen, sie ist das beste und ungewöhnlichste Geschöpf.«

(Warum konnte sie das nicht mal zu mir sagen? Himmel!)

»Ihre Augenprobleme, ihre Legasthenitis und was weiß ich nicht alles. Dass man ihr immer vorlesen musste. Ich hab sie großgezogen. Ich kenn sie. Sie ist die Beste, Geradeste, Genialste, und dabei bleib ich.«

Ich sah Paulas Miene vor mir.

»Entschuldigung. Ist ja gut. Mein Gott. Ich sag doch nur, wie's von außen aussieht. Alle sagen – o nein! Ist ja gut. Hören Sie auf, mein Gott! Ich wollte doch nur sagen, ihren Charakter habt ihr vielleicht super hingekriegt, aber für ihr Aussehen habt ihr nicht gerade viel getan, oder?«

Es folgte eine Art Schrei, also riss ich die Tür auf, und Grace, die sich von außen dagegen gelehnt hatte, fiel rückwärts zu Boden und lag da. Paula und ich sahen sie an, und selbst auf dem Boden wirkte sie graziös. Perfekt gewählter Name. Lächelnd sah sie hoch.

»Na«, sagte ich.

»Na du«, sagte sie.

Wir etablierten ohne die geringsten Hemmungen unsere erste Vertrautheit. Ich half ihr hoch. »Zum Beispiel«, sagte sie, »woher hat sie diesen Schlafanzug?«

Paula stieß ein grimmiges Geräusch aus und stob davon. Irgendwo knallte eine Tür.

»Weißt du«, sagte Grace, »du solltest keine rechtsgeknöpften braunen Flanellschlafanzüge mit rosa Streifen tragen. Mit Zugband.«

»Den hab ich schon seit Ewigkeiten.« Ich schaute nach unten und sah meine Beine von den Knien abwärts aus der Hose ragen. Meine Beine hatten sich in letzter Zeit verändert, und beim Runtergucken fiel mir auf, dass da viel mehr Bein war als früher. Auch aus den Ärmeln hing reichlich Arm. »Die sind mit *Eingriff*«, sagte Grace.

»Die sind von der Jungensseite. Wahrscheinlich wollte Paula, dass ich sie auftrage.«

»Kümmert sich Paula um deine Klamotten? Sucht sie dir Sachen aus?«

»Na ja, aussuchen nicht gerade. Wenn ich was Neues brauche, guckt sie, ob sie was dahat. Irgendwas findet sich immer. Sie ist total für Sauberkeit und Ordnung, aber –«

»Was soll das heißen, ›irgendwas findet sich immer‹.«

»Na ja, im Bett sieht einen doch eh keiner, oder?«

Grace betrachte eine Zeit lang ihre rosa Fingernägel. Dann ging sie ans Fenster, öffnete die Vorhänge und riss das Fenster auf. Sie kam zurück und löschte das Licht, das ich angeschaltet hatte. Als sie das Kleiderbündel samt blauen Pumps auf dem Kaminrost entdeckte, ging sie hin und stieß mit der Fußspitze dagegen. »Das ist gut«, sagte sie. »Pass auf, du gehst jetzt und wäschst dich.«

»Ich hab mich gewaschen.«

»Wann?«

»In der Nacht.« Dann fiel mir wieder ein, dass ich bloß die sanitären Anlagen begutachtet hatte.

»Wasch dich noch mal«, sagte Grace.

»Mit einem *sauberen* Handtuch«, rief sie mir durch den Flur hinterher, »und nimm eine Nagelbürste, und putz dir die Zähne.«

Die Zahncreme konnte ich immer noch nicht anfassen, wegen James Joyce, aber ich wusch mich überall. Ich nahm mir ein neues Stück lilabraune Teerseife, die so schön anzusehen ist in ihrem gelbem Papier, und ich füllte die Wanne bis zum Rand mit heißem Wasser. Ich seifte mich bis zu den Knien ein und spülte den Schaum ab. Dann stellte ich einen Fuß nach dem anderen in die Wanne und seifte ihn ein, wusch auch ordentlich zwischen den Zehen. Eine Art rituelle Waschung. Ich schnitt mir mit der Schere, die ich fand, die Zehennägel und rubbelte mich von oben bis unten mit einem von Vaters braunen Handtüchern mit den roten Randstreifen ab, bis ich sehr rosa und fleckig war. Den Hals schrubbte ich besonders gründlich.

Ich wickelte mich in das blassbraune Handtuch und nahm ein weiteres aus dem Schrank, hob den Schlafanzug auf und ging zurück in mein Zimmer, wo Grace sich zurückgelehnt hatte und ungeniert durchs Fenster in den Jungensschlafsaal starrte.

»Die brauchen unbedingt Jalousien da drüben«, sagte sie,

»das ist kein schöner Anblick. Großer Gott – guck dich mal an! Du siehst aus wie 'n Vollkornkeks. Gib mal her.« Mit spitzen Fingern nahm sie den Schlafanzug und ließ ihn zu dem Haufen auf dem Kaminrost fallen. Dann schaufelte sie den ganzen Kram auf ein Stück Papier, das meinem Schrankpapier auffallend ähnlich sah, und schnürte ein dickes Paket. »Zieh dich an, wenn du noch was hast«, sagte sie, »und dann komm. Es ist Viertel nach vier.«

»Wo gehen wir hin?«

»Einkaufen. Siehst du – irgendwas findet sich immer. Den Pulli und das da, soll das ein Rock sein, und da ist noch 'ne Hose – herrlich! Elastische Beine! Shangri La.«

»Nein – Lyme Regis.«

»Na dann komm – es ist Dienstag, ich hoffe nur, die Läden haben noch auf.«

»Welche Läden?«

»Klamottenläden.«

Sie rauschte mit dem Bündel unterm Arm durch die sterbenden Chrysanthemen, und ich hinterher. Gesichter tauchten entlang der gesamten Jungensseite auf, und es gab ein paar Pfiffe. Am Tor trafen wir Vater, der sagte: »Na, Liebes? Geht's dir besser? Ist das Grace?«

»Wir haben's eilig«, sagte Grace und rauschte weiter.

»Eilig. Herrje. Ich weiß nicht, ob das klug ist.«

Wir erreichten die Straße hinter der Hauptstraße, die Arthur Street – keine sonderlich angesehene Straße, lauter lila Backsteinhäuser und Erkerfenster mit puddingfarbenem Rahmen. In einem davon sah man ausgestellte Bilder, rosa Rüschengardinen und die Rückseite eines Föhns. CYNTHIA stand dick und fett auf einem Pappschild.

»Ich wusste gar nicht, dass hier ein Friseursalon ist.«

»Hab ich letzte Woche entdeckt.«

»Du bist doch noch nicht mal eine Woche hier. Hey – hör zu. Ich war noch nie beim Friseur.«

»Sie will sie kürzer«, sagte Grace, »und *schick*. Können Sie Stufen schneiden?«

»Was glaubst du denn«, sagte Cynthia, die muskulös war und Haare am Kinn hatte. »Komm runter von deinem Ross. Ihr Pack (anspielend auf die Dartington-Stimme) denkt wohl, wir wissen gar nix hier oben im Norden.«

Grace zuckte mit keiner Wimper und sagte: »Eher *viel* ab, oder was meinen Sie? Ziemlich kurz und *schick*.«

Gewaltige Knirschgeräusche spielten sich in meinem Nacken ab, und dann fielen überall orange Büschel zu Boden. »Du«, sagte ich, »Paula –«

»Vergiss Paula. Sieht klasse aus.«

»Klasse!«

»Ja, klasse.«

Knirsch, knirsch, knirsch.

»Richtig schick«, sagte Cynthia. »Auch noch waschen?«

»Keine Zeit. Wir müssen Klamotten kaufen.«

»Komm ruhig morgen noch mal vorbei. Ich mach dir schöne dicke Lockenwickler rein und toupier sie dir mal richtig hoch. Tolle Farbe haste.«

»Guck mal«, sagte Grace, und da war ich nun mit einer Art rostrosten Blume auf dem Kopf, und lauter Löckchen. Mein Gesicht hatte eine andere Form und wirkte weniger benebelt, und mir war ein Hals gewachsen. Mein Schädel hatte eine saubere, ovale Form. »Sie können echt Haare schneiden«, sagte Grace zu Cynthia, und die beiden nickten sich gegenseitig anerkennend zu. Kurze Zeit später rasten wir die Promenade runter zu Marks & Spencer, wobei Grace das Päckchen mit meinen alten Sachen in eine Mülltonne neben dem Eingang fallen ließ. Ich sagte: »Und was ist mit Oxfam?«, aber Grace sagte: »Hab Erbarmen mit Oxfam. Womit haben die Bedürftigen so einen Schlafanzug verdient?«

Sie hetzte um die Verkaufstische, suchte Kleidungsstücke raus und ließ sie auf einen Haufen neben der Kasse fallen. Hin und wieder musterte sie mich, rannte los und wühlte nach etwas Neuem.

»Wir schließen gleich«, sagte die Verkäuferin.

»Dauert nicht mehr lange«, sagte Grace. Es wurde ausgiebig mit Türen geklappert, und Riegel wurden vorgeschoben und die Kassen für die Nacht mit Stoff abgedeckt.

»Was hast du für 'ne Schuhgröße?«

»Na ja, so – achtunddreißig.«

»Hören Sie, Miss, wir schließen jetzt wirklich.«

»Irgendwas findet sich schon noch. Ja – irgendwas findet sich immer. Diese vielleicht.«

»Was – für mich? Du, Grace, haben wir denn Geld –? Und brech ich mir damit nicht das Genick?«

Es waren sehr hohe Schuhe, aber nicht wie die alten blauen Pumps. Sie hatten ein rotbraunes Gittermuster aus Plastik, eine runde Spitze und Riemchen. Sie hatten ein bisschen die Farbe meiner Haare. Sie schmiegten sich verführerisch über den Fußspann. Ich schnappte mir einen, er duftete wunderbar.

»Miss – es tut mir leid. Wenn Sie nicht zum Schluss kommen, muss ich die Polizei rufen. Mein letzter Bus nach Dormantown geht in fünf Minuten.«

»Also gut«, sagte Grace. »Wie viel?«

Es standen fünf oder sechs prall gefüllte Marks-&-Spencer-Tüten an der Kasse. »Nehmen Sie auch Schecks?«

»Hä? Wie alt sind Sie? Haben Sie keine Kreditkarte?«

Grace zog erst eine hervor, dann noch eine.

»Ja – ach, na schön«, sagte sie. »Verpass ich eben die Archers. Äh – Madam. Macht sechsundzwanzig Pfund.« Wir standen draußen auf der Straße mit den ganzen Tüten, und ich musste mich am Mülleimer festhalten.

»Ich hab keine sechsundzwanzig Pfund«, sagte ich.

»Ich schon«, sagte Grace. »Ich hab sie dir besorgt.«

»Aber woher denn?«

»Hastings-Benson«, sagte sie. »So ein Schatz. Er kriegt's von deinem Papa zurück. Ich hab gesagt, er soll ihm klarmachen, dass du eine Beleidigung fürs Auge warst.«

»Eine Beleidigung fürs Auge«, sagte ich, als ich wieder allein zu Hause war. »Eine Beleidigung fürs Auge.« Grace war ebenfalls heimwärts geeilt, und ich hatte die dicken fetten knisternden Tüten ins Haus getragen. Vor dem Öffnen hatte ich was essen müssen. Ich hatte seit vierundzwanzig Stunden nichts mehr gegessen. Mir war flau, ich wankte. Ich stand in der Küche und arbeitete mich durch einen ganzen Laib Brot und ein dickes Stück Käse und eine Flasche Milch und eine Tüte Äpfel. Dann, als ich wieder oben war, zog ich sachte das erste Teil aus der ersten Tüte.

Eine Jeans.

Als Nächstes: ein enges T-Shirt.

Als Nächstes: ein salbeigrüner Midi-Rock, Samt.

Als Nächstes: ein oranger Pulli, die Farbe meiner neuen Haare.

Als Nächstes: Schuhe. Ich drückte mein Gesicht hinein.

Ich zog die Jeans und den Pulli an. Dann zog ich alles aus und zog den Samtrock und das T-Shirt an. Dann probierte ich diverse Kombinationen aus, wie beim Schach. Dann zog ich die Schuhe an und wuchs meilenweit in die Höhe. Ich sah in den Spiegel, trat so weit vom Spiegel zurück, wie ich konnte, und ein hochgewachsenes dünnes Mädchen mit gar nicht schlechten Beinen und bemerkenswerten Haaren blickte zurück. Ihr Gesicht war überglücklich. Es war das Gesicht, das mich am meisten überraschte. Ich sah runter und entdeckte meine Brille auf dem Nachttisch – Glasbausteine. Seit gestern Abend hatten sie auf dem Nachttisch gelegen. Ich war einkaufen gewesen und hatte sie nicht vermisst. Ich hatte sie gar nicht gebraucht.

Kapitel 10

So begann meine dreitägige glückliche Freundschaft mit Grace Gathering.

»Wen gedenkst du zu heiraten?«, fragte sie am Wochenende aus heiterem Himmel beim Verzieren einer langen grünen Kralle.

Wir waren drüben im Haus des Direktors in ihrem Zimmer unterm Dach. Poster bedeckten die Wände. Sie hatte eine Hi-Fi-Anlage und bunte Teppiche, ein mit Tüchern und Zeug drapiertes Bett und eine Reihe alter Puppen. Auf ihrem Schminktisch stand eine Armada aus Fläschchen und Tiegeln. Ein Mobile war mit Bostik an der Decke fixiert. In meiner präzedenzlosen Kluft aus Jeans und T-Shirt saß ich vor dem Schminktisch, schraubte Fläschchen auf, schnupperte daran und grinste.

»Was ist? Noch nie drüber nachgedacht?«

»Noch nie. Ich hab aber über das ›gedenkst du‹ gelacht.«

»Gedenkst du?«

»›*Wen gedenkst du zu heiraten.*‹ Ich hab mich gefragt, wie viele Leute mit grünen Nägeln ›gedenkst du‹ sagen.«

Sie sah mich ausdruckslos an.

»Schon gut«, sagte ich, »ich find's einfach nur interessant. Ich hab länger in zivilisierter Gesellschaft zugebracht als du.«

»Als Gesellschaft würde ich Green's House nicht gerade bezeichnen. Die Welt ist was anderes. Weltfremder geht's eigentlich kaum – keine Ahnung, wie du das aushältst. Ich bin dagegen normal.«

»Kann gut sein.«

Wieder sah ich mich in ihrem Zimmer um. Aus Fernsehspielen und der ein oder anderen Unterhaltung konnte ich schließen, dass das alles normal war, aber mir war es ähnlich vertraut wie ein tibetanisches Kloster. Ein tibetanisches Kloster wäre mir sogar normaler vorgekommen, denn mein Zimmer und das Zimmer meines Vaters drüben waren nackt wie Klosterzellen, mit Eisenbetten, grauen Wolldecken, je einem Tisch und einem langen Einheitsbord mit Büchern. Der Rost, auf den ich meine Kleider geworfen hatte, hatte nie ein Feuer gebraucht. Na ja, gebraucht vielleicht schon, aber nie bekommen. Puppen hatte ich nie besessen, und hätte mir jemand ein Mobile geschenkt, hätte ich nichts damit anzufangen gewusst.

Allerdings hatte ich mein Klavier und ein Bild von Winston Churchill in einer Art chinesischem Arbeiteroverall. Keine Ahnung, wie es dorthin gekommen war, ich hatte damit jedenfalls nichts zu tun. Während ich mich bei Grace im Zimmer umsah, mit ihrem riesigen Poster von irgendeinem jungen Mann, der inmitten von unbestimmten Blumen ins Wasser starrt und von einer sexy Frau am anderen Ufer beäugt wird, kam mir der Gedanke, Winston Churchill bei Gelegenheit mal abzuhängen.

»Gefällt's dir?«

»Was?«

»Narziss.«

»Wer?«

»Das Bild. Hat er nicht einen Wahnsinnsrücken?«

Ich warf einen hastigen Blick auf die Reihe von Wirbeln und sah wieder weg. Noch immer konnte ich keine nackten Jungs ertragen. Ich fragte mich ungefähr zum millionsten Mal, wieso Grace sowohl von Cheltenham als auch von Dartington Hall geflogen war.

»Na los. Guck hin. Er ist himmlisch.«

»Na ja, himmlisch«, sagte ich und linste mit einem Auge.

»Setz deine Brille auf. So kannst du doch gar nichts erkennen. Wann holst du dir mal 'ne vernünftige Brille?«

»Weiß nicht. Ist doch irgendwie Verschwendung –«

»Pass auf – *überrede* deinen Vater, dir 'ne neue zu kaufen. Edmund sagt, er würd's auch machen. Du musst nicht mit so 'nem Kassengestell rumlaufen. Hol dir 'ne goldene. Die sind toll. Viele kaufen sich eine und lassen Fensterglas einsetzen. Die sind todschick.«

»Todschick«, sagte ich.

»Was?«

»Es ist nur so – lustig. Das mit dem ›gedenkst du‹.«

»Hör zu, Bilge«, sagte sie. »Lass dieses Wörter-Gelaber. Denk lieber an deine Optik. Nicht alle haben so schlechte Augen wie du. Das ist asozial. Du siehst Millionen Mal besser aus, vor allem, seit du dir die Haare gewaschen hast, aber du musst *dranbleiben*. An deinem Aussehen.«

»Ach, das lohnt sich nicht.«

»Natürlich lohnt es sich. Überleg mal: Wen willste heiraten?«

»›Wen willste.‹ Adieu, Dartington Hall.«

»In Dartington werden viel schlimmere Sachen gesagt als ›wen willste‹.«

Ich stand vom Schminktisch auf, legte mich auf den Boden, rollte darauf herum und knallte dabei meine Stirn ein paarmal in den Flokati. Mir ist aufgefallen, dass in der Literatur die physischen Bewegungen junger Menschen selten akkurat dargestellt werden. Dann stand ich auf und presste mein Gesicht gegen die Scheibe des Dachfensters. Unten gingen Jungen in schwarzen Blazern zu zweit und zu dritt vorbei. Es war windig. Blätter flogen und wirbelten umher. Die Seiten der Schulhefte unter ihren Armen blitzten weiß auf und flatterten. Die kleineren Jungen rannten und schubsten sich gegenseitig herum. Manchmal überquerte ein Lehrer in einem schwarzen Ballon von einer Robe das grüne Gras Richtung Kreuzgang. Irgendwo läutete eine Glocke, und die Jungen – einige zumindest – rannten los. Samtagmorgens hatte die Schule etwas Leichteres als an Wochentagen, und ich beobachtete das Ganze mit – nun – Liebe, glaube ich, während meine Gedanken kreisten.

»Weißt du«, sagte ich, »ich find's eigentlich nicht gut, dass du ›Edmund‹ sagst.«

Sie lackierte sich einen weiteren langen Nagel und sagte: »Du hast einfach keine Ahnung von Männern, oder? Du hast kein *Gefühl* für Männer.«

»Das würde ich nicht sagen.«

Da kam auch schon Jack Rose des Weges, unverwechselbar in einem First-XV-Rugbyblazer und der Kapitänskappe mit den schwarzen und weißen Rauten. Er lief auf seinen sportlichen Beinen, und die Lakaien zerstreuten sich, als wäre er Don Juan de Austria. Ich packte den Fenstergriff und hielt mich daran fest, bis mein Herz sich wieder beruhigt hatte.

»Das würde ich nicht sagen.« Das hier ist das beste Gespräch, dachte ich, das beste und vielversprechendste und echteste Gespräch meines Lebens – Paula und Schach und Charakterbildung und Stille konnten mir gestohlen bleiben. Ich bin angekommen. Ich bin normal. Ich bin wie alle anderen.

Und warum erzähle ich dann nicht, wohin ich in den Ferien fahre?

Aber ich war noch nicht bereit, nach einer Antwort auf diese Frage zu forschen. Ich war nicht mal bereit, selbst darüber nachzudenken. Seit Jack Roses Einladung in der ersten Trimesterwoche hatte ich nichts mehr davon gehört, und obwohl ich meinen Vater gefragt hatte, ob er einen Brief von Mrs Rose erhalten habe und wenn ja, ob er ihn bitte öffnen könne, befiel mich eine mächtige Sprachstörung hinsichtlich alles Weiteren. Vater und ich waren kaum je ein Wochenende getrennt gewesen. Ohne Vater, ohne überhaupt jemanden, zu Jack Rose zu fahren schien so unwahrscheinlich und kapriziös, dass ich mich fragte, ob ich mir die Einladung nicht vielleicht eingebildet hatte. Der Nachmittag, an dem sie von Jack ausgesprochen worden war, war ein sehr seltsamer gewesen – Terrapin, der wortlos mit Gehirnerschütterung im Gemeinschaftsraum saß. Vielleicht hatte mir sein Anblick ebenfalls das Gehirn erschüttert. Ich erinnerte mich, dass ich Terrapin davon erzählt hatte. Vielleicht hatte ich das Ganze nur erfunden, um ihn zu ärgern? Immerhin war es der Nachmittag meines Nervenzusammenbruchs auf dem Rasen des Direktors gewesen.

Doch obwohl ich den Besuch in den Ferien verdrängte, stellte ich fest, dass mein Interesse für mein neues Erscheinungsbild immense Ausmaße angenommen hatte. Kein Ladenfenster auf der Hauptstraße oder Promenade war vor meinen Blicken sicher, und ich betrachtete endlos meine Hände. Ich schlenkerte mit den Füßen. Ich trug die neuen Schuhe jeden Tag – sogar zur Schule. Ich begann auf eine Art meinen Kopf zurückzuwerfen, sehr spontan, zu keinem festen Zeitpunkt, dazu die Augen halb zu schließen.

»Stimmt etwas nicht, Marigold?«

»Nein, Miss Bex.«

»Zieht's dir?«

»Nein, Miss Bex.«

»Du siehst aus, als hättest du einen steifen Hals.« Im Korridor legte sie mir im Vorbeigehen die Hand auf den Arm und sagte: »Ich werde heute Abend bei deinem Vater vorbeischauen.«

»Deine Schuhe find ich gut«, sagte Aileen Sykes im Schulkorridor und hielt auf dem Weg nach Versailles für einen Augenblick die Kutsche an. »Woher hasten die?«

»Marks.«

»Echt toll.«

»Mensch – guckt mal Bilges Haare«, sagte Penelope Dabbs. »Richtig schick.«

Ich wünschte, wir hätten keine Schuluniformen. Ich wünschte, alle könnten die lange orange Strickjacke sehen. Ich trug sie und die restlichen Sachen verschieden kombiniert – manchmal fünf Teile auf einmal – zu Hause im House. Abends schlenderte ich durch die Anlage vor meinem Zimmerfenster, sehr langsam und gelassen, und dann holte ich Grace zu Hause ab, und zusammen flanierten wir über die Sportplätze oder die Promenade, sehr langsam am Wasser entlang. Dabei drangen Pfiffe und vulgäre Rufe aus den Cafés und der Scooterhalle.

»Mensch, dir wird aber viel hinterhergepfiffen. Merkst du das gar nicht?«, fragte ich Grace.

Sie lächelte. »Vielleicht pfeifen sie ja dir hinterher.«

Abends ging ich mit einem Leuchten ins Bett. Benommen schlief ich ein. Ich tat nicht einen Strich. Oxbridge rückte näher. Ich dachte nicht dran. Ich war die Einzige, die sich für Oxbridge bewarb, alle anderen aus meiner Klasse bewarben sich an anderen Unis und litten Höllenqualen. Sie waren wie Verurteilte, die die Axt auf sich zurasen sahen, sie hatten einen »Riesenbammel«, sie waren »am Sterben«, sie »hatten keine Chance«. Sie würden »nirgends angenommen werden«. Sie saßen jeden Abend über ihren Mitschriften, wurden heimgesucht von schrecklichen Träumen.

Anders als ich, Bilge. Ich sank in mein Bett, und kaum hatte ich die Augen geschlossen, stand Jack vor mir, und ich schritt hinter ihm her in meiner orangen Strickjacke und einem bronzefarbenen Tweedrock, den ich in Wirklichkeit noch gar nicht hatte, mit zwei Irish Settern zu unseren Füßen, und wir schritten über das lilafarbene Moor, im Hintergrund ein Schloss voller Butler und Tanz bis in den Morgen. Wir spazierten wie Titanen oder wie Leute aus *Country Life* in den Sonnenuntergang.

Aber schon komisch. Weder Paula noch Vater, noch Puffy, noch Uncle Edmund Hastings-Benson schienen das Geringste mitzubekommen. Ich lungerte in der Dämmerung an auffälligen Stellen wie den Eingangsstufen herum. »Ah, das trifft sich gut«, rief Paula von oben. »Könntest du mal eben zur Hausmutter rüberlaufen und mir –«

Vater, der von irgendwo herbeischlenzte, sah meine neue Silhouette auf den Stufen und sagte: »Hallo. Du wolltest mich sprechen? Ach, Marigold, du bist es! Ich hatte dich gar nicht erkannt.« Donnerstags stand ich im Arbeitszimmer rum und betrachtete das Urbild von Erfahrung und reifer Meisterschaft. »Gläschen Wein?«, fragte Uncle Edmund. »Ach – entschuldige, Bilgie. Ich hatte dich kurz mit Paula verwechselt. Ich werde wohl langsam alt.«

»Wie findsten meine Schuhe?« (Weibliche Personen musterte er immer von oben nach unten.)

»Deine Schuhe? Sagenhaft, sagenhaft.« Er war noch zerstreuter als sonst. »Wie geht's der neuen Freundin? Grace mal gesehen in letzter Zeit?«

An dem Abend rauschte ich genervt davon und hing unbegreiflicherweise am Fives Court herum, bis die Jungen ins Haus und schlafen gehen mussten. Niemand bemerkte mich. Es war ein dunkler tosender Novemberabend, und der Wind fuhr mir in die neuen Haarbüschel und formte sie zu großen Stacheln. Terrapin kam vorbei und sah mich durchdringend an.

»Was ist denn?«, sagte ich. »Kennst du mich nicht mehr?«

»Ich kenn dich«, sagte er.

Er war jetzt ruhiger, unser Terrapin, und mir fiel auf, dass er in letzter Zeit überraschend groß und hager geworden war. Seine einstmals gelbe Haarmatte war kürzer, und er wirkte insgesamt lebhafter. Er war nicht in Schuluniform. Er hatte einen langen, schmal geschnittenen Pulli an und eine lange schmal geschnittene Jeans. Seine Wangenknochen traten hervor. Er sah aus wie ein Junge aus der Artussage.

Terrapin, ein Junge aus der Artussage? Ich musste übergeschnappt sein!

»Du siehst anders aus.« Das war ja ich, Bilge, die zu ihm sprach.

»Ich hab ein Loch in meiner Schulhose.«

»Hast du keine andere?«

»Nein«, sagte, »nur diese. Was ist denn?«

»Wie, was ist?«

»Ich dachte, du wolltest irgendwas sagen.«

»Ich? Nein. Nein, ich wollte gerade reingehen.«

»Ich auch«, sagte er. »Ich muss noch Griechisch machen.« Ohne zu lächeln, ging er davon. Ich wartete und hätte heulen können – über die Blödheit des Ganzen, die erbärmliche, armselige, selbstherrliche –

»Wie findsten meine Haare?«, rief ich und rannte ihm hinterher. Ich hätte ihm eine reinhauen können.

»Kann ich nicht sehen«, rief er aus dem Dunkeln.

Dann drehte er sich um und kam zurück. »Bilge –«, sagte er. »Diese Grace –«

»Ja?«

»Sie tut dir nicht gut.«

»Was meinst du damit?«

»Ich weiß nicht genau«, sagte er stirnrunzelnd. »Ich weiß

nicht. Sie ist einfach nichts für dich. Sie wird dich vermasseln.«

»Was *meinst* du denn damit?«, sagte ich und warf meine Haare. »Scheint mir eher, sie hat mich vor dem Vermasseltwerden bewahrt.«

»Ich mochte dich vorher«, sagte er.

»Das ist mir neu.«

Er zuckte zusammen, und ich musste an Uncle HB denken, als er sagte, ich sei vulgär.

»Doch«, sagte er. »Ich mochte dich. Da warst du du selbst.«

Kapitel 11

Seit den Tagen des hochwürdigen Abtes Wilfrid haben sich an seiner Gründungsschule unwahrscheinliche Traditionen etabliert. Laut Vater gibt es reichlich historische Belege, dass er selbst ein unwahrscheinlicher Mann war, der hundert Sachen auf einmal erledigte, wo ein bis zwei für die meisten Heiligen vollkommen genügt hätten, um sich ein paar schöne Ruhejahre voller Dankgebete und Frieden auf einem Felsen an der Küste zu verdienen, oder weiter südlich im milden Canterbury.

Wilfrid scheint ein echter Macher gewesen zu sein, ein Mann, der sich in seinen Umhang schmeißt und seinen Stab ergreift und loszieht zum Gespräch von Angesicht zu Angesicht. Immer unterwegs – Ripon, Guisborough, York, Nord, Süd, hoch und immer höher die 199 Stufen hinauf zu den heulenden Klippen von Whitby und den hohen schwarzen Mauern seines Klosters, wo Hilda, sein weiblicher Gegenpart, die erste ureigene Bewohnerin Yorkshires, ihn erwartete, um Synoden und Organisation zu besprechen, und was mit dem heiligen Caedmon zu tun sei, dem Schäfer, der Engel sah und im örtlichen Dialekt Lieder über sie sang.

Wilfrid, wie Vater zweifellos wusste, war der Grund für den traditionellen Weihnachtsaktionismus an der Schule und die bescheuerte Notwendigkeit, die Schulaufführung, den Schulball und das Sieben-gegen-sieben-Turnier zur gleichen Zeit abzuhalten wie die Oxbridge-Prüfungen – vielleicht hatte Hilda am anderen Ende der Küste gerade eine Lungenentzündung gehabt oder war abgelenkt durch Caedmon oder die Piraten, als das alles eingetütet wurde. Wäre sie gefragt worden – oder wäre sie Paula gewesen –, hätte sie solchen Unfug gar nicht erst zugelassen. »Wie könnt ihr«, hätte sie gesagt, »öffentliche Prüfungen in einer Aula abhalten, in der am Vorabend die Weihnachtsaufführung stattfindet und am Abend darauf – am ersten Tag der Oxbridge-Examen – der alljährliche Schulball?« Und nur ein Mann von beängstigender Tatkraft konnte angeordnet haben, am Folgetag auch noch die Rugbyspiele auszutragen, wohl wissend, dass drei Viertel der hart trainierenden Mannschaft anzunehmenderweise auch Oxbridge-Prüflinge waren.

Zum ersten Mal, im November meiner Verwandlung, wurde über diesen Wildwuchs eine Entscheidung gefällt, die bei Vaters Donnerstagstreffen als Wunder angesehen wurde. Ich war zufällig dabei, weil ich nach unten musste, um Miss Bex zu sprechen, die wieder mal in Sachen Lerninhalte vorbeigeschaut hatte, und Paula meinte, wenn ich ihr auf Wiedersehen sagte, würde sie vielleicht endlich gehen.

Inzwischen war sie gegangen.

Das Gespräch drehte sich nun um das uralte und nimmer endende Thema in diesem Raum, nämlich die Leistungen der Jungen.

»Wilson? Ein Luftikus.«

»Das würde ich nicht sagen. Das würde ich nicht sagen.«

»Drei Dreier und eine Fünf, Surrey fällt also schon mal weg.«

»Bei der Nachprüfung hätte er noch eine Chance.«

»Hoffnungslos. Extern. Ein Rumtreiber.«

»Und Glegg?«

»Noch schlimmer. Hull, wenn er Glück hat.«

»Sykes?«

»Hübsche Schwester«, sagte Edmund HB. »Aber stinkfaul. Kommt aus der Pearson Street.«

»Früher hieß es immer«, sagte Old Price mit bebender Stimme, »in der Pearson Street hätten die Leute Kakerlaken in den Kuchenformen.«

»Auch in Oxford und Cambridge gibt's sonderbare Dinge in Kuchenformen«, sagte Puffy. »Wie steht's mit Rose, HB?«

»Ah, sicher wie das Amen in der Kirche. Solider Bursche. Der kann alles.«

»Da bin ich mir nicht so sicher«, sagte mein Vater stirnrunzelnd.

»Liebe Güte, William, wenn Rose versagt –«

»Könnte passieren. Es ist schon passiert. Denk an Wellington-Wells.«

Anhaltendes Schweigen, während Wellington-Wells' außergewöhnliches Scheitern beim Sturm auf Oxford im Jahre 1910 aufs Neue kontempliert wird.

»Ach, Rose schafft das schon«, sagte Puffy.

»Terrapin?«

»Jetzt wird's interessant. Da ist alles möglich. Komischer Kauz.«

»Terrapin hat was, finde ich«, sagte Puffy. »Da ist eine Menge Potenzial. Er war mal völlig unscheinbar. Was meinst du, William?«

»Wie?«, sagte Vater, »Terrapin?«

»Du kennst ihn doch am besten. Er hat doch mehr oder minder seine sämtlichen Ferien hier verbracht, als Unterstufler, nicht wahr? Zu Hause gab's Probleme.«

»Mmmm«, sagte Vater. Bei Fragen, die er als privat empfindet, kriegt man nichts aus ihm raus. »Marigold«, sagte er. »Solltest du nicht im Bett sein – oder was für die Schule tun?«

Aber ich lungerte an der Tür herum und tat, als würde ich das Schachbrett studieren.

»Er ist erwachsener geworden in letzter Zeit – danach

sieht's mir aus. Er kann mehr verkraften«, sagte Uncle Edmund.

»Und verkraften musste er einiges«, sagte Vater fast beiläufig, während er den Korkenzieher suchte. »Er ist ein sehr begabter – aha. Ja. Da ist er ja.«

»Nun, er ist kein Rugbyspieler oder Tänzer, und er spielt nicht in der Schulaufführung mit, also hast du womöglich recht«, sagte Uncle Edmund. »Zumindest kriegt er genügend Schlaf. Wer weiß, wie viele Stipendien uns durch die Lappen gehen wegen dieses Weihnachtsbrimboriums. Ich verstehe nicht, warum wir nicht wenigstens den Schulball abschaffen können. Oder das verdammte Ding rechtzeitig hinter uns bringen.«

»Das wird dieses Jahr nicht gehen«, sagte Puffy. »Die Aula wird immer noch renoviert.«

»Na dann haltet ihn eben woanders ab.«

»Wo denn?«

»Auf der Pier.«

»Auf der *Pier*! Lieber Gott, die Heiligen würden sich in ihren Gräbern umdrehen.«

»Ich wüsste nicht, was dagegenspricht. Ich denke nicht, dass es überhaupt einen Ball gab, als die Schule noch ein Kloster war. Das hätte ich sehen wollen, wie die Mönche mit den Jungen unterm Weihnachtsbaum 'ne Sohle aufs Parkett legen.«

»Ich weiß noch, wie die Zeppeline nachts vor der Pier –«, begann Price und wurde überraschenderweise von Vater unterbrochen, indem er sagte: »Wisst ihr was – warum mieten wir uns nicht *wirklich* die Pier? Das wäre doch recht amüsant. Ich mag Piere.«

»– als brennende Bündel ins Meer stürzten –«

»Wenn er auf der Pier stattfände, ich glaube, ich würde hingehen.«

»Du würdest HINGEHEN!«, rief ich von der Tür aus.

»Ja. Ja.« Ihm war völlig entfallen, dass er mich weggeschickt hatte. »Ja. Warum nicht. Vielleicht würde es mir ja Spaß machen, mal das Tanzbein zu schwingen.«

»O Gott!«

»Als deine Mutter noch lebte, weißt du, bin ich immer hingegangen.« (Uncle HB ließ sein Kinn auf die Brust fallen.) »Ja, ein Tänzchen, das fände ich schön.«

Das hatte zweierlei Effekt, erstens, dass ich in mein Zimmer wankte, eine Stunde lang vor meiner Arbeit saß und sie erledigte wie ein billiger Taschenrechner, der neue Batterien braucht, wobei ich die ganze Zeit dachte: »Vater. *Vater!* Wie schrecklich. Das gehört sich nicht!«, und zweitens, dass ich mich danach auf die Suche nach Grace machte, um ihr alles zu erzählen.

»Terrapin ist interessant! Terrapin ist genial. Terrapin muss viel verkraften. Terrapin ist erwachsener geworden« war das, was ich mit ihr besprechen wollte. Doch als ich bei Grace in der Zimmertür stand, hatte ich's mir anders überlegt. Ich erzählte nur von der Schulball-Saga. Ich beschloss, erst am Sonntag das Gespräch auf Terrapin zurückzulenken, wenn Vater, Paula und ich zusammen zu Mittag aßen.

Vater war in einer seiner eher üblichen Launen – das heißt, er sah aus, als wollte er am liebsten in die Stratosphäre abheben und über die Bedeutung der Bedeutung sinnieren, und Paula und ich saßen friedlich und entspannt in seiner Gesellschaft sowie der eines exzellenten Yorkshire Puddings.

»Findest du, dass Terrapin in letzter Zeit anders ist, Paula?«

»Gar nicht.«

»Er hat sich angeblich verändert.«

»Stimmt nicht.«

»Er ist angeblich reifer geworden.«

»Was soll das heißen? Käse wird reifer.«

»Menschen nicht?«

»Da gehen die Meinungen auseinander.«

»Er ist weniger hässlich.«

»Was hat *das* denn damit zu tun? Was hat denn das Aussehen – « Ihre Augen blitzten, und ihre Haare bebten.

»Du weißt halt nicht, wie es ist, unansehnlich zu sein.«

»Jetzt lass das sein. VERZICHTE AUF SELBSTMITLEID. Aber ich komme allmählich dahinter, wenn ich mir so anseh, wie du dich auftakelst.«

»Wieso auftakeln?«

»Dieses zerrupfte Huhn auf deinem Kopf.«

»Das ist ein Federschnitt.« Ich schüttelte ihn. Ich war sogar entzückt. Immerhin und endlich war er ihr aufgefallen.

»Hat ganz schön was gekostet, munkelt man. Unten beim Basar.«

»Na ja, Vater hat's bezahlt. Hat ihm nichts ausgemacht. Ich hab Geld. Mutter hat mir was vererbt. Grace weiß es von Uncle HB. Meine *Mutter*«, sagte ich, »wusste eben, was ein junges Mädchen braucht.«

»Und, hat's ihr was genützt«, sagte Paula. »Im Himmel braucht man keinen Haarschnitt.«

»Ich werde jedenfalls nicht – «

»Wohl kaum. Lieber Gott! Äußerlichkeiten!«

»Er ist durchaus bemerkenswert«, sagte Vater, der den letzten Bissen Apfel mit Vanillesauce aß und von irgendwo hinter Halleys Komet zurück in Richtung Erde schwebte. »In meinen Augen. Gäbe es wohl – einen Nachschlag?«

»Nein. Ich hatte Sie gefragt.«

»Vanillesauce?«

»Zu spät.«

»Über wen reden wir?«, fragte ich.

»Na, über Terrapin. Tom Terrapin. Wisst ihr, Paula, Marigold, unter uns gesagt, ich glaube, Tom Terrapin könnte der klügste, originellste Junge sein, der je in meiner Klasse war.« Er lehnte sich zurück und schenkte uns sein typisches Lächeln.

»Dann wird's wohl kein Stipendium geben«, sagte Paula, die mehr über Jungen und Prüfungen weiß als jedes Kuratorium. Ihre Krankenstation steht in der Prüfungswoche in kompletter Bereitschaft, Betten sind frisch bezogen, Wärmflaschen sind zur Hand, wobei das alles streng genommen gar nicht nötig ist, nachdem sie ihnen kurz und kräftig die Meinung gegeigt hat, einschließlich ihrer einprägsamen Gedanken zur Hirnrissigkeit der Beurteilung eines Menschen anhand von einigen in wenigen Stunden fieberhaft bekritzelten Seiten. Vater sagt, man könne ohnehin die wahren Fähigkeiten eines Menschen vor seinem abgeschlossenen Zweitstudium gar nicht beurteilen.

»Das ist nicht der Punkt«, sagte Vater, »es ging mir nicht um Stipendien. Mir ging es um Terrapin. Er könnte. Er könnte. Ich denke, er könnte vielleicht – hm, aha, etwas. Marigold«, sagte er mit jener scheinbaren Folgerichtigkeit, die ihn, ehrlich gesagt, zu einem nicht ganz einfachen Menschen macht: »Warum bittest du ihn nicht, dich zum Schulball zu begleiten?«

Kapitel 12

Der Pier-Pavillon ist eine lange gelbe Holzhütte am landwärtigen Ende der Pier, die sich ein bisschen seewärts zieht und dann als Knäuel aus schwarzen Stangen zum Wasser abfällt. Im Krieg war die Pier von einem Schiff gerammt worden – dieses Stück Küste ist ganz unspektakulär, aber umso trügerischer, weil es so flach ist, dass es von hoher See aus nicht zu erkennen ist und unachtsame Seeleute ihren Fehler erst bemerken, wenn sie sich an der Felsplatte aufgerieben haben, die knapp unter dem kalten grauen Wasser verläuft und seit Wikingerzeiten Verheerungen angerichtet hat. Etwa hundert Meter hinter der Rückseite des Pavillons wurde quer über die Pier eine Kette gespannt, und weiter geht niemand.

Der Großteil des Pavillons liegt auf dem Trockenen, aber weiter hinten in Richtung Bühne werden die Bretter unter den Füßen kälter, und man kann durch die Spalten schauen und das Meer darunter rhythmisch schäumen sehen. Als kleines Kind war ich dort mal auf einem schrecklichen Kostümfest, saß stundenlang allein und schweigend auf einem rotsamtenen Klappstuhl entlang der Rückwand des Tanzsaals und sah wütend durch meine Brillengläser auf all die Feen und Clowns, während ich selbst in irgendetwas gesteckt worden war, das Paula in letzter Minute für mich gefunden hatte. Alles, was ich wirklich wusste von der Pier, war die Hölle jenes Abends und die Schrecken der Parade am Schluss: das und die Ritzen mit dem Meer darunter und das große Getöse der Musikkapelle.

Dennoch war ich der festen Überzeugung, dass der Pier-Pavillon nichts hermachte – schon damals, und heute musste er noch ungleich schäbiger sein. Auf dem Heimweg von der Schule kam ich dran vorbei und sah Fish-and-Chips-Papier in den Türeingängen strudeln. Popmusik, bunte Lichter und kotzende Stadtbewohner lungerten an Samstagabenden in den schattigen Ecken herum, ein unschöner Anblick zwischen den dümpelnden Fischerbooten vor der Promenade, dem rauschenden glitzernden Meer und dem fernen Ufer. Es ging wirklich schroff in die Tiefe.

Doch Grace, die mich in der Schule zwischen zwei Unterrichtsstunden auf dem Korridor anhielt, schien begeistert.

»Weißt du schon das Neueste?«, fragte sie. »Es steht fest. Die Pier.«

»Was! Der Schulball?«

»Mein Vater hat gestern grünes Licht gegeben. Er soll direkt vor den Ferien stattfinden, damit wir's hinter uns haben, bevor der Weihnachtstrubel losgeht.«

»*Kennst* du sie?«, fragte ich.

»Die Pier? Natürlich kenn ich sie.«

Ich dachte an den rosa Friseursalon und wie sie den gefunden hatte, nachdem sie kaum ein paar Tage in der Stadt war. Mit einem Mal hatte ich eine dezidierte Ahnung, dass Grace die Pier in- und auswendig kannte.

»Das heißt, du warst da schon mal?«

Sie lächelte aus lichten Höhen.

»O Gott – schlimme Leute –« Ich dachte an Aileen Sykes und Beryl. Genau diese Sorte. Bauchfreie Tops. Lila Lippen. Irgendwer hatte mir mal erzählt, Beryls Mutter würde dort an der Kasse arbeiten – und den ganzen Tag Kekse essen und stricken. Mich überkam eine Woge der Loyalität zum vorsintflutlichen St Wilfrid's.

»Das hier wird ein privater Ball«, sagte ich. »Ich finde, die Pier ist nicht das Richtige für einen *privaten* Ball.«

»Gehst du oft auf private Bälle?«, fragte Aileen Sykes, die sich angeschlängelt hatte. »Northanger Abbey, nehm ich an.«

»Ich meine ja nur – nein – ich hab mich nur gewundert«, sagte ich. »Ich find's einfach nicht allzu – partymäßig – auf der Pier.«

Aileen brach in hysterisches Gelächter aus, und Grace drehte kurz den Kopf zur Seite. »Ehrlich«, sagte sie. »Bilge – ehrlich!«

»Ich meine ja nur, ich glaub nicht, dass jemand hingeht«, sagte ich. »Es stinkt und es ist kalt. Die Ehemaligen sind auch nicht mehr die Jüngsten – zumindest manche.«

»Kenn ich eh niemand von«, sagte Beryl. »Ich geh nur hin, weil's auf der Pier ist. Ich bin da eh jeden Samstag.«

»*Du* gehst!«

Ich konnte nicht anders. Sie ist so riesig und fettig. Man sieht, dass sie nie ihre Strumpfhosen wäscht. »Mein *Vater* geht hin«, sagte ich.

Jetzt waren sie kurz vorm Herzinfarkt.

»Ich geh jedenfalls nicht hin«, sagte ich, »zum Glück«, und daran hielt ich über die nächsten zwei Wochen hinweg mit unerschütterlicher Härte fest. »Ach komm schon, Bilge«, sagten sie – fast die halbe Klasse. Es war der große Gag. Haare, Schuhe, orange Strickjacke, und immer noch war ich der große Gag. Die ganze Welt hatte beschlossen, auf den St-Wilfrid's-Ball zu gehen, weil er auf der Pier stattfand und nicht in den uralten Kreuzgängen.

»Nein.«

»Warum nicht?«

»Ich kann nicht tanzen. Ich hasse die Pier.«

»Ach komm. Die ist toll.«

»Ist sie nicht.«

»Warum?«

»Sie ist – deprimierend«, sagte ich.

»Ach komm – dann heiter sie auf.« Ständig hatten sie's davon, morgens, mittags und abends. Beim Mittagessen. Im Bus. Mit wem sie hingehen würden. Sie hatten sogar aufgehört, über die Prüfungen zu reden.

»Und das beweist doch zumindest *irgendwas*«, sagte Paula. »Es ist eine gute Idee, ihn jetzt abzuhalten. Da kommen sie alle mal auf andere Gedanken.«

»Ich behalte lieber meine alten Gedanken«, sagte ich. »Ich geh nicht hin.«

»Ich ja«, sagte Paula, »ich tanz doch so gern.«

»Auf der Pier!«

»Snob«, sagte sie. »Überleg's dir genau. Bald bist du als viktorianische Tante verschrien. Genau wie deine Mutter. *Die* wäre auch nie auf die Pier gegangen.«

Ich dachte an die Hutkrempe, das zarte Kinn, die Bernsteinkette auf dem Foto. Damen mit Bernsteinketten haben früher die Kostümbälle organisiert, bei denen ich auf den rotsamtenen Klappstühlen saß. Auf einmal erinnerte ich mich wieder. Ich erinnerte mich daran, wie sie durch die Gegend gerauscht waren, diese Damen, mit gläsernen Eisbechern in der Hand, den Teelöffel hoch in die Luft gespreizt. Das Bild war graziös und gefiel mir.

»Ich weiß nicht, Marigold. Ich weiß nicht«, sagte Paula mit erdiger und müder Stimme. »Ich weiß nicht, was ich von dir halten soll.«

Am Tag des Schulballs platzte sie gegen fünf in mein Zimmer, wo ich gerade Matheübungen machte, und fragte: »Du kommst doch nachher vorbei, mein Liebchen?«

»Wie gesagt. Nein danke.«

»Ach, Marigold.«

»Hat keinen Sinn. Ich würd's hassen.«

»Woher willst du das – diese Grace geht auch hin. Und deine Haare sind grad so hübsch.«

»Sehr interessant«, sagte ich. »Paulas plötzliche Einsicht, dass Bilge hübsche Haare hat.«

»Ich hab dir immer gesagt, sie wärn –«

»Ach, halt die Klappe«, sagte ich. »Ich seh doch fast wieder aus wie vorher. Der Pony ist rausgewachsen. Ich geh da nicht hin.«

Um acht klingelte das Telefon, und nachdem alle gebrüllt und gerufen hatten, ging ich dran. »Und, bist du fertig?«, fragte Grace.

»Ich geh da nicht hin. Wie gesagt.«

»Ach, red doch bitte keinen Unsinn.« Sie ging mit der Stimme hoch nach Dartington-Art, und vor meinem inneren Auge sah ich ihr grandioses und nobles Profil, die exzellente, lässige, wohlerzogene Art, wie sie die Beine übereinanderschlug und sich mit dem Hörer in der Hand zurücklehnte. »Ich hol dich ab.«

»Ich arbeite.«

»Jack Rose hat gefragt, ob du –«

»ICH ARBEITE.«

»Wir holen dich *zusammen* ab.«

Ich legte auf und setzte mich zurück an den Schreibtisch. Ich konnte mich keinen Zentimeter konzentrieren. Es klopfte an die Tür, und herein kam Vater.

»Nun?«

»Hallo.«

»Aha.«

Schweigen.

»Nun, Marigold, was ist mit dem Ball?«

Ich fuhr herum, und es war ein grausiger Anblick – Fliege.

Glattgekämmtes Haar. Smoking aus Zeppelins Zeiten. Eine Art heiteres Grinsen.

»Gott sei uns gnädig – «

»Aber, aber, meine Liebe.«

»Wir flehen dich an, o Herr.«

»Marigold – ich finde es schade. Gerade wo du ein paar Freunde gefunden hast und so hübsch aussiehst.«

»Ich hab sehr viel zu tun.«

»Nicht nötig«, sagte er. »Es ist noch Zeit. Du hast alles abgedeckt. Man kann es auch übertreiben mit dem Lernen für Oxbridge, weißt du. Vor allem Cambridge schaut nicht nur auf die schriftlichen Prüfungen. Es ist das Interview, auf das es ankommt.«

»Wenn die Prüfungen Mist sind, wird man nicht zum Interview eingeladen. Zumindest als Mädchen.«

»Ah – ich würde mir keine Sorgen machen. Weißt du – « Er knautschte sein Gesicht zusammen und beugte sich über meine Matheübungen. »Verstehe nur Bahnhof«, sagte er nach einer Weile und lachte. »Hättest du doch Griechisch gewählt. Ich hätte dir helfen können. Aber du kriegst das schon hin. Diese nette Miss Box – «

»Bex.«

»Bex. Ungewöhnlicher Name. Aber eine sehr charmante Frau.«

»Bex!!«

»Jack Rose hat mich vorhin gefragt, ob du kommst«, fragte er noch mal an der Tür. »Es wird sehr still sein, so ganz allein hier.«

»Geh.«

Er ging.

»Hätte er mich nicht selbst fragen können?«, sagte ich fünf Minuten später laut zu mir selbst. Statt Grace nach mir zu fragen. Und Vater. Als Paulas Posaunenrufe verklungen waren und die Eingangstür des House knallend ins Schloss gefallen war, stand ich auf und sah aus dem Fenster. Sämtliche Fenster des Schlafsaals auf der Jungensseite waren dunkel und still. Der Wintergarten mit den Rosensträuchern wie Stacheldraht lag menschenleer im Licht des Mondes.

»Nicht, dass es ihm schwerfallen würde, Einladungen auszusprechen. Scheint auch gut drin zu sein, sie zu vergessen.« Ich ließ den Vorhang zufallen, ging an den Kamin und sah eine Weile auf den Rost.

»›Meine Mutter kannte deine Mutter.‹ Na toll. Wer's glaubt, wird selig.«

Ich machte noch weiter meine Matheaufgaben, aß einen Apfel und etwas Brot, öffnete eine Dose Cola, schüttelte sie und horchte daran. Ich lernte weiter. Dann lief ich ziellos herum, ging ans Klavier, spielte ein paar Takte Bach und hörte wieder auf. Es war durchdringend und gespenstisch still in dem großen House, das den Lärm der Jungen und Paula so gewohnt war, still wie etwas Unentdecktes im Tal der Könige.

Guter Abend für einen Einbrecher, dachte ich, und dann hörte ich draußen im Flur ein Geräusch. Es war ein langsames und nachdenkliches Atmen.

Wir haben keinen Hund. Es war mit Sicherheit keine der Katzen. Die Köchin und die Haushälterin hatten frei, und all die Internen, die für den Schulball zu jung waren, mussten rüber ins School House, wo sie Billard spielen und mit der alten Hausmutter herumblödeln konnten, die mit ihren ungefähr einhundertundzwölf Jahren aus dem Partyalter raus war.

»Hallo?«, rief ich.

Es kam keine Antwort, doch das Atmen ging weiter, und

draußen knarzte es, als würde sich jemand die Füße vertreten. Ich ging zur Tür, verriegelte sie, stand davor und starrte auf die Täfelung, als würde sie sich gleich in Glas verwandeln und durchsichtig werden.

Ich sagte noch mal »Hallo?« und bildete mir ein, ich hätte jemand mit leiser Stimme »Bilge« sagen hören.

Dann fing mein Nacken an zu brennen, die Tränen traten mir in die Augen, und meine Hände fingen an zu zittern. Ich lehnte mich mit der Stirn gegen die Tür und schloss wieder auf. Ich dachte: Er hat's nicht vergessen. Er hat dran gedacht. Er ist es. Er ist gekommen, um mich zu holen. »Jack?«, sagte ich.

Aber es war Terrapin, der vor meinem Zimmer stand, sehr feierlich im Halbdunkel.

»Was machst du hier?«

»Und du?«

»Ich arbeite.«

»Ah.«

Wir standen in dem großen stillen Gebäude und sahen uns an. Seine runden blauen Augen waren ausdruckslos und leicht beängstigend. Wie sehr er sich seit damals verändert hatte.

»Willst du reinkommen?«

»Ich wollte nur mal vorbeischauen.«

»Auf der Jungensseite ist alles dunkel.«

»Ich war – da war ich nicht. Ich hab dein Licht gesehen.«

»Mein Vater –«, sagte ich und war ähnlich überrascht über mich selbst wie neulich, als ich ihm von Roses seltsamer Einladung erzählt hatte. »Ausgerechnet mein Vater ist zum Ball gegangen. Auf der *Pier*!«

»Die Pier«, wiederholte er. Er sagte es langsam. »Ein Ball auf der Pier.« Ich wusste, dass er genauso empfand wie ich.

»Willst du deshalb nicht hin? Weil er da ist?«

»Nein«, sagte ich. »Doch.«

»Komm mit mir.«

»Willst du hingehen?«

»Nein.«

»Dann –?«

»Du solltest aber. Du solltest.«

»Warum?«

»Weil's dir nicht guttut, so viel allein zu sein.«

»Und dir?«

»Ich –«, sagte er. Er sah sich über meine Schulter hinweg in meinem Zimmer um. »Ganz schön trist«, sagte er. »Und ich bin eigentlich nicht allein. Oder zumindest spielt es keine Rolle.« Er schob mich zur Seite und streunte durch mein Zimmer, berührte die Klaviertasten, berührte eine Schachtel, das Bild von meinem Vater, betrachtete ohne Begeisterung Winston Churchill. Er zog die Gardine zur Seite und sah hinüber zur Jungensseite. »Ich seh's«, sagte er, »vermutlich ähnlich wie du.« Lange schaute er hinüber auf die Reihe der hohen georgianischen Fenster, dann hinunter in den kargen Garten. »Ach Bilge, Bilge«, sagte er.

Ich beobachtete ihn – seine magere Gestalt, und fast hätte ich geheult, weil ich mich so sehr nach jemand anderem sehnte – der selbstbewusst, gerundet und fröhlich war. Als Terrapin sich umdrehte, wirkten seine Wangenknochen spitz wie Geodreiecke.

»Lass uns zur Pier gehen.«

»Ich kann nicht. Ich kann nicht.«

»Ich meine nicht auf den Ball, du Blödmann. Lass uns zur Pier gehen. Zieh dir 'ne Jacke an.«

Ich hatte die orange Strickjacke an, den Rock und die Schuhe.

»*Du* hast keine Jacke an.«

»Mir ist nie kalt. Hol dir 'ne Jacke.«

Auf der Innenseite der Haustür hing eine Jacke von Paula oder sonst wem, und ich warf sie mir über, und wir zogen los. Er sprang und tollte vor mir durch den Garten und die ruhige Hauptstraße hinunter, vorbei an der Rathausuhr und weiter die Promenade entlang. Die Pier war am anderen Ende, anderthalb Kilometer entfernt. Die Klippen der trügerischen Küste hoben in der Ferne ihre Köpfe, ungesehen hinter dem blauen Leuchten der Bingohallen, einarmigen Banditen und Tingeltangelläden. Nach einem Stück Wegs blieb Terrapin, der mit großen Schritten vor mir hergegangen war, stehen und stürzte über die Straße, zwischen den Fischerbooten hindurch, eine steinerne Schräge hinunter bis zum Strand und war in der Dunkelheit nicht mehr zu sehen. Ich folgte ihm, aber er war verschwunden.

»Terrapin«, rief ich. »Terrapin.«

Der Strand – der breite weiße Strand unter dem Mondlicht und dem atemberaubend blauen Himmel mit noch blaueren Wolken, die rasch über die Sterne hinwegglitten – war fest und glitzerte unter meinen Füßen. Er war weit und leer und ich stapfte vor mich hin, bis ich nach einer Ewigkeit – es ist ein berühmter Strand, unglaublich breit und hart – das Ufer des gischtigen Meeres erreichte.

Ich beobachtete es. Immer wieder kam es heran und wurde in wirbelnden weißen Schaum verwandelt, machte Halt an meinen Füßen und zog sich wieder zurück. In weiter Ferne Richtung Norwegen zog sich die lange dunkle Linie des Horizonts.

»Terrapin.«

Seine oder jemandes Gestalt glitt schräg über den Strand davon, und im hellen Mondschein huschte ich hinterher. Wir näherten uns wieder der Promenade, und irgendwann erhob sich vor uns die schroffe und unwahrscheinlich ansteigende Form der Pier – oder besser, vor mir, denn Terrapins Gestalt war erneut unter dem schwarzen Gestänge verschwunden. Ich folgte ihm und stand unter den dicken gekreuzten Metallsparren – links das Rauschen des Meeres und rechts die Landgeräusche. Ich sah hoch und stellte fest, dass ich unter dem Boden der Pier stand – lange goldene Linien aus Licht zogen sich wie Bleistiftstriche über meinem Kopf, und ich hörte das Wummern der Band. Hin und wieder kreischte und lachte jemand, aber davon abgesehen war die Stille unter der Pier die Stille eines Kerkers. Und Terrapin war nicht mehr da.

Ich ging unter der Pier hindurch, die Stufen des Hafendamms hoch und herum zum Eingang. Dort waren zwei Drehkreuze, reichlich von besagtem Fish-and-Chips-Papier und mittendrin ein kleines Kassenhäuschen, in dem Licht brannte, aber kein sehr helles, mit einer fest verschlossenen Tür. Ich warf einen Blick in das Häuschen hinein und fragte mich, was ich jetzt tun sollte. Terrapin musste ja irgendwo sein.

Das Häuschen war winzig – so klein, dass es aussah wie ein senkrecht stehender Sarg oder ein Karton für eine Puppe, die man zum Geburtstag bekommt, wenn man denn so was bekäme. Irgendwie hätte die Puppe befestigt werden müssen, um aufrecht darin zu stehen. Es war ein Mumien-Schrein, nur ohne Mumie. Stattdessen stand eine Tasse auf der kleinen Ablage für Eintrittskarten oder Geld – abgestandener Tee mit einem dicken öligen Film. In dem Häuschen war eine junge Frau, aber sie hatte sich abgewandt, weil sie an einer wahnsinnig dicken Frau zerrte, die gestürzt war.

Nicht mal das. Sie hatte gar keine Möglichkeit, vernünftig zu stürzen. Sie war halb gestürzt, indem sie sich vorgebeugt hatte, vielleicht um ihre Sandwiches aus der Tasche zu holen, vielleicht auch beim Versuch, sich die Schuhe auszuziehen. Sie war eingeklappt wie ein riesiger gepolsterter Zugluftstopper und hatte das Gesicht mit einem blöden und doch gewieften Ausdruck zu mir gedreht, und die jüngere Frau hatte das arme Geschöpf an der Taille gepackt und zerrte kräftig und ziemlich verzweifelt an ihr herum. »Mutter steckt fest«, sagte sie. »Herrje!«

»Äh – kann ich irgendwas tun?«

»Leg's auf die Ablage.«

»Wie bit–«

»Leg das Geld auf die Ablage. Ich hab's gleich geschafft.«

»Soll ich nicht rumkommen und – wenn ich die Tür öffnen könnte –«

In dem Moment stieß die ältere Dame ein mächtiges Keuchen aus und drehte noch immer ihr dickes Gesicht zu mir hoch. Das Geräusch klang wie ein Gummireifen, aus dem die Luft entwich. Fehlte nur noch, dass sie immer flacher wurde.

»Na los«, sagte die Frau. »Ich komm klar. Sie ist nur umgefallen. Fuffzig Pence, außer du hast 'ne Karte.«

»Pfffffffft«, machte das Stopperkissen, fiel plötzlich in sich zusammen und war nicht mehr zu sehen. »Ach herrje«, sagte die andere Frau, »Vater hat gleich gesagt, nimm sie nicht mit. Viel zu unbequem für sie, hat er gesagt. Sie wollte mir nur Gesellschaft leisten, aber ach, herrje, es wird immer schlimmer mit ihr. Komisch, aber egal wo sie hingeht, immer passiert was!«

Ich warf etwas Geld neben die Teetasse, rauschte durch die Schwingtüren, um die Bude herum und landete mitten im Schlagwerk der Band. Ringsherum waren aufgedonnerte Leute mit Gläsern in der Hand, die lachten und sich aneinanderlehnten. Es war niemand da, den ich kannte – kein Terrapin.

»Terrapin!«, kreischte ich, sah mich um und überlegte, wie ich an die Tür des Kassenhäuschens kommen könnte. Wenn ich sie aufbekäme, wenn ich nur die Tür aufreißen und die dicke Frau rausrollen lassen könnte! Ich war entsetzt, schockiert von der wuchtigen Person, gekrümmt und keuchend, die mich so merkwürdig tierhaft angesehen hatte, als wäre sie das Auge des Schicksals.

»Bilgie!«

»O bitte, bitte –« Es war natürlich, Gott sei Dank, Jack Rose.

»Rose, Rose –«, sagte ich. »Oh, da war was Schreckliches –«

»Bilgie, was denn?«

»Was Schreckliches – in der Bude. Eine kranke Frau. Sie erstickt. Du musst ihr helfen.«

»Welche Bude, Bilgie?«

»Das Kassenhäuschen. Mach schnell. Schnell.« Ich begann hier und da an den Türen zu rütteln – Garderobe, WC, eine ziemlich trostlose Küche, wo Leute dabei waren, Salatblätter auf Tellern anzuordnen. »Oh, Rose, da ist was Schreckliches.«

Er begann sich einen Weg zwischen den Pärchen im Foyer und raus auf die Promenade zu bahnen, und ich hinterher. »Wo denn?«, fragte er.

»Im Kassenhäuschen. Die Bude.«

Wir schauten hinein. Die jüngere Frau saß da und strickte. Das Polsterkissen mit dem scheelen Blick war verschwunden.

»Ihre Mutter!«, rief ich. »Ist alles in Ordnung mit ihr?«

»Fuffzig Pence«, sagte die Strickerin, »außer ihr habt Karten.«

»Aber wo ist Ihre *Mutter*? Die lag doch auf dem Boden und kam nicht wieder hoch.«

Die Frau glotzte.

»Sie haben gesagt, sie hätte einen Anfall –«

»Hä?«

»Komm mit zurück, Bilgie«, sagte Jack Rose. »Komm mit.«

»Aber es stimmt. Es war schlimm.«

»Hast dir was eingebildet, Bilgie. Komm jetzt.«

»Sie hat keine Luft mehr gekriegt. Sie konnte sich nicht bewegen.«

»Komm mit rein zu Grace und den anderen. Dein Vater ist hier. Fantastischer Abend.« Wieder fiel mir auf, wie klein seine Augen waren und wie selbstbewusst sein Gesichtsausdruck. Das Bierglas in seiner Hand war leicht schief.

»Sie war am *Ersticken.*«

»Komm, Bilgie.« Er wankte ein bisschen an der Tür, und seine Hand – eine Riesenhand – fiel schwer über die Rückseite meiner Hüften. Es war ziemlich aufregend.

»Du verstehst es nicht«, sagte ich unter Tränen (und auch wieder nicht) und floh durch das anstrichlose hölzerne Foyer der Pier und raus auf die Tanzfläche, wo die Hölle los war. Ich sah Paula mit wild wippenden Haaren, Mrs Gathering in sehr viel dunkler Seide, Uncle HB ekstatisch mit Grace am langen Arm, Gesichter, Gesichter – Miss Bex – Miss *Bex* – wirbelnd in einem roten Trägerkleid – und Aileen Sykes, Wange an Wange tanzend mit – o nein! o nein! –, Wange an Haut mit Terrapin tanzend.

Auf halbem Weg durch den Ballsaal war eine Tür mit der Aufschrift NOTAUSGANG, mit zwei dicken Bügeln, die man drücken musste. Ich streckte die Hände aus wie eine Schlafwandlerin, rannte los, erreichte sie, drückte und platzte hinaus in die Nacht, auf das Deck der Pier, raus aus dem Tollhaus und rein in die Ruhe. Ich lehnte mich zurück, während die Tür krachend hinter mir zufiel, zog mir die anonyme Jacke um die Schultern und weinte.

Aber wieso eigentlich?, dachte ich kurz darauf, warum bin

ich so unglücklich? Eine dicke garstige alte Frau klemmt in einem Kasten, und Terrapin tanzt mit Aileen Sykes. Was hat das mit mir zu tun? Ist doch völlig egal. Ich schlenderte die Pier entlang bis unten zu der mahnenden Kette. Dann hörte ich Schritte hinter mir auf den schmalen weißen Bohlen, also tauchte ich unter der Kette hindurch und lief weiter bis zu dem gefährlichen Teil, wo das Holz endete und das kaputte Gestänge begann.

Die Schritte kamen näher, also lief ich ebenfalls weiter, bis die Pier in Form von zwei spitzen Metallhörnern in Chaos und Verwüstung endete, dort, wo das Schiff sie entzweigerissen hatte. Die Bohlen unter meinen Füßen waren lückenhaft, und das Meer darunter seidig, schwellend und sehr nah.

An der Seite war eine klapprige Spirale aus Metall, eine Art Treppe oder Leiter, die sich zum Wasser hinunterwand – vielleicht der Ort, an dem früher die Leute in ihre Boote gestiegen waren, ein Rettungspunkt – um von dort nach den armen Männern aus den Zeppelinen zu suchen –, der Ort, um zu den großen Schiffen im tiefen Gewässer zu gelangen und zum Lösen der Leinen. Am Absatz dieser Treppe bis hinunter ins Wasser blieb ich stehen.

Hinter mir aus der Dunkelheit tauchte Terrapin auf und sagte: »Geh runter.«

»Ich kann nicht.«

»Na geh schon.«

Er gab mir einen kleinen Schubser, und plötzlich war ich auf dem Weg nach unten. Die schmalen Eisenstufen hatten ein Lochmuster und ließen den Glanz des Meeres hindurch. Er folgte mir, und als wir ziemlich weit unten waren, weit unter der Pier, kamen wir an eine kleine Plattform und blieben stehen. Er betrat hinter mir die Plattform und hielt mich fest, wie ein Gangster hielt er meine Arme in seinen fest, und wir standen zusammen da mit dem tiefen Wasser unter uns und meinem Kopf unter seinem Kinn. Er war nichts als Knochen. »Guck hin«, sagte er.

Kurz darauf erhob sich jenseits des zerstörten Pierendes das Meer wie eine Wand und begann sich in Form einer großen schwarzen glitschigen Wölbung mit Spuckefäden auf uns zu zu bewegen. Sie kam näher, sie erreichte uns, sie wogte unter uns, sie zog vorbei. Die eiserne Treppe wippte und ächzte. Kaltes Wasser schwappte über unsere Füße, und die Gischt drang durch unsere Kleidung. Die Welle zog weiter, und wir hörten sie weit hinter uns unter der Pier brechen, dort, wo die Musik spielte. Ich rief laut: »Wo warst du? Ich hab was Schlimmes gesehen. Ich hab dich tanzen gesehen, mit –«

Er sagte: »Still. Guck noch mal hin.«

Wieder erhob sich das Meer und ging zum Angriff über. Wieder stürmte es auf uns zu, knurrte, grabschte, zog vorbei. Wieder brach die Welle hinter uns am Strand.

»Terrapin – wieso –?«

»Es ist wunderbar«, sagte er. »Ich find's toll.«

»Terrapin. Ich hab Angst.«

»Angst. Angst. Angst. Immer diese Angst. Dann hau ab.«

Er ließ mich gehen, und ich floh die Treppe hinauf und kroch hinauf auf den schaukelnden Metallboden der Pier über mir. Er kam hinterher und stand neben mir. »Bilge«, sagte er. »Marigold.«

»Marigold, lass es hinter dir. Werde erwachsen.«

Ich weinte, glaube ich. Keine Ahnung, was mit mir los war. Ich wartete darauf, dass er mir die Hand reichte.

Er reichte mir die Hand. »Ach, Marigold, Marigold.«

»Hallo«, rief eine Stimme. »Wer ist da?« Jack Rose kam auf uns zu. »Nicht bewegen«, sagte er mit donnernder Stimme. »Okay. Nicht bewegen. Nur keine Sorge.«

»Mein Gott«, sagte Terrapin und machte sich davon. Rose kam und zog mich hoch. »Bilge? Ist ja gut. Keine Panik. Halt dich an mir fest.« Seine große Gestalt türmte sich über mir auf, und er klang sehr bewundernswert und selbstsicher. Wieder roch ich das Bier, während er mich hochzog und meine Hände auf das Geländer der Pier pflanzte. »Guck da rüber, altes Haus – da rüber aufs Land. Keine Panik. Kopf hoch. Was machst du überhaupt hier? Zu viel getrunken? Ist 'ne tolle Party – toller Abend.«

»Das *ist* es nicht«, sagte ich.

»Und guck dir mal diese Trittleiter an, diese Wendeltreppe oder was das sein soll. Gott, das ist lebensgefährlich! Guck mal, die hängt nur noch an zwei Schrauben. Die ist hundert Jahre alt. Als Nächstes geht noch irgendein Idiot da runter. Guck mal –«

Mit zwei dicken vorstehenden runden Schrauben war die Treppe an der Seite der beschädigten Pier befestigt. Die Löcher, in denen sie steckten, waren verrostet, die Gewinde – riesig und ebenfalls verrostet – waren völlig verschlissen. »Mein Gott«, sagte Rose. »Das Ding könnte sich einfach *losreißen*. Guck mal.« Er ruckelte wie verrückt, und die ganze Treppe kippte zur Seite und hing nur noch an einer einzigen Schraube. »Und jetzt guck dir das an«, sagte Rose und rüttelte erneut.

»Nein, nicht«, sagte ich. »Tu's nicht. Sie sieht so schön aus. Nicht.«

Doch er trat gegen den Bolzen, und es knirschte und kreischte wie die kaputten Bremsen eines sehr großen Lkws. »Und tschüss!«, rief er triumphierend und glücklich, ein Mann, der befehlen und zerstören konnte. Ein tüchtiger und glücklicher Kerl für jede Lebenslage.

»Guck mal!«, sagte er, und da löste sich die ganze Treppe

und stürzte seitwärts schwer und im Zeitlupentempo ins Meer. Das Krachen wurde verschluckt von der nächsten großen Wand einer nahenden Welle. An der Stelle der Treppe war nur noch eine Lücke im Geländer, die ins Nichts führte.

»Guck dir das an!«, rief er, beugte sich vor und zog mich übermütig an sich. Er umarmte mich, berauscht von sich selbst und all seiner Klugheit. Sein Gesicht war sehr glatt und groß, als er mich küsste, und ich dachte: Dies ist Jack Rose, und das bin ich, Bilge, aber eigentlich wollte ich mich nur umdrehen und die Lücke ansehen, wo die schönen Metallstufen ins Wasser geführt hatten.

Kapitel 13

Die große Diskussion darüber, wie ich hinkommen sollte, war am Ende erst vorbei, als Paula mir an der Bushaltestelle vor dem Sportplatz zum Abschied winkte. Die gesamte vorherige Donnerstagssoiree war der Überwindung der Hindernisse des Unterfangens gewidmet gewesen, die zunächst unüberwindbar erschienen waren. Die Ferien gingen am Samstagmorgen los, aber Jack Rose, der mich erst mit dem Auto hatte mitnehmen wollen, hatte an dem Nachmittag ein schlecht geplantes Auswärtsspiel und würde aus einer ganz anderen Richtung nach Hause fahren. Zum Glück hatte niemand vorgeschlagen, ich solle die Mannschaft begleiten und mir das Spiel ansehen. »Wohnt nicht auch Boakes oder irgendwer in der Richtung? Es muss doch jemanden geben, mit dem sie mitfahren kann.« Aber Boakes und alle Nicht-Rugbyspieler wollten am Samstag früh los.

Jack wohnte über zwanzig Meilen hinter Teesside, nördlich von Middlesbrough, das heißt, ich würde mit dem Bus fahren und an unbekannten und zwielichtig klingenden Haltestellen umsteigen müssen. Seit Urzeiten waren die Internen von St Wilfrid's mit ihren gerade mal dreizehn oder vierzehn Jahren eigenständig angereist und hatten zu Anfang aller Ferien wacker den Weg nach Hause gefunden. Und hier war ich mit knapp achtzehn, und alle waren krank vor Sorge.

Am Donnerstagmorgen war Puffy Coleman an der Stadtbücherei von Scarborough vorbeigefahren, um den Busfahrplan zu studieren. Uncle Edmund hatte davon gesprochen, sein Auto in den Ferien mal wieder aus der Garage holen zu wollen. Er könne eine Probefahrt machen. Vater meinte, da Rose ausfalle, sollte ich vielleicht besser gar nicht fahren. Seiner Meinung nach sei Verreisen meist ein Fehler, und bisher sei ich in den Ferien doch immer vollauf zufrieden damit gewesen, zu Hause zu bleiben. Ich stimmte ihm sofort und wunderbar erleichtert und dankbar zu. Es schien mir jetzt unglaublich, dass ich bei Roses Einladung dahingeschmolzen war, dass ich vor Terrapin damit angegeben hatte und wegen alldem so aus dem Häuschen gewesen war, dass ich Grace die Sache verschweigen musste. Ich fasste den Entschluss, im Sekretariat die Telefonnummer der Roses zu erfragen und Paula zu bitten, dort anzurufen und ihnen mitzuteilen, ich hätte die Beulenpest. Es wäre natürlich unhöflich, zumal wir, unter uns gesagt, gerade erst zugesagt hatten, und zwar als Mrs Rose bei uns anrief, um sich nach dem Stand der Dinge zu erkundigen.

Ich war ans Telefon gegangen und hörte am anderen Ende der Leitung eine lebhafte und nicht allzu sympathische Stimme, die mich sprechen wollte, und in Anbetracht meiner grenzdebilen Bemühungen bei Mrs Gathering hatte ich mit einer Art kraftlosem Blöken beteuert, den Anruf an Vater weiterzuleiten. »Jesus, komm, sei unser Gast«, sagte er zu Mrs Rose, »und segne, was du uns bescheret hast«, denn er hatte sich im Speisesaal gerade mit den Jungen zum Abendessen hinsetzen wollen, doch dann hatte hinter ihm auf der Anrichte der Nebenanschluss geklingelt. Er hatte zerstreut den Hörer abgenommen und gedacht, es sei der liebe Gott. Die lebhaften Laute drangen aus der Muschel, und die Jungen standen vor ihren Bohnen mit Hack und fragten sich, ob man schon anfangen dürfe.

»Setzt euch. Setzt euch«, sagte Vater.

Aus dem Telefon drang ein Quäken himmlischen Erstaunens.

»Wie schön«, sagte Vater. »Ja, ich bin sicher, sie würde sehr gern kommen. Eine Einladung? Nein, nicht, dass ich wüsste. Vor drei Wochen? Oje.«

Mit der freien Hand begann er seine sämtlichen Taschen abzuklopfen, und als das Quäken Fahrt aufnahm, begann er langsam den Inhalt der leichter zugänglichen Taschen auf den Tisch zu legen.

»Die Post ist sehr unzuverlässig«, sagte er, während sich Kreidestücke, Kugelschreiber, Heftklammern, konfiszierte Marsriegel und mehrere Brillen neben dem kalt werdenden Hack häuften. »Sie hat für ihre Cambridge-Bewerbung gelernt. Es kann natürlich *sein*, dass er angekommen ist. Manchmal landen Dinge auf meinem Schreibtisch, ohne dass ich davon erfahre. Dann legen sie mir haufenweise Schulhefte hin – (er wühlte am Grund einer abgelegenen Tasche unter seiner Achselhöhle und förderte einen sehr lädiert aussehenden Briefumschlag zutage). »Tut mir ausgesprochen leid – (er öffnete den Umschlag und schaute ergriffen). Meine liebe Mrs Rose, ich werde umgehend dafür Sorge tragen, und natürlich darf sie kommen. Ausgesprochen nett von Ihnen, sie einzuladen!«

Doch nun, am Freitagabend, hatten wir beide die Nerven verloren. Das Wetter draußen vor dem Fenster des Arbeitszimmers war besonders abscheulich – Grasbüschel waren verschlammt, hagere Rugbypfosten stemmten sich in den gnadenlosen Sturm unter finsteren rasenden Wolken, und schwarze Brennholzbäume bogen sich landwärts. Vaters Feuer loderte hell, drei Katzen saßen im rechten Winkel zueinander auf dem Kaminvorleger, und die Schachfiguren wirkten sehr einladend, eine verheißungsvolle Oase im warmen Wirrwarr des Zimmers.

Aber Paula sagte: »Sie geht da hin! Und wenn ich sie eigenhändig hinschleppen muss. Lieber Gott, was soll ihr denn schon passieren?« Nach dem Beschluss am Donnerstag war sie hereingewirbelt, hatte sich Puffys Fahrplan geschnappt, die Abfahrtszeiten für Samstag rausgeschrieben, mit den Roses telefoniert und ein sehr grässliches olivgrünes Wollkleid mit senffarbenem Zickzackmuster gebügelt und ans Fußende meines Bettes gelegt.

»Wo kommt das denn her?«

»Das hatte ich noch.«

»Das zieh ich nicht an. Ich geh in meinen Jeans.«

»Jeans! Du kannst da doch nicht in Jeans hingehen. Das sind Ärzte. Die werden sich fürs Abendessen umziehen.«

»Vielleicht ziehen sie ja ihre Jeans an. Ich wüsste aber nicht, wieso sie sich überhaupt umziehen sollten. Ärzte machen sich doch gar nicht so dreckig. Wohnen die in den Slums oder was? Ich dachte, es sei ein Landhaus?«

»Ich habe keinen Schimmer, was es ist, ich weiß nur, dass es hinter Marston Bungalow liegt. Hinter Marston Bungalow stehen ein paar sehr schöne Häuser. Alle Ärzte müssen sich zum Essen umziehen, wegen der Keime.«

»Paula«, sagte ich. »Wie kommst du nur auf solche Ideen?«

»Ich bin schon lange auf der Welt. Ich bin eine Frau in den mittleren Jahren. In Dorset – «

»Dorset muss ja echt lustig sein – lauter Ärzte, die sich ihrer Kleidung entledigen – «

»Das genügt. Jedenfalls, wenn du dieses hübsche gemusterte Wollkleid anziehst, brauchst du dich gar nicht umzuziehen. Du kannst es das ganze Wochenende tragen. In diesem Kleid«, sagte sie, »stehen dir alle Türen offen.«

Die Tirade ging weiter, und am Ende dachte ich, was soll's. Ich dachte es, und gleichzeitig kam mir die Erinnerung an Jack Roses großes glattes Gesicht, die Augen, die sowieso keinen Blick dafür hätten, was jemand anhat. Es regte sich ein Hauch von Unbehagen in mir. Es war dasselbe Gefühl, das ich hatte, als er über die abstürzende Eisentreppe lachte; und dann war da noch etwas. Ich wandte meinen Verstand ab.

»Okay«, sagte ich. »Lass stecken. Zieh ich's halt an«, und am Samstagmorgen schlüpfte ich mit masochistischer Langsamkeit in das Kleid und betrachtete mich im Spiegel. Ich hatte mir nicht die Mühe gemacht, noch mal zum rosa Friseursalon zu gehen, und der Haarschnitt war inzwischen so gut wie rausgewachsen. Ich hatte mir seit dem Ball auch nicht die Mühe gemacht, Grace noch mal zu besuchen, und sie hatte sich nicht die Mühe gemacht, mich zu besuchen. Ich hatte mir nicht die Mühe gemacht, mir das Make-up von Revlon zu kaufen, das ich unterwegs zu meinen langen Meditationen am Strand im Schaufenster der Drogerie gesehen hatte. Ich hatte mir nicht die Beine enthaart, wie es Aileen und Beryl ekelhafterweise, aber sehr effektvoll in der Umkleide taten, statt beim Sport mitzumachen. Ich hatte relativ konsequent für Oxbridge gelernt und zwischendurch als Zusatzqual das Buch gelesen, das Terrapin am Abend des Schulballs in meinem Zimmer hatte liegen lassen (*Der gefesselte Prometheus* von Aischylos).

Ich war insgesamt in einer komischen Stimmung. Ich zog mir die Schuhe an – auf die Schuhe zu verzichten wäre mir schwergefallen –, packte ein paar Kosmetiksachen und einen Schlafanzug in ein Köfferchen von Paula und sagte: »Also gut. Ich bin angezogen.«

»Irgendwas findet sich immer«, sagte ich zu Paula und winkte ihr zum Abschied. Sie stand da an der Bushaltestelle, sah vornehm und furchtlos aus, stolz wie ein Schlachtross. Sie hat schmale Schultern und Hüften und lange Beine und dazu einen fantastischen Hals. Sie hätte eine echte Göttin werden können, Allegorie der Gerechtigkeit, Kaiserin oder Boudicca. Ihr Winken war sehr selbstsicher und großspurig und gab mir zu verstehen, dass ich nichts zu befürchten hatte. Warum, fragte ich mich, fühlte ich mich dann so schrecklich? Warum waren meine Augen heiß, und warum liefen mir die ganze Zeit Tränen durch die Nase, und warum drehte ich mich zum Fenster und hauchte noch stärker gegen die Scheibe und scherte mich nicht darum, wer neben mir Platz nahm oder was mit der Landschaft geschah oder sonst irgendwas auf der Welt?

Bald jedoch merkte ich, dass etwas sehr Großes und Schweres neben mir saß, oder besser, auf mich überquoll, knirschend und ächzend auf dem klapprigen Zweiersitz. Ich versuchte an wichtige Dinge zu denken. Ich versuchte zum Beispiel daran zu denken, wie es wohl gewesen wäre, wenn meine Mutter mich zum Bus gebracht hätte. Ich stellte mir sie vor, klein und zierlich in einer Art Umhang mit Kapuze, unter der ein paar silbrige seidige Haarsträhnen hervorwehen, und wie sie ihre beiden kleinen Hände vor den Mund presst und feuchte Augen hat.

»Ach, Marigold. Es fühlt sich an, als würdest du *ewig lange* wegfahren. Bist du sicher, dass du zurechtkommst?«

»Natürlich komm ich zurecht. Wirklich, Ma!«

»Ich weiß, es ist albern, aber man hört ja doch so einiges. Du bist so hübsch. Irgendein schrecklicher Mann könnte sich an dich ranmachen. Hör zu, du weißt doch Bescheid über – tja, ich weiß gar nicht, wie ich's sagen soll, über diese neuen Ideen zu – na ja, Sex und so weiter, aber –«

»Mann, Mutter! Ich bin doch kein Baby. Es war ja nicht mal Jack Rose, der mich eingeladen hat – sondern seine *Mutter*.«

»Ach, Marigold, ich kann's *kaum erwarten*, zu hören, was du alles erzählst. Schreib mir, hörst du? Ich weiß, es sind nur drei Tage.«

Oder – nein. So wäre es nicht. Mutter säße in einem Aston Martin. Sie hätte diese wunderbar langen, nach innen eingerollten, jugendlich wirkenden weißen Haare, und sie würde Lippenstift tragen, und sie hätte ein himmlisch schönes Kostüm mit Pelzkragen an, mit passender Mütze. Nerz. Ihre Hände am Lenkrad hätten rosa Nägel. Nein, hätten sie nicht. Doch, hätten sie, aber man würde sie nicht sehen. Sie wären versteckt unter diesen tollen sexy Autofahrerhandschuhen mit dem Lochmuster. Ich säße neben ihr, mit flatternden langen Haaren. Ich hätte eine sehr teure ausgewaschene Flickenjeans an und ein enganliegendes T-Shirt und darüber einen dicken Ledermantel mit flauschigem struppigem Schafspelz innen und an den Säumen. Wir würden dahinbrausen, und unsere absolut identischen Profile wären sehr vornehm.

»Ich hoffe, es wird nicht allzu langweilig, Liebling.«

»Nein, nein. Ich werd's schon überstehen.«

»Er ist ein gutaussehender Junge.«

»Hmmmm.«

»Er ist wahrscheinlich über beide Ohren in dich verliebt.«

»Meinste?« (Ganz lässig.)

»Na, *offensichtlich.*«

Wir lachen. »Der *arme* Jack Rose«, sagt sie. »Sei gnädig mit ihm.«

Ich lehnte den Kopf gegen die Scheibe und dachte nach über diese Mütter, die es nie gegeben hatte. Wahrscheinlich wurde ich gerade wieder ein bisschen verrückt, dachte ich. Eigentlich war mir keine der beiden Frauen sympathisch. Und keine der beiden Töchter.

Es war nur – ich dachte wieder an die Profile, den leise schnurrenden Wagen, die Kleider. Das Marigold-Profil mutierte langsam zum Grace-Profil. »Ich wünschte, ich wäre Grace«, dachte ich. Ich wünschte, ich wäre mit derselben Art von Leuten zusammen wie Grace. Ich wünschte, ich wäre genauso kultiviert und cool.

»Cool«, dachte ich und schauderte. Gerade jedenfalls war ich mehr als cool, ich fror mich zu Tode in diesem Bus – außer entlang meiner rechten Körperseite, wo diese ungeheure warme Masse war. Ich sah mich um – der Schaffner kam. Die Frau neben mir war die eingeklemmte Frau auf der Pier, die Frau, die so dick war, dass sie nicht von allein hatte aufstehen können.

Sie quoll und beulte sich über den ganzen Sitz und keuchte und ächzte vor sich hin. Auf dem Schoß hatte sie eine riesengroße, angeschmuddelte Reißverschlusstasche, und darin wühlte sie herum. Sie kramte ein dickes Fleischsandwich hervor und fing an zu essen, und als der Schaffner an unserem Platz stehen blieb, legte sie es auf dem Reißverschluss ab, um in ihrer Tasche nach dem Portemonnaie zu kramen.

»Marston Bungalow«, sagte ich und zog meine Fahrkarte hervor.

»Marston Bungalow«, sagte sie.

Kapitel 14

»Na, geht's nach Marsten Bungalow?«, fragte sie und biss kräftig in ihr Sandwich. »Ist nicht grade um die Ecke, aber die Fahrt lohnt sich. Richtig schicke Häuser hamse da. Wohnst du da irgendwo?«

»Nein.«

»Zu Besuch?«

»Ja.«

»Ich war auch zu Besuch. Unten Richtung Marske. Hab meine Tochter besucht. Die arbeitet auf der Pier. Kein schlechter Job, ist aber oft Flaute. Warst du schon mal auf der Pier?«

»Äh – ja.«

»Tolle Tanzabende. Neulich Samstagabend war ein richtig piekfeiner Ball. Schick gemacht hamse sich. Mir sind die normalen Abende am liebsten. Mein lieber Schwan. Da wackeln die Wände. Manchmal denkste, die nehmen den Laden auseinander. Und saufen tunse – mein lieber Schwan. Ein paar von denen – auch die feinen Leute – waren so betrunken, dass sie die halbe Pier zerdeppert und ins Meer geschmissen haben. Das gibt noch Ärger mit der Polizei, sagt meine Tochter. Ja, da kann man was erleben in so 'ner Bude. Ich leiste ihr manchmal Gesellschaft, aber ist nicht viel Platz da drinnen. Manchmal geh ich auch zum Bingo. Gehst du auch zum Bingo?«

»Nein.«

»Wohnste also da, ja? Richtung Marske? Richtung Warrenby?«

»Ja.«

»Und noch nie beim Bingo gewesen? Gibt's ja nicht! Wie lange bleibst du in Marston Bungalow?«

»Ich bleib da nicht. Ich fahr noch weiter.«

»Ach, schön. Wohin denn?«

»Ich fahr zu einem Arzt.«

»Ach Gottchen.« Sie wirkte sehr interessiert. »Möchtest du ein Sandwich?« Ein weiteres Sandwich mit schlackernden Roastbeefstreifen tauchte auf.

»Oh – nein danke.«

Sie mampfte vor sich hin.

»Biste in Schwierigkeiten?«

»Schwierigkeiten?«

»Na wegen dem Arzt.«

»Ach so – nein, nein.«

»Ich dachte nur.«

»Du scheinst mir nur«, sagte sie nach einiger Zeit, »ein bisschen bedrückt, scheint mir. Bisschen durcheinander.« Und sie schob erneut ihre nicht sehr saubere Hand in die Tasche und holte eine dicke Banane hervor. »Wennde *doch* in Schwierigkeiten bist«, sagte sie, »kommste einfach zu mir. Ich wohn nicht weit von Marston Bungalow. Marston Hall. Kann man nicht verfehlen. Ich bin Mrs Deering.«

Ich dachte: Nicht in einer Million Jahren, nicht mal bei Feuer, Flut, Pest oder Hungersnot würde ich jemals, jemals, jemals auch nur in die Nähe einer solchen Person kommen wollen wie dir. Ich drehte mich weg, um aus dem Fenster zu schauen, und als wir nach Marston Bungalow kamen, wartete ich, bis sie sich seitwärts durch den Bus geschoben, einen Gruß nach hierhin und dorthin gekreischt, dem Schaffner zum Abschied zugebrüllt und mir vom Gehweg aus irgendwie gewinkt hatte. Dann stieg ich aus.

Ich stieg um in einen Bus Richtung Middelsbrough und dann noch mal in einen Richtung Ironstoneside West. Es war sehr einfach. Nach dem zweiten Umsteigen fühlte ich mich wacher, und die Welt war wieder in Ordnung. Die Fahrgäste waren allesamt Fabrikarbeiter oder Frauen auf dem Weg zum Einkaufen, und sie scherzten miteinander in lautem hartem Teesside-Dialekt. Sie versuchten, mich ins Gespräch und in das Gelächter miteinzubeziehen, und ich hätte sehr gern mitgemacht, aber ich konnte nicht, denn ich war so was nicht gewohnt. Immer wieder wurde ich rot und tat, als sei ich in mein Buch vertieft. »Ironstoneside Road«, rief die Schaffnerin, »hier ist dein Halt, Liebes«, und ich stieg aus, steifgefroren, aber mit dem Eindruck, dass die Stund und die Zeit den längsten Tag durchläuft und dass mich die Roses, egal wie sie waren, schon nicht umbringen würden.

»Es liegt *direkt* an der Bushaltestelle. Direkt dahinter«, hatte mein Vater gesagt, hätte Mrs Rose am Telefon gesagt. »Sagen Sie ihr, wenn sie aussteigt, steht sie vor der Nummer 16. Genau *da* ist es.«

Komischerweise war es das nicht.

Die Nummer 16 war zwar da, aber es war keine Arztpraxis. Daran bestand nicht der geringste Zweifel. Es war ein Zahnarzt – ganz klar ein Zahnarzt. Über der Haustür – es war ein freistehendes Haus mit halbrunder asphaltierter Auffahrt – war einer dieser großen weißen Glaswürfel, die nachts leuchten und auf denen in schwarzen Lettern das Wort ZAHNARZT steht.

Ich fragte mich, was nun? Ich sah mir die Häuser zu beiden Seiten hinter ihren halbrunden Auffahrten an, aber auch da stand nichts von einem Arzt. Ich ging zurück und sah mir das erste Haus an. Nummer 16, klarer Fall. Ich ging die Auffahrt hoch. Zu beiden Seiten der Tür hingen zwei braune Praxisschilder. Auf der einen stand Dr. med. dent. Janice Rose und auf der anderen Dr. med. dent. Humphrey Rose. Zu beiden Seiten der Tür hing außerdem je eine Messingglocke. Über der Tür waren zwei Balkonfenster und ein gemeinsamer schwarz verschnörkelter Balkon. Das Haus war weiß gefliest, und zu beiden Seiten der Tür standen identische senfgelbe Koniferen. Zwei Immergelbe. Die Symmetrie des Ganzen war so markant, dass man dachte, irgendwo hängt ein Spiegel, ein sehr billiger, klarer und unschmeichelhafter Spiegel, und es lagen eine Leblosigkeit und eine Stille über dem Haus, die zu der Unwirklichkeit der Situation beitrugen. Noch nie hatte ich ein Haus gesehen, das eine solche Kälte ausstrahlte.

Vielleicht, dachte ich, während ich die Stufen hochging und dastand und mich fragte, welcher Klingelknopf wohl der richtige war, ist irgendetwas mit der Aura. Überlegen Sie mal, all die Leute, die hier auf diesen Stufen stehen, Hunderte und Aberhunderte, alle halbe Stunde, sechs Tage die Woche, schweißgebadet und betend: »Lieber Gott, bitte mach, dass ich nichts habe. Tut auch kaum noch weh. Nur ein bisschen Zahnstein und polieren, bitte, bitte« – das geht an einem Ort bestimmt nicht spurlos vorbei.

Aber ich bin doch angeblich Mathematikerin, dachte ich. Wie komme ich denn auf so was? Aura! Klar doch! Und außerdem, was ist mit den Leuten, die rauskommen. Ist doch schön, Leute mit breitem Lächeln aus einer Zahnarztpraxis springen zu sehen. Geschafft! Ein halbes Jahr Ruhe. Jipppie!

Zahnärzte gehören zu den Wohltätern, die andere vor dem Irrsinn bewahren, es sind tolle Leute, diese Zahnärzte. Man hat über Jahre seinen angestammten Zahnarzt. Fährt meilenweit, um zu ihm zurückzukehren. Uncle Edmund ist ausgerastet, als seiner auf der Isle of Wight starb. Wie Lachse auf dem Weg zum Laichen sind sie, die Patienten der Zahnärzte, die, einem fast unmerklichen Kribbeln, Zwacken und Zwicken folgend, Weltmeere und Hochgebirge überqueren und Stromschnellen überwinden, ihrem Zahnarzt entgegen.

Es spricht ja nichts gegen Zahnärzte *als solche*. Nur hatte ich mir ein Landhaus vorgestellt.

Ich drückte auf den Klingelknopf – den von Mrs Rose –, und es erschien eine junge Frau in weißem Kittel mit steifem Gürtel, Block und Stift in der Hand und halbmondförmigen Augenbrauen, und sie sagte: »Ja?«

»Ich bin Marigold Green.«

»Green?« Sie sah auf den Block. »Wir haben dich hier nicht. Wolltest du vielleicht zu *Herrn* Dr. Rose?«

»Nein. Es ist –« Ich spürte, wie mir schwer und verstockt und finster zumute wurde. »Es ist Jack Rose.«

»*Jack* Rose. Ich fürchte, das muss ein Irrtum sein. Einen Augenblick.« Sie schloss energisch die Tür und kam mit einem zweiten Kalender zurück. »Könnte ich reinkommen?«, fragte ich. »Es ist ein bisschen kalt.« Sie sah nicht begeistert aus, aber ich nahm meinen Koffer und stapfte an ihr vorbei. »Tut mir leid«, sagte sie mit hoher Stimme, offenbar bemüht, etwas vornehmer zu klingen als Ironstoneside, »warte bitte. Da muss wohl ein Irrtum vorliegen.«

In dem Moment flog, wie bei einer Wetterstation für Kinder, die plötzlich verrückt spielt, links der Diele eine Tür auf und rechts der Diele eine Tür auf, und zwei Zahnärzte sprangen heraus, jeder mit einem silbernen Spatel in der Hand und in langen weißen Kitteln und Gangster-Maske.

Die Zahnärztin starrte mich nur an.

Es waren respekteinflößende Leute. Das Behandlungszimmer hinter der Zahnärztin war ruhig, aber hinter dem Zahnarzt schlürfte und spuckte es.

Ein großes Fragezeichen hing in der Luft.

»Es gibt heute keine Termine mehr«, sagte der Zahnarzt nachdrücklich.

»Ich bin Marigold Green«, erwiderte ich.

»Ach Gott! Das hatte ich vergessen«, sagte die Zahnärztin. »Warte.« Sie verschwand. Der Zahnarzt sagte: »Kümmern Sie sich drum, ja, Phyllis«, und verschwand ebenfalls. Die Sprechstundenhilfe und ich standen da und sahen uns ganz und gar unenthusiastisch an.

Ich war bei den Roses angekommen, und es versprach nicht sonderlich lustig zu werden.

Kapitel 15

Hinter der Praxis von Mrs Rose war ein Wartezimmer und dahinter, auf der Rückseite des Hauses, ein Wohnzimmer, und dort wurde ich mitsamt meinem Koffer hingeführt und gefühlt sehr lange stehen gelassen. Dann endlich ging leise die Tür und eine irgendwie gelöste Stimme sagte danke und auf Wiedersehen, die halbverglaste viktorianische Dielentür ging zu, und dann stand Mrs Rose vor mir und trocknete sich energisch mit einem sehr sauberen Handtuch die Hände.

»Entschuldige bitte«, sagte sie knackig und rubbelte sich ordentlich die Nagelhaut. »Wie dumm von mir. Ich dachte, du kommst mit Jack.«

»Ach so – ich dachte, Vater hätte gesagt –«

»Hat er auch. Hat er auch. Ich hab dich verwechselt.«

Sie war eine ziemlich große Frau, und mit ihrer Art hatte sie etwas von Jack. Ihr Gesicht war überhaupt nicht wie seins – Glubschaugen, gelbe Dauerwelle, runder Schmollmund mit leicht feuchter Aussprache –, aber irgendwas an ihren breiten Schultern sagte mir, dass sie eine brauchbare Dreiviertelspielerin abgeben würde. »Freut mich«, sagte sie. »Schön, dass du's geschafft hast. Spielst du Golf?«

»Oh – äh. Nein.«

»Schade. Ich überlege nur, was wir morgen mit dir anfangen.«

»Ach so – äh –, ist schon in Ordnung.«

»Was machst du denn sonst immer sonntags?«

(Kirche. Schach. Plaudern mit Paula. Lesen. Die Katzen streicheln.) »Och, nichts Besonderes.«

»Ah. Gut. Lassen wir das.« Sie sah sich hastig nach einer Uhr um. »Viertel vor sechs. Jack müsste bald kommen. Willst du mal rauf?«

»Äh – rauf?«

»Auspacken? Dann vielleicht einen Drink?«

(Hatte sie *wirklich* meine Mutter gekannt? Konnte das möglich sein?)

»Oh – ja. Auspacken wäre gut.«

Beide sahen wir ohne große Zuversicht auf das kleine Gepäckstück zu meinen Füßen. Dafür würde ich nicht lange brauchen.

Dann flog die Tür auf, und herein kam der Zahnarzt. Er war in Zivil und hatte sich vermutlich schon fertig frottiert, weil er mit großen trockenen rosa Händen auf mich zukam. »Hallo, hallo!«, rief er. »Entschuldige den Empfang. War gerade bei der Arbeit. Weisheitszahn, üble Geschichte. Entzündete Lappen. Montag kommen die anderen beiden raus. Interessante Wurzeln. Wie wär's mit 'nem Dry Martini?«

»Äh – hm – tja«, sagte ich.

»Marianne – Marianne war doch richtig, oder? – wollte gerade auspacken«, sagte Mrs Rose. »Ich geh mich mal umziehen.« (Also zog man sich doch um, genau wie in Dorset.) – Ich bring dich rauf, ja? Oder findest du's allein? Links über der Haustür.«

»Ach so – ja. Klar. Finde ich«, sagte ich und huschte hinaus.

»Na wunderbar«, sagte Mrs Rose.

Ich ging hinaus und stand in der Diele. Die Frau mit den Halbmondaugenbrauen war nicht mehr da, und beide Praxistüren waren zu. Auf dem Tisch in der Diele stand eine Sammelbox für den Zahnärzte-Hilfsfonds. An den Wänden hingen sehr viele gerahmte Urkunden, auf denen stand, wie gut Mr und Mrs Rose im College abgeschnitten hatten. Oben auf einem Regal unter der Decke war eine Anordnung von gut einer halben Million silberner Kelche, auf denen stand, wie gut Mr und Mrs Rose beim Tennis, Rugby, Lacrosse, Laufen und Schwimmen abgeschnitten hatten, und zwei riesige Skulls zeigten, wie gut Mr Rose beim Rudern abgeschnitten hatte. Der Teppich war von sehr hoher Qualität und bedeckte jeden Zentimeter Fußboden, und der Treppenläufer und die Tapete und die Vorhänge im Flur waren ungeheuer dick und allesamt völlig farblos – oder sagen wir, Beige gemischt mit Blassgrau. Unter der Garderobe stand ein kleines Metalltablett für die tröpfelnden Regenschirme der Patienten, und am Fuß der Treppe stand ein gigantischer und schrecklicher chinesischer Holunderstamm mit Flechte, und daraus wuchs eine furchterregende und lauernde Pflanze mit ledrigen Blättern. Sie sah aus, als stünde sie nur deshalb dort, damit sich flüchtende Patienten darin verheddern, und ich machte auf dem Weg nach oben einen respektvollen Bogen um sie. Währenddessen hörte ich hinter mir das bellende Lachen der beiden ausspannenden Zahnärzte. »Das weiß Gott allein«, hörte ich Mr Rose sagen. »Kopf hoch. Für diese Einladung kommst du direktemang in den Himmel. Jack und der andere Gast müssten bald hier sein.«

»Der andere Gast?« Wer war der andere Gast – o Gott! War noch jemand vorgesehen? Was wollte ich hier? Was *wollte* ich hier? Wer konnte es sein? Ich ging die ganze Rugbymannschaft durch und war mir sicher, dass die meisten Spieler in den Ferien nach Hause fahren würden. Wenn man sich jeden verflixten Tag in der Schule sieht, wie Vater sagte, wird man sich kaum in den Ferien besuchen wollen. Muss wohl jemand ohne vernünftiges Zuhause sein, dachte ich. Ich fragte mich, ob es Terrapin war – bei all den Gerüchten über sein furchtbares Elternhaus könnte es gut sein. Er war angeblich schrecklich arm. Ich dachte an viele kleine Ereignisse – Jack Rose, wie er den unflätigen Terrapin vom Fenster des Schlafsaals weggezerrt hatte, Jack Rose, wie er Terrapin am Schuleingang ausgelacht und ihm klargemacht hatte, dass ich, Bilge, kein Kind mehr sei und sehr wohl James Joyce lesen könne. Nein – Terrapin konnte es nicht sein. Man würde ihn niemals einladen.

Ich betrat das erste Zimmer im Flur zu meiner Linken – sehr luxuriös. Knietiefer Teppichboden, die Tapete cremefarben mit einer grauen Verwandten der Treppenpflanze, die reliefartig drüber hinwegkroch, ein etwas übertrieben glänzendes Holzbett mit gebirgigem Plumeau in (cremefarbenem) Satin mit cremefarbener Candlewick-Stickerei. Cremefarbene Nachttischlampe. An der Wand am Fußende des Bettes hing eine große beige Radierung von einem Airedale-Terrier-Kopf.

Als ich meine Kosmetiksachen ausgepackt und auf dem Waschbecken arrangiert hatte (der Waschlappen sah eher unsexy aus. Es war ein alter aus Paulas Fundsachen), packte ich meine Hose und die Strumpfhose zum Wechseln in eine Schublade und sah mich noch mal um. Kleiderschrank. Schminktisch. Keine Bücher. Es kam mir zu früh vor, um schon wieder nach unten zu gehen. Ich huschte an dem langen Spiegel vorbei, um mir den Anblick des senffarbenen Zickzackmusters zu ersparen, ging rüber zur Balkontür, trat hinaus auf den Balkon, stand eine Weile da und betrachtete die Lichter des fernen Middlesbrough, denn Ironstoneside lag auf einer Anhöhe – eine sehr gehobene Gegend. So hatte es geheißen. Deshalb hatte ich mir eine ländliche Gegend vorgestellt – eine Art Parklandschaft und eine Terrasse mit Steinkrügen. Mit einem Leuchtwürfel über der Tür, der sich jetzt unmittelbar unter meinen Füßen befand und dessen durchhängendes Stromkabel den Balkon in zwei Hälften teilte, hatte ich nicht gerechnet.

Während ich dastand – und es war schrecklich kalt –, sprang dieser Würfel plötzlich an und tauchte mich und die Räume hinter mir in helles Licht. Ich konnte nur hoffen, dass er nicht die ganze Nacht leuchten würde. Und dann, ohne wirklich nachzudenken über das, was ich da tat, stieg ich über das Kabel auf die andere Seite des Balkons und warf einen Blick ins benachbarte Zimmer.

Es war schattig, und ich tippte mit dem Zeigefinger gegen die Balkontür, die erstaunlicherweise aufging. Ich trat ein und sah ein identisches Zimmer – cremefarben und mit luxuriösem Bett, dickem weichem Teppichboden, das Bild nicht gut zu erkennen, aber im selben Stil und ähnlich groß wie der Airedale Terrier, und genau an derselben Stelle; Handwaschbecken mit einem sehr sauberen, auf den Kopf gestellten Trinkglas wie bei mir, Kleiderschrank, Schminktisch mit kleinem Spitzendeckchen. Das Zimmer wartete auf jemanden, genau wie meins noch vor einer Minute. Es war ein Zwilling, aber irgendwas war anders, und während ich dastand, nahm ich den herrlich süßen romantischen Duft von Sommer wahr, und ich sah, dass auf dem Spitzendeckchen eine geschliffene Vase mit einem Blumenstrauß stand – gekaufte Blumen, Freesien, rosarot, lavendelfarben, dunkelgelb und weiß. Ich hatte Freesien gesehen, letzte Woche bei uns im Blumenladen, fünfunddreißig Pence pro Strauß. Das hier waren wohl mindestens zwei Sträuße, und dazu noch Spargelkraut.

Hastig verließ ich das Zimmer und fühlte mich noch schlechter, weil mir die Blumen zwei Dinge sagten – (1), dass der andere Gast wichtiger war als ich selbst (was egal war), aber auch dass (2) der andere Gast, der jeden Moment zusammen mit Jack eintreffen würde, ein Mädchen war. Jemandem aus der Rugbymannschaft würde man keine Freesien hinstellen. Es könnte natürlich auch irgendeine alte Tante sein. Irgendeine

Cousine oder so was, dachte ich, um mir bessere Laune zu machen; aber genau in dem Moment, als ich es dachte und zurück auf den Balkon trat, kam ein Auto hupend und mit Karacho die Auffahrt hoch, und ich hörte Jack Roses Lachen, und im Licht der Zahnarztlampe sah ich hinunter auf seinen hübschen Kopf und wie er aus dem Auto sprang und zum Beifahrersitz herumrannte.

Langsam sah ich zwei lange und perfekte Beine aus dem Sitz auftauchen, in Jeans. Über den Beinen kam ein Schaffellmantel zum Vorschein, und dann, mit ihrem herrlichen Haar wie ein Leuchtfeuer in der Nacht, kam Grace Gathering.

Kapitel 16

Ich ließ die munteren Willkommensrufe unten in der Diele verklingen und saß eine Weile auf meinem Bett, nachdem eine Tür zugegangen war und reichlich Stille zurückgelassen hatte. Dann, mit Paulas klarer Stimme im Ohr (»Verzichte auf Selbstmitleid.« »Du bist nicht der Nabel der Welt.« »Um glücklich zu sein, vergiss dich selbst und interessiere dich für die anderen« usw. Dieser ganze nutzlose Kram), stand ich auf, und ohne einen Blick in den Spiegel zu werfen, ging ich nach unten ins Wohnzimmer.

Ich spürte, dass Jack im Raum war, noch bevor ich ihn sah – seine große dunkle Gestalt reichte jemandem ein Glas. Mrs Rose saß jetzt entspannt zurückgelehnt auf einem riesigen Sofa und steckte sich eine Zigarette an, und Mr Rose hatte die Füße in eine dicke Wolldecke gepackt und sah aus, als wäre alles in bester Butter, wenn man nur ein Glas Gin in der Hand hatte, wobei seine Augen auf Grace ruhten, als würde er nie wieder wegschauen. Allen dreien sah ich an – ich brauchte nur die Tür aufzumachen und einen bebrillten Blick in den Raum zu werfen (ich war zur Brille zurückgekehrt) –, dass sie sich sehr viel versprachen von diesem Abend.

Grace, noch immer in ihren Jeans, hatte sich in einen Sessel drapiert und starrte auf den riesigen Heizstrahler über dem alten Marmorkamin. Es war ein stabiler Strahler und stand auf volle Pulle, und der Raum verfügte außerdem über mehrere sehr funktionstüchtig wirkende Radiatoren. In dem Moment, als ich die Tür öffnete, wurde mir feucht und kribbelig unter der senfig gemusterten Wolle, denn das Kleid hatte lange Ärmel und einen Stehkragen, und der Stoff war ungefähr zwei Zentimeter dick. Unser House ist sehr kalt mit seinem mönchischen Steinfußboden. Man gewöhnt sich dran, aber mehrere Schichten sind ein Muss. Anders als hier.

Und doch schien Grace – und das Haus des Direktors ist kein bisschen wärmer – nur ein langes Baumwollhemd über ihren Jeans zu tragen, sehr eng, und keinen BH, das sah man, wobei sie so hübsch und dünn war, dass es keine Rolle spielte. Der Fellmantel hing achtlos über ihrer Sessellehne, und ihr Gepäck – eine Art Futterbeutel aus Leinen mit einer langen Kordel – lag auf dem blassrosa Teppich. »Für mich nur Orangensaft«, sagte sie gerade, als ich eintrat und blickte mit trägem, süßem Lächeln in Jacks Gesicht hinauf.

»Bilgie!«, rief Jack und fuhr herum. »Du bist hier. Wie toll. Komm – dann nimm du Grace' Gin Tonic«, und damit drückte er mir ein geschliffenes Riesenglas in die Hand, das bis zum Rand mit Flüssigkeit gefüllt war. »Hast du gut hergefunden? Fein. Zum Wohl! Wir haben gewonnen, Humphrey!«

Ich sah mich nach anderen Leuten um, bevor mir aufging, dass er damit seinen Vater meinte. »Tüchtig, tüchtig«, sagte Mr Rose. »Trinken wir noch einen, zur Feier des Tages.« Er schenkte sich ein. »Wie war das Spiel?« Sie begannen über Rugby zu fachsimpeln, und auch Mrs Rose schaltete sich ein. Sie kannte sich aus und grätschte immer wieder mit Versuchen, Straftritten und Erhöhungen dazwischen. Wenn sie gerade nicht redete, steckte sie sich Zigaretten an. Es wurde nachgeschenkt, und Mr Rose erzählte lustige Sachen, und als er durchs Zimmer ging, um sich den nächsten Gin Tonic zu holen, beugte er sich vor und riss mir das Glas aus der Hand, das, wie ich bemerkte, leer war. Eine innere Wärme und Behaglichkeit breiteten sich in mir aus. Ich hatte noch nie Gin getrunken, weil ich ihn entweder mit Nachtklubs assoziierte, mit denen ich keine Erfahrung hatte, oder mit der Art Person, die neben mir im Bus gesessen hatte.

Es war aber angenehm. Ich musste davon grinsen.

»Bilge grinst.« Das sagte Grace, die an ihrem Orangensaft nippte und den bewimperten Blick senkte. Zum ersten Mal überhaupt nahm sie mich zur Kenntnis. Alle sahen mich an, und aus irgendeinem Grund fingen sie an zu lachen, sogar Grace, sie warf ihren Kopf zurück und registrierte mein Wollkleid mit den senffarbenen Zacken, das mir unter den Achseln dampfte. Jack lachte ebenfalls, unfreiwillig, wie mir schien. Mrs Rose explodierte kurzzeitig, und Mr Rose dröhnte. Es war keine sehr nette Art zu lachen. Sie lachten über mich, nicht mit mir oder für mich mit.

»Tüchtig, tüchtig«, trompetete Mr Rose und reichte mir ein neues randvolles Glas. »Trinkt aus, meine Lieben. Gibt gleich Essen, nich wahr, Janice?«

Wir stapften alle hinunter in die Eingeweide des Hauses in einen Raum voll merkwürdiger Eichenmöbel mit beuligen Beinen und einer eichenen Durchreiche, in der ständig die Hände einer unsichtbaren Dienstbotin auftauchten. Dieser Dienstbotin wurden von beiden Zahnärzten mit lauter Stimme Mitteilungen zugerufen – gutgemeinte Mitteiligen wie »Holla, Mac« und »Sieht nicht übel aus, Mac« und »Das Zeug ist ’n Gedicht, Mädchen. Sieh zu, dass du selber was abkriegst«, und man hörte diese Person hinter der Durchreiche mit Messer und Gabel klackern und säbeln.

Es gab Shrimpscocktail, Coq au Vin und ein wundervolles Schokoladendessert, oder eher ein ganzes Sortiment – runde eclairartige Dinger mit Vanillecreme gefüllt und dick bestrichen mit dunkler Schokoladensoße, die an die Soße zum Sonntagsbraten im House erinnerte. Es gab ein stumpfwinkliges cremig weiches Käsedreieck, und mit jedem Gang wurde reichlich Wein ausgeschenkt, und ich trank von jeder Sorte, nachdem ich mein zweites Glas Gin ein bisschen hatte herunterstürzen müssen, als wir zu Tisch mussten.

Ich wusste nicht, dass solches Essen überhaupt existierte, und ich aß und aß. Ich fragte mich, was Paula und Vater davon halten würden. Ich fragte mich, wie der arme Jack Rose das Schulessen ertragen konnte. Ich trank unaufhörlich, aber mein Glas schien immer voll zu sein, da Mr Rose und Jack ständig mit weiteren Flaschen um den Tisch liefen. Der Abend zog sich hin, und beduselt nahm ich Grace wahr, cool, schweigend und wunderschön, wie sie zurückgelehnt dasaß mit winzigen Portiönchen auf dem Teller, ohne sich groß damit zu befassen, oder entspannt in die Runde sah und rauchte. Mrs Rose war inzwischen rot und glänzend im Gesicht, Jack sah richtig beknackt aus, und Mr Rose erinnerte an etwas, das nach Stunden im Kochtopf zu knallrotem Gummi geworden war.

»Heut lassen wir's uns gutgehen«, rief er. »Morgen bleibt die Praxis zu. Wir Zahnärzte haben keine Nachtschicht und können jeden Samstag auf die Pauke hauen. Nich wahr, Jack? Als Arzt kannst du davon nur träumen. Ärzte müssen immer dranbleiben. Genieß die Zeit, solange es geht, mein Junge. Hast noch sechs tolle Jahre. Bist du erst mal Dr. med., kannst du nicht mehr mit unsereins versumpfen.«

Alle fanden das furchtbar witzig, und ich hörte mich selbst wie eine Geisteskranke lachen.

»Likör?«, rief Mr Rose. »Crème de Menthe, jemand? Komm schon, Bilge – darf ich dich Bilge nennen?«

Nachdenklich betrachtete ich den Fingerhut voll wunderschöner grüner Flüssigkeit.

»Sieht aus, als würde sie wollen«, sagte Jack mit herzlichem Lachen, und als sich unsere Blicke begegneten, sah ich wieder, sogar durch den Dunst und die seltsame Neigung des Tisches, wie bemerkenswert klein seine Augen waren und wie auf der Hut; und ich wusste, dass er völlig vergessen hatte, dass er mich letzten Samstag auf der Pier geküsst hatte.

»Nein, danke«, sagte ich, »ich glaub, ich geh jetzt.«

»Du gehst? Aber doch wohl nicht nach Hause?«, sagte Mrs Rose lachend. »Wir haben dich doch gerade erst kennengelernt!«

Ich war an der Tür und krallte mich am Türknauf fest. Mir fiel nicht mehr ein, wohin ich eigentlich wollte.

»Die Zehn-Uhr-Nachrichten?«, schlug Mrs Rose vor, und alle lagen am Boden vor Lachen.

Dann stand rätselhafterweise Grace neben mir, warf sich ihre Leinentasche über die Schulter und manövrierte mich durch die Tür. Lässig und selbstbewusst wie eine blasse Giraffe rief sie über die Schulter: »Darf ich? Ich glaube, es ist Zeit fürs Bett. Gute Nacht.«

»Welches ist dein Zimmer?«, hörte ich sie fragen. Danach weiß ich nur noch, wie ich in das cremefarbene Bett sank oder eher gesunken wurde, das Licht der würfelförmigen Außenlampe die vegetativische Wandtapete erhellte, der Terrierkopf sich langsam in schrecklichen kippelnden Halbkreisen drehte und das Bett sich hob und senkte auf einem stillen dämonischen Meer.

Kapitel 17

Ich wachte auf und wusste, dass irgendwas fürchterlich schiefgelaufen war, und als ich meinen Kopf vom Kissen heben wollte, fiel mir wieder ein, was es war. Das Bett hatte aufgehört zu schlingern. Der Tag brach an, das Außenlicht war ausgegangen, als sich der Winterhimmel zögerlich, gelblich über Middlesbrough erhellte. Jenseits des Balkons sah ich in den Wolken Paulas edles Gesicht und Vaters verwirrtes Gesicht, und sie starrten mich an und durchtränkten mich mit den schlimmsten Schuldgefühlen. Dann wurde wieder alles schwarz, und als ich als Nächstes die Augen aufschlug, vorsichtig, eines nach dem anderen, war es Tag.

Ich fühlte mich besser, stand auf und kroch hinaus in den Flur, um ein Badezimmer zu finden. Es gab ein pastellrosafarbenes mit haarigem rosa Teppichboden aus Schlaufen und einer Vielzahl von vergoldeten Wasserhähnen und Duschköpfen. Ich zog meinen Schlafanzug aus und nahm ein dampfendes, lautes und gigantisches Bad. Dann marschierte ich im Schlafanzug zurück, legte mich ins Bett und schlief noch eine Runde.

Als ich zum dritten Mal aufwachte, fühlte ich mich deutlich besser, sprang aus dem Bett, bürstete mir wie verrückt die Haare, stieg in meine Kleider und tänzelte die Treppe hinunter. Die Uhr in der Diele stand auf Viertel vor elf, aber zu allen Seiten herrschte Schweigen. Ich ging weiter die Treppe hinunter, um ins Esszimmer zu schauen, wo es fast so roch wie im Foyer des Tanzsaals auf der Pier, nur war der Tisch fürs Frühstück gedeckt, und darauf stand eine Packung Cornflakes.

Ich nahm mir eine große Schale voll, fühlte mich immer noch ziemlich gut, sah mich um und überlegte, wie es weiterging. Auf der beuligen Anrichte stand etwas Brot, und ich aß mehrere Scheiben davon, mit sehr viel Butter und Orangenmarmelade vom Tisch. Dann warf ich einen Blick durch die Durchreiche in die Küche, doch die Leibeigene schien noch nicht da zu sein. Es gab aber einen elektrischen Wasserkocher und ein Glas löslichen Kaffee, und plötzlich war mir, als wollte ich von allen Dingen auf der Welt nichts dringender als das.

Aber wie rankommen? Ich ging hinaus in den Flur, sah aber nirgends eine Küchentür. Ich ging zurück ins Esszimmer und fand nur eine Tür zu einer Kammer. Es herrschte immer noch überall eine sehr kompakte und bedrückende Stille, und die Durchreiche war groß, also rückte ich behutsam eine prunkvolle Wärmeplatte zur Seite und begann langsam und vorsichtig kopfüber durch die Durchreiche zu klettern.

Es war ein Kinderspiel. Sie war nicht hoch. Ich musste nur einen minimalen Hüpfer machen, auf der Küchenseite die Ablage packen und den Rest meines Körpers nachziehen, wobei ich jeden entsetzlichen Moment damit rechnete, dass die Tür aufgeht und Mr oder Mrs Rose einen befangenen oder belustigten Schrei ausstößt im Angesicht meines schwindenden Schlüpfers. Ich trinke *nie wieder* einen Schluck Alkohol, dachte ich.

Ich nahm den Kaffee und das ferne Abtropfbrett ins Visier: und sah weiter drinnen in der sehr unaufgeräumten und schmuddeligen Küche, wie sich Jack und Grace geräuschlos auf dem Boden wälzten.

Sie sahen mich nicht.

Ich ging in die Kirche.

Vater und ich sind sonntags immer in den Gottesdienst gegangen, und Paula in ihre eigene Kirche. Vater und ich gehen nie mit den Internen in die Schulandacht in der Pfarrkirche, sondern in eine Kirche, genannt »High«, am Rande der Stadt, wo jede Woche um elf die Messe gefeiert wird, mit einer schwierigen Predigt, dem Kyrie auf Griechisch und einer schönen langen Reihe herrlicher Kerzen auf dem Altar, der an Festtagen mit einem goldenen Antependium versehen wird.

Es wäre mir nie in den Sinn gekommen, nicht in die Kirche zu gehen, und ich wurde fast ohne Unterricht konfirmiert, da der Priester mit Vater befreundet war und sagte, als Tochter meines Vaters sei ich bestimmt eine gute Christin. Es hatte funktioniert. Ich habe noch nicht sehr viele Kirchen besucht – Scarborough, Whitby, eine armselige Blechhütte in Hinderwell beim Versuch eines Wochenendausflugs, wo wir aber nicht lange geblieben waren. Die Mathematik hat meinem Glauben nie im Weg gestanden.

Aber Vater oder sonst wer hätte ja ruhig was sagen können, mich daran erinnern, dass dieses Wochenende, fast das erste meines Lebens, an dem wir getrennt waren, einen Sonntag einschloss und wie ich mir das mit der Kirche vorgestellt hatte. Die Mathematik hatte meinem Glauben nie im Weg gestanden, Jack Rose aber offenbar schon.

Doch als ich in der Durchreiche saß und Jack Rose und Grace mit ihren riesigen Körpern eng umschlungen auf dem Boden seiner elterlichen Küche sah, packte mich etwas, das ein Mediävist wohl als »Disziplinierung« bezeichnet hätte. Ich vergaß den Kaffee, schlängelte mich zurück, ging nach oben, zog mir den Mantel über, fand ein Zehn-Pence-Stück und eilte zur Haustür. Ich hatte keinen Schimmer, wo in Ironstoneside die Kirche war, ich zog einfach los. Neben der Spendenbox lagen Notizblock und Stift, und ich schrieb ein nettes »Bin in der Kirche. M. Green«, bevor ich aus der Tür ging.

Das Grundstück der Roses lag am Rand eines Häuserkarrees, still und viktorianisch, mit gefütterten Vorhängen in den Fenstern und schnurgeraden Rasenkanten. Ich stapfte eine Weile durch diese Gegend und dann den Hügel hinunter in die rote Backsteinzone, vorbei an der schwarzen Eisenbahnbrücke und einem schrecklich schäbigen Krankenhaus mit eisernem Tor, und dann wieder leicht bergauf, immer dem gedämpften Läuten nach, bis ich vor einer wuchtigen Kirche mit einem schmierigen Westportal von zirka 1840 stand, durch das locker ein Doppeldeckerbus gepasst hätte.

Im Innern befand sich ein gewaltiges, eiskaltes, stark nach Paraffin riechendes Gewölbe. Alle Bänke waren mit roten Samtkordeln abgesperrt, bis auf die letzten zehn vor dem Lettner aus Räuchereiche. In diesen zehn langen Bänken saßen ungefähr fünfzehn alte Damen, und jenseits des Lettners saßen noch weitere sieben in schwarzen Talaren und Doktorhüten, wie Uncle Edmund sie trug. Mit kampfbereiten Gesichtern, die alle in meine Richtung schauten (ich war zu spät – es war sicher zehn nach elf), informierten die Damen den lieben Gott gerade über ihr Bedauern, in Gedanken, Worten und Taten gesündigt zu haben, und über alles, was unerledigt geblieben war.

Es war eiskalt in der Kirche. Die beiden Petroleumöfen ackerten ächzend unter den mächtigen, zehn Meter hohen Säulen vor sich hin. Mehrere Glühlampen hingen von der Decke, zwei unangezündete Kerzen standen auf dem Altar, und die Orgel klang mit ihren ersten schweren Atemzügen wie ein Seufzer auf einem kalten Ostwind. Ich kniete mich kurz auf das Betkissen, das knisterte und aus der Ecke Füllung verlor. Die anderen Besucher hatten sich tief über die Bänke gebeugt und rührten sich nicht. Als der Vikar für die Epistellesung zur Kanzel ging, sah er mich kurz und interesselos an, und seine

Stimme war schütter und wurde rasch von den verbrauchten Räumen über seinem Kopf verschluckt.

Das Evangelium und die Predigt müssen gekommen und gegangen sein, das Dankopfergebet, die Tröstlichen Worte. Ich saß da, ohne was davon mitzubekommen. Die fünfzehn alten Frauen und ich wackelten zum Altar, empfingen die Hostie und wackelten wieder zurück. Ich hatte das Gefühl, immer noch von einem großen wabernden Alkoholnebel umgeben zu sein, und als eine der alten Frauen auf den Stufen zum Chorraum stolperte, dachte ich kurz, sie sei davon überwältigt worden. Beim Gloria dachte ich, der Vikar hätte mich komisch angeguckt. Er hätte die Säuferin erkannt und wollte nachher an der Tür ein ernstes Wörtchen mit mir reden.

Doch all diese oberflächlichen Ängste strömten und schwebten dahin und berührten kaum die immense Sorge, die unter der Welle mitschwamm. Obwohl meine Lippen ständig in Bewegung waren und der Liturgie folgten, musste ich ununterbrochen an Grace und Jack denken. Ich dachte an Grace auf der Pier und an Jack im Park. Ich dachte, wie einfach es für Grace gewesen wäre, mir zu sagen, dass sie auch eingeladen war – wo sie doch wusste – denn ich war mir sicher, sie wusste von meinen Gefühlen für Jack, sie mit ihren legendären vergangenen und zweifellos kommenden Eroberungen – wie leicht es für sie gewesen wäre, mir Jack für dieses eine Wochenende zu überlassen. Jack, den ich so lange gekannt und geliebt hatte.

Und wenn ich an ihr verträumtes Gesicht dachte, wusste ich, dass ich von Anfang an zu blöd gewesen war, darin nicht die Notwendigkeit seines universellen Siegeszugs zu sehen, den Drang nach Huldigung und Unterwerfung. Als wir endlich zur Segnung kamen, schien mir Grace nicht mal mehr ein menschliches Wesen zu sein. Sie war eine Sirene. Ein Wasserspeier, die feindliche Undine, kalt, gefühllos, lieblos, vielgeliebt.

Der Chor war in Reih und Glied gegangen, und die fünfzehn alten Damen waren losgewackelt, um die Gesangbücher auf dem Taufbecken abzulegen, und die Orgel hatte angefangen zu schnaufen, wie es Orgeln vor dem Schlafengehen tun, als der Vikar in einem tristen beigen Mantel aus der Sakristei trat und auf den Chorraum zupolterte, um die Heizöfen runterzudrehen: Aber ich blieb immer noch sitzen.

Die Öfen quietschten leise, als er am Rädchen erst des einen und dann des anderen drehte, und dann straffte er den Rücken und sagte: »Ah. Hallo? Willst du mit mir sprechen? Kalt heute.«

Ich blickte ihn finster an.

»Sie jetzt schon auszumachen bringt nichts. Erst nach dem Evensong. Wobei wir für den Evensong vielleicht alle in den Chorraum gehen. Wir sind ja höchstens zu sechst.«

Seine Stimme hallte durch die gewaltige leere Kirche. Er kam zu mir, stand da und sah mich an. »Neu hier?«, fragte er. »Ich fürchte, es gibt hier nicht viele Angebote für Jugendliche. Wir haben nur wenig junge Leute.«

Ich sagte immer noch nichts.

»Bist du irgendwie in Schwierigkeiten?«

Ich sagte nein, mit unsicherer Stimme. Ich hatte seit gestern Abend nicht mehr gesprochen und fragte mich, ob ich versoffen klang. Ich fragte mich, ob er denken würde – er auf die Idee kommen könnte, dass ich –

»Ich hab nur einen Kater«, sagte ich.

»Oweh«, sagte er, »was hast du denn getrunken?«

»Sehr viel Gin, und Wein. Ungefähr einen Viertelliter Gin.«

»Bist du in Schwierigkeiten?«

»Nein. Zumindest –«

»Komm doch mit ins Pfarrhaus, was meinst du? Wir haben nicht viel. Meine Haushälterin taugt gar nichts, aber wir haben immer ein paar Hamburger oder so was im Haus. Plastikerbsen aus der Tiefkühlung. Und Bier«, sagte er. »Ich trinke gern mal ein Bier. Bier könnte dich aufheitern.«

»Das glaub ich nicht«, sagte ich.

»Hast du es weit bis nach Hause?«

»Ja. Sehr weit«, sagte ich. »Aber ich sollte jetzt lieber gehen. Ich sollte eigentlich gar nicht hier sein. Ich bin gerade bei Leuten. Aber danke. Vielen lieben Dank.«

»Keine Ursache. Tut mir leid. Wir haben gerne Besuch. Sonntagnachmittags kann ich nie was mit mir anfangen. Dieser Laden stellt meinen Glauben ganz schön auf die Probe.«

Zum ersten Mal sah ich ihn an. In seinem erschöpften Gesicht war ein freundliches Augenpaar. Seine Haare waren weiß und dünn. Er trug graue Wollhandschuhe wie ein kleiner Schuljunge. »Lassen wir das«, sagte er. »Weihnachten steht vor der Tür. Bleibst du länger bei diesen Leuten? Sind es nette Leute?«

»Nein, ich bleib nicht länger«, sagte ich, »und sie sind nicht nett. Es sind überhaupt keine netten Leute. Es sind wahrscheinlich die schrecklichsten Leute, die ich jemals kennengelernt habe.«

»Dann bete für sie«, sagte er. »Ich tu's auch. Und für dich«, sagte er und watschelte davon.

Sehr, sehr langsam ging ich denselben Weg zurück, unter den Bahngleisen durch, vorbei am Krankenhaus, raus aus der rußigen und runtergekommenen Altstadt und die Straße hinauf zum Haus der Roses. Toll, dachte ich. Für mein Problem kann man nicht beten. Verknalltheit sagt man dazu. Verliebtsein. Im Christentum dreht sich angeblich alles um die Liebe, aber wenn man *verliebt* ist, steht man dumm da. Gegen Verliebtheit kann man nichts, aber auch gar nichts tun, scheint mir, außer, sie auszusitzen. Jesus hat gesagt, liebe deinen Nächsten. Er hat gesagt, die einzigen Gebote, die wirklich eine Rolle spielen, sind die Liebe zu Gott und die zum Menschen. Er hat nicht gesagt, dass die Liebe, vor allem die Nächstenliebe, einen in Stücke reißt. Wäre vielleicht besser, er hätte gesagt, liebt euch *nicht*. Versucht einfach nur, miteinander auszukommen, und wenn ihr merkt, dass sich Liebe anbahnt, geht los und macht einen langen knackigen Spaziergang, wie mein Vater immer zu Uncle Edmund sagt.

Mein Problem ist, dachte ich und starrte wieder auf die mitleidlose Spiegelfassade der Doppel-Dentisten-Villa, »mein Problem ist«, knurrte ich und dachte an die Schrecken im Innern und wie ich sie alle hasste, »dass ich viel zu sehr geliebt habe. Aber damit ist jetzt Schluss. Ich bin fertig mit der Liebe. Ich bin fertig mit den Männern. Und ich bin fertig mit der Freundschaft.«

Kapitel 18

Eine große Party war im Gange, als ich zurück ins Haus kam, und der Lärm zog durch das ganze Erdgeschoss. Wer hätte gedacht, dass in anderthalb Stunden so viel passieren könnte. Am Morgen nach dem gestrigen Abend hatte ich ein Totenhaus verlassen, ein Haus, das kaum in der Lage war, seine Lider zu heben. Ich kam zurück und wurde von kreischendem Gelächter, Zigarettenqualm und Gläserklirren empfangen. Fünfzehn bis zwanzig Leute waren es im Wohnzimmer – in etwa so viele wie in der Kirche –, aber diese hier waren geschminkt und beohrringt und behemdet und bunt beschlipst und redeten sehr laut übereinander hinweg.

Ich schlich mich hinein, mischte mich unters Volk und stand unbemerkt an der Tür, bis Mrs Rose in Naturwolle und hohen Schuhen von irgendwoher in Erscheinung trat und sagte: »Ach, gut – da bist du ja. Komm, ich stell dir ein paar Leute vor«, und ich wurde einem Mann mit sehr wässrigen Augen präsentiert, der über Harold Wilson redete, und einem Mann im marineblauen Blazer mit Messingknöpfen, der über die Wiedereinführung des Erhängens redete. Nach einer Weile zog ich weiter, und irgendwer drückte mir einen Drink in die Hand, den ich sehr nachdenklich ansah, und ich hörte einer Frau mit hoher Stimme zu, die über die Nationalitäten der Welt redete. Wer aus Irland kam, war dreckig, wer aus Spanien kam, war faul, wer aus Frankreich kam, war arrogant, die Deutschen waren fleißig, aber nun ja, *die Vergangenheit*. Wer aus der Schweiz kam, war geldgierig, und alles, was aus Schweden, Dänemark und Norwegen kam, wollte mit dem Ehemann ins Bett.

»Aber doch nicht, wenn's *Männer* sind«, sagte ich spontan, und die Frau, die sich mit einer sehr ähnlichen Frau unterhielt, die den gleichen starren, etwa vierzigjährigen Blick hatte und die gleichen kleinen feinen Bleistiftstriche von der Nase abwärts in Richtung Oberlippe, was sie aber mit Fassung trug – diese beiden drehten sich zu mir und zogen mich hinein in ihren Kreis. »Ich wüsste nicht, dass es überhaupt Au-pair-Männer *gibt*«, sagte eine von beiden. Die andere sagte: »Sag mal, das sind ja super Bernsteine« (gehörten mal meiner Mutter), und dann drehten sich beide weg.

Gegen halb zwei brachen die Leute auf, wobei der Letzte – der Galgenfreund – in der Diele grölend hinter den anderen hertrödelte.

Die Roses und ich und Jack erreichten schließlich gegen zwei Uhr nachmittags das beulige Esszimmer, wo Schinken und Salat und Mayonnaise und ein paar übrig gebliebene Schokodinger mit Bratensoße auf der Anrichte bereitstanden. »Ich hoffe, das passt«, sagte Mrs Rose. »Sonntags gibt's immer kalt.«

»Ich dachte, sonntags gibt's immer Regen«, sagte Jack, und alle brüllten vor Lachen. »It always rains on Sundays«, sang Mr Rose. »It never rains but it pours«, sang Mrs Rose. »Komm, Miezekatze, komm«, sagte Mr Rose und spielte das galante Raubtier, worauf seine Ehefrau ein kokettes kleines Quieken von sich gab, was befremdlich war für eine brauchbare Dreiviertelspielerin, und ihn mit einen Klecks Mayonnaise betupfte.

»Schluss damit, ihr beiden«, sagte Jack und zwinkerte mir zu. »Haben schon wieder einen sitzen«, sagte er. »Bist du sehr schockiert?«

»Schluss damit, Jack«, sagte seine Mutter kichernd. »Sei nicht albern. Wir amüsieren uns doch nur. Bilge amüsiert sich auch, nicht wahr?«

»Wo ist Bilges Glas?« Mr Rose näherte sich abermals mit einer neuen Flasche. »Sie ist doch wohl keine Puritanerin. Ich kannte ihre Mutter. Wo ist denn die andere Maus? Was hast du mit der Hübschen angestellt, Jack?«

»Och – der geht's gut.« Er lehnte sich mit immenser Gesichtsbreite zurück, und seine Oberlippe kräuselte sich ganz komisch. Ich musste ihn ansehen. Die ganze Zeit. Ich konnte es schlichtweg nicht fassen, dass er derselbe Junge war, der mir die Bücher nach Hause getragen hatte. »Sie liegt noch im Bett«, sagte er. »Müde. Lässt sich entschuldigen.«

»Heißer Feger«, sagte Mr Rose und versenkte krachend sein professionelles Gebiss in ein Salatblatt. »Ein richtiges Sahneschnittchen. Hey, Janice, war das nicht ihre Mutter damals, die –«

»Nein, Bilges Mutter«, sagte Mrs Rose. »Ich kannte sie aus der Schule.«

»Ach ja?«, hörte ich mich einwerfen. »Kannten Sie sie wirklich?« Ich klang erheblich harscher und kälter, als ich wollte – oder es lag an der allgemeinen Heiterkeit.

Mrs Rose stand auf und begann Teller und Schälchen durch die Durchreiche zu schieben, wo sie von den mystischen Fingern in Empfang genommen wurden, wenn auch ohne Erfolg, denn es schepperte gewaltig.

»Was zum Teufel«, knurrte Mr Rose. »Hey Jan! Mach mal halblang! Du hast zu viel getrunken.«

»Ach, halt die Klappe.« Sie sah wieder rot aus wie gestern Abend, und aufgewühlt. Sie drehte sich zu mir und sagte: »Doch, ich kannte sie ein bisschen. Sie war –« Und dann hielt sie inne.

»Kannten Sie sie lange?«, fragte ich.

»Sie war – wahnsinnig schüchtern«, sagte Mrs Rose.

»Ach, nun komm schon!« Mr Rose hatte nicht zugehört. Er

hatte noch gar nicht angefangen. Er stippte noch immer mit seinem Brot die Mayonnaise auf, die zwar von Heinz, aber in einem silbernen Schälchen war. »Kommt, ihr Lieben. Zeit für ein Nickerchen.«

Kreischend und lachend steuerten alle auf die Tür zu. Mrs Rose warf einen Blick ins Wohnzimmer auf die Spuren des nächtlichen Gelages und sagte: »O Gott! Soll Mac sich drum kümmern«, und einer nach dem anderen gingen die drei nach oben in ihre Zimmer: Und ich ging in meins.

Die benachbarte Zimmertür war fest verschlossen. Ich öffnete und schloss meine eigene Tür und setzte mich auf mein Bett.

Zwei Stunden saß ich da, ohne mich zu rühren.

Der Wintertag wurde dunkel, und ich saß und saß, bis ich im Spiegel nur noch ein Schatten meiner selbst war, und die Balkontür wurde grau und dann dunkelblau und irgendwann schwarz.

Ich hatte noch nie betrunkene Menschen gesehen. Nicht bei sich zu Hause. Mir war nicht klar gewesen, dass es solche Häuser überhaupt *gab* – Leute mittleren Alters und alte Leute, die sich Drinks in den Rachen schütteten, bis sie so albern waren, dass sie nicht mehr wussten und sich nicht mehr drum scherten, was sie redeten. Bis sie nicht mehr merkten, dass um sie herum noch andere Leute waren, bis sie der Verblendung erlagen, die anderen seien eifrige Empfänger ihres Witzes und ihrer Weisheit.

Und Jack so betrunken. Und wie er es genoss. Und wie peinlich er dabei war. Ein Volltrottel mit seinen spritzenden Spuckefetzen, genau wie bei Miss Bex, und dieser Blick, als hätte er die ganze Zeit Verdauungsbeschwerden. Partys.

Das also waren Partys.

Wobei der Gin eigentlich gar nicht so schlecht gewesen war.

Draußen vor dem Fenster ging das Licht an, und mit steifen Gliedern erhob ich mich und zog die Vorhänge vor, und ohne mir die Haare zu kämmen oder sonst was, ging ich nach unten und stand in der Diele wie ein gestrandetes Schiff. Dann ging ich ins Wohnzimmer, wo Mrs Rose auch schon wieder war, nur noch geringfügig rot am Hals. Die Freundin meiner Mutter.

»Na«, sagte sie. »Anstrengend, was? Diese Festivitäten! Wie überstehen wir bloß jedes Jahr die Weihnachtszeit? Dabei haben wir noch nicht mal Dezember. Na ja – muss ja irgendwie weitergehen.«

Aus dem Off kamen Geräusche. Die anderen waren im Anmarsch.

»Mrs Rose«, sagte ich. »Meine Mutter – «

Sie öffnete den Mund und schloss ihn wieder, beugte sich über den elektrischen Kamin und begann, alles daran anzuschalten – drei Schalter. Man sah den Kampf, der in ihrem Innern tobte – sie wollte unbedingt etwas Ernstes sagen.

»Ich mochte deine Mutter«, sagte sie. »Komisch – man erinnert sich doch gut an die Leute aus der Schule. Was für Leute man so kannte. In der Schule.«

»Ja – wahrscheinlich. Glückssache wahrscheinlich.«

»Oh, nein – ganz und gar nicht«, sagte sie überraschend bestimmt.

»Das war ihre Kette«, sagte sie.

Mr Rose kam herein, diesmal in Hemdsärmeln und mit einem kleinen Einstecktuch wie ein Pirat, im Gesicht dagegen sehr heiter und unpiratisch. Grace schlüpfte nach ihm in den Raum. Ich sah, wie Jack hinterherkam und ihr kurz die Hand ins Kreuz legte, bevor er zur Seite trat.

»Bridge?«, rief Mr Rose und rieb sich die Hände. »Ach, verdammt – fünf Mann.«

»Schon okay«, sagte ich. »Ich weiß sowieso nicht, wie das geht.«

»Ach schade. Und was ist mit unserer Miss England?«

»Na gut«, sagte Grace.

»Lass es uns Bilge doch beibringen«, sagte Jack unschlüssig.

»Ach – nein danke. Ich guck lieber zu.«

»Du kannst fernsehen, wenn du willst«, sagte Mrs Rose. »Wir haben ein Gerät im Wartezimmer.«

Ich blieb aber sitzen.

Eine Verbissenheit breitete sich im Raum aus und eine grausige Stille, die so ganz anders war als die Stille beim Schach, ähnlich unterschiedlich wie die Stille zwischen Tennis und Kung-Fu, oder besser, zwischen Kung-Fu und Tennis. Nach etwa zwanzig Minuten stand ich auf, aber niemand bemerkte es. »Ich glaube, ich werde mal –«, sagte ich.

»SHHH.«

Mrs Rose warf Mr Rose einen strafenden Blick zu.

»Ich werde mal –«, sagte ich erneut, als kollektiv geseufzt und sich lockergemacht wurde und ein Stich oder Ähnliches geschah. »Ich geh mal kurz und hol mir mein Buch –«

Niemand nahm im Geringsten von mir Notiz – Grace und Jack waren total eingetaucht, wobei ich sah, dass Jack und Grace sich die ganze Zeit unter dem Tisch mit den Füßen berührten.

»Entschuldigung«, sagte ich, ging nach oben, packte Paulas Koffer, zog meinen Mantel über, steckte meine Geldbörse ein und ging wieder nach unten. Unten ließ ich die Bernsteinkette meiner Mutter klackernd in den Topf mit der allwissenden Pflanze fallen. Ich hörte ein Geräusch aus dem Wohnzimmer, und Mr Rose öffnete die Tür und sagte irgendwas davon, Tonic nachzuholen, also nahm ich den Koffer, ging rauf in mein Zimmer, schloss hinter mir die Tür ab, löschte das Licht, trat auf den Balkon und ließ den Koffer über die Brüstung fallen, wo er mit einem Plopp in der Auffahrt landete.

Ich kletterte über die Brüstung und ließ mich auf der anderen Seite nach unten, bis ich mit Blick nach innen dahing und mein Zimmer aus der Froschperspektive sah. Dann – und es war nicht leicht – hangelte ich mich die Eisenstangen hinunter, bis mein Kopf auf der Höhe des Balkonbodens war, wobei mein Körper, meine Beine und meine Füße in der Luft baumelten. Mir ging auf, dass sich mögliche Passanten ganz schön wundern würden. Im Licht der Lampe, die sehr heiß neben meiner linken Wange brannte, war ich klar zu erkennen. Ich fragte mich, ob der Gentleman im blauen Blazer, käme er nach dem feuchtfröhlichen Lunch auf seinem Verdauungsspaziergang die Straße entlang, den Eindruck einer Hinrichtung hätte und vor Freude jubilieren würde. Ebenfalls überlegte ich, dass ja durchaus jemand aus dem Haus kommen könnte; etwa um zum Schnapsladen zu gehen, um Tonic nachzukaufen, und beim Öffnen der Tür auf meine Beine stoßen würde, die im winterlichen Wind vor sich hin baumelten. Vor meinem inneren Auge tauchte ein Gesicht auf – das meiner Mutter – und sie sagte: »Marigold! Marigold! Wie soll das nur weitergehen?« Aber dann kniff ich die Augen zu, ließ mich fallen und stürzte in einen der senfgelben Büsche, der so auseinanderklaffte, dass ihm sein Zwilling gegenüber wohl nie wieder ins Gesicht sehen würde.

»Ich bin weg«, sagte ich zu den beiden. »Ich bin weg. Ich hab genug«, und damit marschierte ich aus dem Tor, ohne im Geringsten zu wissen, wie es weiterging.

Kapitel 19

Es kam ein Bus. Er tuckerte den Berg hinauf und hielt vor dem Zahnarzthaus an der Haltestelle gegenüber der, bei der ich gestern ausgestiegen war. Ich rannte hinüber, stand kurz da und sah hinein. Der Bus schien leer zu sein.

Ich sah den Hügel hinunter. Ich muss wohl kurz überlegt haben, ob ich den Vikar besuchen sollte. Dann rief eine Stimme von oben aus dem Bus: »Wennde einsteigen willst, ist jetz die Zeit dafür«, und es bimmelte das Glöckchen. Also sprang ich in den Bus, schleppte Paulas Koffer das Treppchen zum Oberdeck hoch und brach auf dem vordersten Sitzplatz zusammen, während der Fahrer Gas gab und mit kräftigem Ruckeln davonfuhr.

»Bis Endstation?«, fragte die Schaffnerin.

»Ach so –« Ich hatte nicht mal gesehen, wohin wir fuhren.

»Marston Bungalow?«, fragte sie.

»Ah, ja. In Ordnung.«

»Fünfundzwanzig Pence.«

Ich öffnete meine Geldbörse, und darin befanden sich drei Zehn-Pence-Stücke. »Oje, Hilfe.«

»Das passt. Fünfundzwanzig Pence«, sagte sie.

Ich nahm meine fünf Pence Wechselgeld entgegen und fragte mich, was nun? Von Marston Bungalow bis nach Hause war es noch mal genauso weit. Ich hatte nicht mehr Geld mitgenommen, weil ich damit gerechnet hatte, am Montagabend mit Jack zurückzufahren. Paula hatte gesagt, nimm genug. Du wirst was brauchen für das Gastgeschenk, aber ich hatte gedacht, vierzig Pence – inklusive zehn Pence für die Kirche – wären reichlich.

O Himmel.

O Hades.

Als der Bus mit einem Seufzen zu seiner letzten Haltstelle kam, stieg ich aus und stellte fest, dass ich an einem großen windigen Kreisverkehr stand, wo massiv gebaut wurde. Dort war ein großes rotes Schild mit der Aufschrift STRASSENARBEITEN, ein paar rote Ampeln hingen an unsichtbaren Kabeln, und einige Erdhaufen ragten schattenhaft aus der Dunkelheit. Unterwegs war mir aufgefallen, dass Marston Bungalow keinen nennenswerten Bungalow aufwies: oder besser, dass es Tausende und Abertausende von Bungalows gab, und viele kleine rote Doppelhäuser, die sich, so weit das Auge reichte, in alle Richtungen erstreckten, außer in eine, nämlich die der dunklen Horizontale des Waldrands, an den sich die hungrige, hässliche Stadt Teesside, Bissen für Bissen verschlingend, heranschlich, wobei die Zellen all der Kleinstädte immer näher zusammenrückten, um zu einer immer dichteren und belangloseren Masse zu verkleben – ähnlich wie bei einer Blutkrankheit. In weiter Ferne hinter den zwanzigtausend identischen Straßen waren die Lichter einiger liebloser Wohnsilos, und dahinter eine Stadt aus fluoreszierendem Licht, bleistiftdünnen Schornsteinen mit kleinen orangen Feuerpinseln, ein Flackern, ein Lodern aus Brennöfen und der wabernde Geruch von Gas.

An der Haltestelle »Bungalow«, am Rande dieser großen toten sonntäglichen Stadt, waren ein oder zwei Geschäfte, hell erleuchtet, aber geschlossen. Durch die vorhanglosen Fenster eines anonymen Straßenendes schimmerte das blaue Licht eines Fernsehers, und außer mir war nicht ein einziges lebendes Wesen zu sehen.

Ein Wind, der hinter mir von den Mooren aufstieg, »vom Lande«, wehte über den Kreisverkehr und brachte einen Wirbel aus Eisregen mit, und ich lief auf das Wartehäuschen zu, das kaum noch Fenster hatte. Es roch nach Klo. Ich stand da und umklammerte meine fünf Pence.

Was hatte es auf sich mit Marston Bungalow? Wen kannte ich in Marston Bungalow? Niemand an meiner Schule kam von so weit her, niemand am St Wilfrid's kam so nah aus der Gegend.

Es musste eine Telefonzelle geben. Mit gebeugtem Kopf vor dem Eisregen lief ich an der Baustelle entlang und auf dem Gehweg einmal um den Kreisverkehr. Ein Auto tauchte aus dem Nichts auf, schrie mich beim Vorbeifahren an und hätte mir fast den Koffer aus der Hand gerissen. Als ich fast wieder am Ausgangspunkt war, sah ich die Telefonzelle und stürzte hinein. Sie war lichtlos – das Licht war zertrümmert, der Gestank noch schlimmer als im Wartehäuschen. Als das nächste Auto an der kaputten Scheibe an der Seite vorbeibrauste, sah ich die Worte FUCK OFF, die ein wütender Mensch in die Holzablage unter den Bedienungsanleitungen gekratzt hatte. Ich nahm den Hörer in die Hand, aber sosehr ich auch rüttelte und schüttelte und so fest ich die kleinen Tasten drückte, die Leitung blieb still wie die Nacht.

Marston Bungalow, dachte ich. Wer wohnt noch mal – und dann fiel sie mir wieder ein, die schreckliche Frau, die neben mir im Bus gesessen und Roastbeefsandwiches gegessen und das Kassenhäuschen auf der Pier ein bisschen eng gefunden hatte. Sie war in Marston Bungalow ausgestiegen. Sie wollte nach Marston Hall. Lieber würde ich sterben, dachte ich, als mich auf die Suche nach ihr zu machen.

Es wurde sehr kalt in der Telefonzelle, und ich ging zurück zum Wartehäuschen, schlug meinen Kragen hoch, stellte mich mit dem Rücken zum Wind und schob die Hände in die Taschen. Marston Hall, dachte ich.

Ein Bus kam aus der nächtlichen Dunkelheit gedonnert wie ein leuchtender Palast, seine Fenster waren beschlagen von der Wärme. Es war nicht der Bus nach Middlesbrough. Er fuhr nach Whitby – das meilenweit weg war. Es schien ein fröhlicher Bus zu sein, vollbesetzt mit plaudernden und lachenden Leuten, und der Schaffner zwinkerte mir gastfreundlich zu.

»Steigst du ein?«, fragte er und hielt sich noch kurz mit dem Glöckchen zurück.

»Äh – halten Sie zufällig in Marston Hall?«

»Jawohl.«

»Ist das weit?«

»Fünf Pence.«

Ich stieg ein. Es schien mir richtig. Beim Einsteigen hatte ich das sichere Gefühl, dass alles gerade vom Schicksal gelenkt wurde. Nachdem ich meine fünf Pence abgegeben und im Tausch dafür einen Fahrschein aus dünnem Papier erhalten hatte, bat ich den Schaffner, mir rechtzeitig Bescheid zu sagen, und dann setzte ich mich hin und harrte der Dinge, die da kommen mochten.

Dennoch war ich etwas überrascht, als sich der Bus von der weiten Ebene aus Lichtern und Zivilisation im großen Bogen wegbewegte und Kurs auf die dunkle Moorlandschaft nahm. Marston Bungalow war kein Bungalow, so wie Marsten Chase nichts mit der Jagd zu tun hatte, so wie Brambles Farm seit Königin Victorias Zeiten keine Farm mehr war: Und bei Marston Hall erwartete ich kein Herrenhaus, sondern eines von vielen »Anwesen«. Jeder wohnte auf einem Anwesen. »Wir wohnen auf unserem Anwesen«, sagten sie alle. »Welches ist euer Anwesen?« Uncle Edmund lachte sich immer kaputt darüber. »Die reden wie Bauernknechte aus dem 18. Jahrhundert«, sagte er. »›Ich bin gerade auf dem Anwesen.‹ Donnerwetter!« Unsere eigene Stadt jenseits der Oase St Wilfrid's war eine Ansammlung von Anwesen, Ings Farm Estate, Marske Hall Estate, Ramshaw's Estate – Ramshaw's war die Farm, zu der Vater und ich immer gewandert sind, um uns die Kaninchen anzusehen, inzwischen war es selbst ein riesiger Kaninchenbau. All die alten Wahrzeichen waren verschwunden – der Cricketrasen, Kirkleatham Hall, »wo der König einkehrte« –, alles plattgemacht, um die große rosa Brut der Gleichheit über die Erde zu bringen. Der Marsch der kleinen Häuser.

Quietschende Geigen.

Ich sollte besser die Klappe halten, sonst ende ich noch wie Old Price. »Marston Hall«, rief der Schaffner, und ich stieg aus.

Ich stieg aus und hinein in eine Finsternis und einen bitteren Wind und eine lichtlose Straße, die sehr viel schwärzer war als der Kreisverkehr und immer schwärzer wurde, nachdem der Bus weitergefahren war. Bis auf den Wind und das Wetter herrschte vollendete Stille, und nirgends zwischen Himmel und Erde war ein einziges Licht.

Der Bus hatte mich an den Rand des Moores gebracht. Es war Sonntag und – ich konnte das Zifferblatt meiner Armbanduhr nicht erkennen – wohl ungefähr acht Uhr abends. Busse nach Whitby sind zu jeder Zeit selten, und es wäre unwahrscheinlich, dass heute noch einer fahren würde.

Marston Hall. Was immer es war, dachte ich und sah mich um, ein Anwesen war es nicht. Es schien ein Abschnitt der Hauptstraße ohne Lebenszeichen zu sein. Ein Auto bretterte vorbei, und wenige Minuten später das nächste, und sie erhellten mit ihren Scheinwerfern den Schnee.

Ich lehnte mich gegen eine Art Pfosten und dachte, vielleicht sollte ich versuchen, das nächste Auto anzuhalten, aber es kamen keine Autos mehr. Ich schob meine Hände zwischen meinen Rücken und den kalten steinernen Pfosten. Ich dachte an Jacks Hand an Grace' unterem Rücken.

Kalter Stein.

Ich tastete mich weiter. Es war viel Stein. Ich drehte mich um, blickte hoch und sah eine wuchtige Säule mit irgendwas Gemeißeltem obendrauf. Rechts davon sah ich eine weitere Säule und dazwischen etwas leeren Raum. Wie die schrecklichen Büsche, dachte ich und dann – nein. Stimmt nicht. Stimmt überhaupt nicht. Ich rückte einen Schritt weiter und sah in die Dunkelheit zwischen den Pfosten. Dann tastete ich umher und spürte gealtertes Metall, abblätternd, kalt. Ein großes angelehntes Tor. Es waren die Steinpfosten einer breiten Toreinfahrt, die ins Schwarze führte: das Tor von Marston Hall.

Also doch ein Herrenhaus. Ein richtiges Herrenhaus. Ich nahm den Koffer, streckte die linke Hand vor mir aus und begann mich wie eine Blinde über holprigen, büscheligen Boden und unter schwankenden Bäumen entlangzutasten, womöglich geradewegs in die Hölle.

Ich kam an einem kleinen Gebäude vorbei, das verfallen und unbeleuchtet war – ein Pförtnerhäuschen. Die Straße führte bergab und um die Kurve, dann schien es wieder bergauf zu gehen. Ich stapfte weiter durch den Wind, immer weiter, und immer wieder blieb ich stehen, um mich umzuschauen. Dunkelheit. Immer weiter und weiter, und zu beiden Seiten Bäume. Allmählich bekam ich das Gefühl, es sei überhaupt keine Straße. Alle Wege müssen irgendwohin führen oder haben mal irgendwohin geführt, aber dieser hier machte keinerlei Anstalten. Ich konnte ihn nicht mal erkennen. Es war nur der Raum zwischen zwei Baumreihen. Vielleicht war er wirklich gar nicht da.

Jetzt stand ich auf einer Anhöhe. Meine Strümpfe und Schuhe waren durchnässt, meine Haare klebten kalt an meinem Gesicht, meine Hände waren eiskalt. Es war immer noch stockdunkel. Hier konnte unmöglich ein Herrenhaus stehen.

Dann sah ich drüben zu meiner Linken ein schwaches Licht. Es flackerte und befand sich einige Meter überm Boden, und ich hielt es erst für irgendeinen seltsamen tiefhängenden Stern. Dann ging mir auf, dass es deshalb flackerte, weil Bäume davorstanden, die winkten und wankten und vom Wind geschüttelt wurden.

Der Weg führte zum Licht hin. Es hatte aufgehört zu schneien, und als ich unter den Bäumen hervortrat, blies der Wind den Schneesturm kurz zur Seite und ließ den Mond durch. Er warf ein trostloses Licht auf den Weg, eine halbrunde Schotterauffahrt mit fleckenweise Schneematsch führte herum bis ans Ende einer Terrasse, eingefasst von einer niedrigen Ballustrade mit Urnen darauf. Als ich die Terrasse erreichte, sah ich, dass sie breit war und aus dicken alten Steinplatten bestand, der Vorplatz eines Burgfrieds.

Das dazugehörige Haus ragte dahinter in die Höhe, gigantisch unter dem launischen Mond, schwarz vor einem wilden weißen Himmel. Die Höhlen seiner vielen Augen waren dunkel und unverhangen, das Mondlicht auf dem Dach hob Löcher und Flecken hervor und ein langer Riss stürzte wie eine selbstmörderische Treppe an einem der Türmchen in die Tiefe, als ließe sich das Türmchen mit einem Schubser dazu bringen, sich von seiner angestammten Mauer zu lösen und krachend zur Erde zu stürzen, für immer verloren wie die Wendeltreppe an der Pier.

Im obersten Turmfenster brannte Licht, vermutlich dasselbe, das ich gesehen hatte. Beim Hinschauen beschloss ich, dass ich mich geirrt hatte: Es war nur eine Spiegelung des Mondes.

Das Haus war eine Ruine, vor langer Zeit verlassen, und wartete auf das Ende.

Dann schon lieber Marston Bungalow, dachte ich. Fernseher und Kaminfeuer und Dämpfe und Gärung: Die Ödnis war zumindest bewohnt.

Die Tür hatte das Ausmaß eines Kirchenportals, und im dicken groben Gemäuer zu beiden Seiten waren kirchenartige, spitz zulaufende Fenster eingelassen, und neben der Tür hing ein langes Glockenseil, das ziemlich eingerostet aussah. Ich zog daran, wobei ich nicht damit rechnete, dass ich irgendwas ausrichten könnte. Aber es bewegte sich sehr leicht und ließ sich sehr tief nach unten ziehen, und ich dachte schon, gleich hab ich's in der Hand. Ich stellte mir vor, ich würde das ganze große Haus zum Einsturz bringen und der traurige alte Kasten langsam mit Grollen und Knirschen vor meinen Füßen zu Staub zerfallen. Die vollkommene Stille sagte mir, dass das Haus leer war, ein schon lange totes Haus, das auf seinen endgültigen Niedergang wartete.

Doch als ich die Kette losließ, zog sie sich mit einem langen Ächzen geschmeidig wieder hinauf, und obwohl keine Glocke zu hören war, blieb das Haus stehen.

Ich erkannte die Idiotie des Ganzen, als der Wind erneut auffrischte und der Mond hinter dem nächsten Angriff von Hagel und Eisregen verschwand. Ich erschrak so sehr, dass ich fast gestolpert und hingefallen wäre. Ich hatte keine Ahnung, wo ich war. Ich hatte keinen einzigen Penny in der Tasche. Ich war durchnässt bis auf die Haut, und ich war aus dem Haus zweier heiterer und gastfreundlicher Zahnärzte und zweier guter Freunde geflohen, hinein in den luftleeren Raum, ohne ihnen ein Wort zu sagen. Ich war ganz und gar hilflos, ganz und gar verantwortungslos, ganz und gar unklug. Ich, Bilge – ich, und ich wandte mich ab von der unwahrscheinlichen Tür, um loszumarschieren, egal in welche Richtung, irgendwohin, irgendwohin, hinein in die Nacht.

Mit gewaltigem Quietschen und Ächzen der Scharniere wurde die große Tür, von der ich mich weggedreht hatte, sehr langsam weit aufgezogen, und da stand Terrapin, der eine Öllampe in die Höhe hielt und mich ansah.

Kapitel 20

Er sagte: »Ich war gerade am Übersetzen. Komm rein.«

Ich sagte: »Aber ich dachte, du bist arm.«

Beide standen wir da, ließen die beiden Aussagen sacken, ließen sie in der Luft hängen, um später noch mal draufzuschauen wie auf einen Merkzettel: wie Paulas großer Block über ihrem Telefon, auf dem das Wort NOTIZEN UND MEMOS stand. Die Öllampe flammte auf, und ein Windstoß schob mich zu ihm in die Halle hinein.

Er stand da und betrachtete mich mit äußerst ernstem Blick, mit seinen schlaffen blonden Haaren, den hageren Wangenknochen, den runden großen blauen Augen. Ich bemerkte, wie hochgewachsen er war, die immense Länge seiner Beine in einer schwarzen, samtartigen Hose, seinen langen dünnen Oberkörper in einem weißen Rollkragenpullover, und wieder dachte ich, er hat was von einem Clown. Einem ganz besonderen, fantastischen Clown.

Er hatte auch noch was anderes, etwas, das ich kaum aussprechen mochte, weil es überholt war, eine Art anachronistisches Zitat, ein Kommentar, wie ihn mein liebster Uncle Edmund HB oder der alberne Puffy Coleman oder die elende Mrs Gathering bemüht hätte. Er sah aus wie ein Gentleman.

Da. Aber es war nun mal so. Ob beim Schürfen von Uran in einem sibirischen Bergwerk, beim Stapfen durch Chinas kommunistische Reisfelder, beim Marschieren mit den Arbeitern und beim Schwenken der größten roten Fahne der Welt, ob auf einer schadhaften Straße mit einem dreckigen geknoteten

Taschentuch auf dem Kopf, Tom Terrapin würde immer aussehen wie ein Gentleman. Wie Robert Graves es von sich behauptete, wie George Orwell es nie sein wollte, wie Lancelot es in aller Unschuld war. Tom Terrapin war ganz der junge Lord, Herr des Herrenhauses. Ich dachte an den glatten, stecknadeläugigen Jack Rose, zurückgelehnt im rosa Plüsch, die Stimme fast im Sofapolster, Jack Rose, die Antwort auf das Gebet holder Jungfrauen, Jack Rose, dann doch kein Bewohner der Insel Shalott. O Gott, dachte ich, ich habe die beiden die ganze Zeit verwechselt.

Er sagte: »Und, wie war die große Landpartie?«

Ich blinzelte hinter meiner trüben Brille.

»Im noblen Hause Rose? Ich dachte, du wolltest ein paar Tage auf die Jagd gehen?«

»Wir – sind wir nicht«, sagte ich.

»Es wurde Bridge gespielt«, sagte ich. »Und getrunken. Sie waren Zahnärzte. Sie sind fürs Erhängen.«

»Du bist ganz schön nass geworden.«

Ich sah nach unten und stellte fest, dass ich wirklich so nass war, dass das Wasser aus meinen Schuhen lief und auf dem schmutzigen Marmorboden eine Pfütze hinterließ. Der Boden erstreckte sich sehr weit, und genau wie draußen die Terrasse hatte er ein Schachbrettmuster, wenn auch aus riesigen Marmorquadraten. Etwa fünfzehn Meter weiter hinten führte eine sehr abgenutzte, aber wunderschöne Treppe nach oben, teilte sich dort in zwei Hälften und bildete eine umlaufende Galerie. In der Wand entlang der Treppe waren Nischen eingelassen, teils mit Statuen darin, und neben meinem Ellbogen stand eine kaputte Säule mit der Büste eines römischen Aristokraten ohne Nase. Am Fuß der Treppe war ein dickes Motorrad aufgebockt, darunter auf sauberem Zeitungspapier Ersatzteile und Werkzeug, sehr ordentlich arrangiert. Das Haus war eiskalt, so kalt, dass wir Atemwolken vor dem Mund hatten wie zwei arktische Drachen.

Er fragte: »Was zum Teufel machst du hier?«, und noch immer starrte er mich an, hielt die Lampe tiefer, sodass seine Wangenknochen verdunkelt wurden und seine lange schmale Nase ihm etwas Hochmütiges gab, das an Sir Walter Raleigh oder Mr Zhou Enlai erinnerte; und ich kam mir sofort wie ein Bauerntrampel vor – und wieder wie ein Trottel und nass und lächerlich und hässlich, hier vor dem Regen Zuflucht gesucht zu haben.

»Ich bin eigentlich nur gekommen, um mit einer gewissen Mrs Deering zu sprechen«, sagte ich geziert, und ich zitterte in meinem durchnässten Mantel, und mir wurde immer kälter.

»Mrs Deering! Mrs *Deering*!« Er wirkte völlig fassungslos. »*Kennst* du Mrs Deering?«

»Ja. Sie meinte, wenn ich in Schwierigkeiten sei –«

»Bist du das? Wann hat sie das denn gesagt?«

»Ich hab sie kennengelernt. Im Bus. Sie hat gesagt, ich sähe bekümmmert aus, und wenn ich irgendwie in Schwierigkeiten wäre –«

»Mrs *Deering*! Sie ist die Haushälterin. Sie ist grauenhaft.«

»Fand ich auch. Aber sie sagte, sie wohnt in Marston Hall, und ich dachte, es sei ein Anwesen oder ein Wohnblock und ich könnte jemanden fragen. Der Name Deering ist ja nicht sehr verbreitet –«, fügte ich matt hinzu.

»Aber was *wolltest* du von ihr?«

»Mir Geld leihen für die Heimfahrt.«

»Mrs *Deering*?«

»Ja. Die Hälfte der Strecke hatte ich geschafft. Nach Marston Bungalow. Aber dann ist mir das Geld ausgegangen. Ich hatte nur noch fünf Pence. Es reichte soeben, um bis hierher zu kommen. Ich wusste nichts von dir – also denk nicht – ich bin nämlich abgehauen. Ich bin von den Roses abgehauen. Ich konnte da nicht mehr bleiben. Sie waren schrecklich – so schrecklich. Jack und Grace –«

»Grace war da?«

»Ja.«

»Jack hat sie auch eingeladen?«

»Ja.«

»Ohne dir was zu sagen?«

»Ja.«

»Dieser Arsch.«

Ich begann zu weinen.

»Ich bin aus dem Fenster geklettert«, sagte ich zwischen langen entsetzlichen Schluchzern. »Ich hab mich vom Balkon in einen Strauch fallen lassen. Ich hab die Halskette meiner Mutter in einen Blumentopf geworfen. Wenn das die Freunde meiner Mutter waren, können sie sie behalten. Dann will ich sie nicht. Ich bin fertig mit meiner. Ich bin fertig mit Jack Rose – uääääääääääääh«, heulte ich, und Terrapin kam und packte mich am Ellbogen und führte mich, das heulende Elend, vorbei an den Grinling-Gibbons-Holzschnitzereien nach oben und dann, ein Bild des Jammers, durch den ersten eichengetäfelten Flur, ohne sich drum zu scheren, dass Mrs Deering aus irgendeinem Schlupfloch hinter dem Fries hervorspringen könnte, und ebenso wenig, dass mich die leicht bekleideten Statuen vergangener Terrapins aus ihren Nischen mit verächtlicher Miene beäugten.

»Na komm, Hase«, sagte Terrapin und drängte mich weiter. »Du musst dich aufwärmen und wieder zu dir kommen.« Wir marschierten noch ein Stockwerk höher und entlang einer weiteren endlosen Galerie. Es schien fast keine Möbel zu geben, und es war so kalt wie in einem ungeheizten Museum im Januar am Nordpol. Noch immer weinte ich.

Wir kamen an eine kleine Tür, und er schob mich eine Wendeltreppe hinauf, bis ich plötzlich in einem sehr kleinen runden Raum stand, mit Fensterschlitzen einmal ringsum und einem herrlichen elektrischen Kaminofen genau in der Mitte. Es war das Turmzimmer, in dem ich mir eingebildet hatte Licht zu sehen, und dieses Licht gab es wirklich – eine nackte Glühlampe hing von der Decke der Turmspitze. »Zieh deine Sachen aus«, sagte Terrapin, knallte die Tür hinter sich zu und war weg.

Von vereinzelten mächtigen Schluchzern geschüttelt, wobei sie immer vereinzelter und in größeren Abständen kamen, begann ich widerstandslos die Brille abzusetzen, Mantel, Kleid, Strumpfhose und Schuhe auszuziehen. Über einem Stuhl hing ein Handtuch, und ich frottierte mir damit Beine, Hände und Haare. Es gab ein Eisenbett, sehr ordentlich gemacht mit einer roten Wolldecke, und ich nahm die Decke, wickelte mich mitsamt Füßen darin ein und zog sie mir, so gut es ging, über den Kopf. Ich hockte mich auf den einen Küchenstuhl wie Old Mother Shipton so dicht wie möglich vor den Ofen, umarmte mich selbst und stieß hin und wieder einen dicken Seufzer und Schluchzer aus.

Terrapin kam zurück und sagte: »O Gott. Hier. Zieh das an«, und dann war er wieder weg, also legte ich irgendwann die Decke ab und schlüpfte in die Sachen, die er durch die Tür geworfen hatte. Das eine war ein langes schwarzes Wollkleid mit schmalen Ärmeln und seltsam hochgeschlossenem Kragen, als wollte jemand bei der Französischen Revolution in der ersten Reihe sitzen, und das andere war ein dickes pelziges Etwas wie ein Kaminvorleger mit Ärmeln. Alles roch muffig, aber das Kleid war entzückend, weich und enganliegend. Der Kaminvorleger war wunderbar weich und auch warm, und er fiel wie eine lebende, verführerische Haut. Ich saß auf dem

Stuhl und ließ allmählich meine eiskalten Füße hervorschauen. Ich wackelte mit den Zehen und streckte sie vor dem elektrischen Ofen.

Dann sah ich mich um.

Es gab einen Holztisch, der sehr billig aussah, den einzelnen Küchenstuhl und das Eisenbett. Auf dem Tisch lagen Terrapins Bücher – ein Notizbuch, ein Schulheft, ein Griechisch-Wörterbuch und ein aufgeschlagenes Schulbuch mit einem Füller daneben. Auf dem Tisch befand sich eine kleine Schachtel Tintenpatronen und ein Wecker mit Messingglöckchen von Woolworth. Kein Teppich, keine Vorhänge, und die Wände mit Rauputz verputzt. Hinter der Tür hingen ein paar Klamotten – seine Schuluniform und sein House-Schal. Am Fuß des Bettes stand eine hölzerne Truhe und darauf ein Glas Wasser und ein Apfel. Das war alles. Abgesehen vom Stromanschluss hätte es auch eine Mönchszelle sein können, ein einsames und abgeschiedenes Nest, das einem Einsiedler oder Guru alle Ehre gemacht hätte. Ein Königreich des Geistes.

Bis auf einen frappierenden Unterschied. Unter dem Dach des Türmchens, hoch über dem Licht, kreuzten sich zwei Balken mit Haken in zwei Reihen, und an jedem Haken hingen Marionetten wie ein riesiger lädierter Blumenstrauß. Sie waren großartig, hatten lange Hände und hauchzarte Kleidchen und flache Hosen und abstehende Haare. Es gab Eselsköpfe und Sirenen und Kasperle und Harlekins und Señoras mit hohen Haarkämmen und Geister und Totenschädel und Hexen. Es gab Leute, die ich kannte. Es gab eine langhalsige, rotwangige Holländerpuppe mit aufgebauschten Haaren wie Paula. Es gab eine trottelige Puppe mit wackelnden Zähnen wie Puffy. Eine Puppe hatte eine goldfarbene Haarwolke und schwere pinselartige Wimpern. Sie hingen da wie Bündel bunter toter Vögel, regten sich leicht in der Luft, die in den oberen Regionen des Türmchens zirkulierte, ähnlich wie die schlafenden gefiederten Fische in den Riffs der fernen warmen Ozeane sanft von der Strömung gewiegt werden.

»Du siehst gut aus.«

Terrapin hatte mir eine große Tasse Tomatensuppe aus der Dose gebracht, und etwas Brot und Butter. »Das Schwarz«, sagte er.

»Was?« Ich nahm die Tasse, starrte aber weiter nach oben unter die Decke.

»In Schwarz. Das Schwarz steht dir fantastisch. Schwarzer Pelz, schwarzes Kleid, nasse Haare. Leuchtende Wangen. Lila Füße.«

Ich steckte meine Füße unter das Kleid. Er lief im Kreis um mich herum.

»Vielleicht bau ich eine Puppe von dir.«

»Nein, danke«, sagte ich, riss mich los von den Höhen und trank meine Suppe. Ich fragte mich, warum es mich so freute, dass er es bisher nicht getan hatte. Ich fragte mich, warum ich mich nicht umgangen fühlte, weil ich, Bilge, mit meinem Froschgesicht und den drahtigen Haaren und Schildpattaugen, nicht darunter war. »Ich wusste gar nicht, dass du so was kannst.«

»Hättest du aber können.«

»Wie denn?«

»Du hättest alles über mich wissen können. Wir haben unter einem Dach gewohnt – nur du und ich und Paula und dein Vater – jahrelang.«

Ich sagte nichts.

»Anfangs – nach den ersten Ferien bin ich immer dageblieben. Und überall rumgestreunt.«

»Ich hatte Angst«, sagte ich. »Du warst auf der Anderen Seite.«

»Das klingt ja, als wäre ich tot. Im Schattenreich.«

»Na ja, du hast ja kaum was *gesagt*. Du hast kaum gesprochen. Bist du nie drauf gekommen, dass ich – na ja, dass ich's vielleicht nicht gewohnt war –«

»Du warst selber nicht gerade gesprächig.«

Ich trank die wunderbare heiße Suppe.

»Immer wild zugange in diesem Swimmingpool –«

»Du kamst mir – jung vor«, sagte ich. Es war eine höchst außergewöhnliche Erfahrung. Gehüllt in herrlich schwarzen Pelz, während die heiße, leuchtend orange Suppe durch meine Kehle rinnt, worauf sogar meine Zehen reagieren; das kleine runde Turmzimmer, die Ofenwärme, die die Papiermarionetten über meinem Kopf zum Schlingern und Wispern bringt – es war alles extrem seltsam. Und ich sagte die Wahrheit, hielt nichts zurück, ich war so furchtlos wie bei einem Selbstgespräch. Aber ich führte kein Gespräch mit mir selbst – sondern mit diesem lieben und heißgeliebten Jungen. Ich hatte das Gefühl, wir kennen uns in- und auswendig.

Er warf sich aufs Bett und verschränkte die Hände hinterm Kopf, und ich beugte mich vor und sah mir die Arbeit auf dem Tisch an. Ich kann etwas Griechisch. Es sah nach Xenophon aus. Seine Schrift war wunderschön – groß, sehr gleichmäßig, geschwungen und schwarz. Ich fuhr mit dem Zeigefinger über die Seite und stützte mich mit den Füßen auf die Sprosse des Stuhls.

»Wo bewirbst du dich?«

»Jesus and John's.«

»Cambridge?«

»Ja.«

»Ich auch. Nächste Woche, genau wie du.«

»Ja, ich weiß.«

»Wenn ich genommen werde«, sagte ich. »Ist nicht so einfach für ein Mädchen.«

»Du wirst genommen. Du hast fantastische A-Levels.«

Ich sah rüber zum Bett und betrachtete sein Profil. »Ich wusste gar nicht, dass du über meine A-Levels Bescheid weißt. Jedenfalls, es hängt sehr viel vom Interview ab. Oft werden Mädchen nicht mal zum Interview eingeladen.«

»Du wirst schon eingeladen werden.«

»Woher weißt du das?«

»Weil du sehr gut bist.«

»Schriftlich bin ich schlecht. In Englisch bin ich 'ne Null. Der Bewerbungsessay –«

»Englisch? Bewerbungsessay? Ich weiß es, weil ich dich kenne. Ich kenne dich seit Jahren. Ich hab dich immer beobachtet.«

»Ich kenn dich auch schon ewig«, sagte ich nach einer Weile. Ich bettete meinen Kopf auf seine Arbeit und rollte meine Stirn über den Xenophon. Beim Aufblicken meinte ich im Augenwinkel etwas zu sehen, das Unbehagen in mir hervorrief, aber es war sehr wichtig, fand ich, mich nicht darauf zu konzentrieren. Ich schlug die Hände vors Gesicht und sagte: »Terrapin, ich kenne dich wirklich.«

»Ich hab jahrelang mit dir zusammen gewohnt«, sagte er.

Ich sagte: »Erzähl.«

»Was?«

»Warum? Warum hast du nicht hier gewohnt und hast den Bus zur Schule genommen? Warum hast du bei uns gewohnt?«

Es entstand eine sehr lange Pause, und draußen heulte der Wind. Die Papiergeschöpfe über uns baumelten und flatterten vor sich hin.

»Mein Vater hat sich abgesetzt«, sagte er. »Das ist alles. Nichts Besonderes. Nichts Ungewöhnliches. Sehr nachvollziehbar, wenn du meine Großmutter gekannt hättest.«

»Aber was hat denn deine *Großmutter* damit –«

»Sie hat auch hier gewohnt. Wir alle haben hier gewohnt. Mein Vater hatte kein Geld. Er war ein Säufer. Er war Schauspieler.«

»Schauspieler? Hier? In Teesside?«

»Ja. Er war bei den Pierrots.«

»Was sind denn Pierrots? Sind das nicht so Gnome?«

»Es waren Schauspieler. Am Strand. Sie sind jeden Sommer hergekommen und haben ein Zelt aufgeschlagen, vorne offen und mit einer Bühne und Klappstühlen für die Zuschauer. Es war ein großes Zelt. Es kostete Sixpence, um die Pierrots zu sehen – mit Sitzplatz. Von außen konnte man umsonst zugucken, aber es gab einen sehr alten Pierrot, der hin und her rannte und die Leute ermahnte, entweder Eintritt zu zahlen oder nach Hause zu gehen. Die Stuhlreihen waren fast immer halb leer, aber vor dem Zelt stand immer eine große Menschenmenge.«

»Wieso wurde das Zelt nicht geschlossen?«

»Kein Geld. Es war ein sehr altes Zelt. Fleckig und braun und mit Kordeln zusammengehalten. Die Klappstühle waren auch nicht die besten. Genau wie die Pierrots.«

»Was sind Pierrots?«

»Bühnenfiguren, vorchristliche Symbole. Womöglich griechische Antike. Sie sind inzwischen ausgestorben, glaube ich.«

Ich betrachtete die Seite mit der wundervollen Schrift und sagte: »Das heißt, dein Vater war eine Bühnenfigur, ein vorchristliches Symbol, womöglich griechische Antike?«

»Jepp. So alt wie das Kasperltheater. Die haben dieselben Wurzeln.«

»Terrapin, bist du verrückt? Hast du deinen Vater denn jemals *gesehen*?«

»Jepp. Oft. Er hat mir viel erzählt. Von den Pierrots und

der Bühne und vom Schauspiel und der Wichtigkeit, der fast gottgleichen Wichtigkeit des Schauspielers in der Gesellschaft. Er war lang und dünn, wie ich. Wenn er zurechtgemacht war, hatte er ein schwarz-weißes Kostüm mit rautenförmigen Flicken an – und eine weiße Halskrause aus Satin und einen kleinen schwarzen Hut wie eine Kippa und angemalte Augenbrauen und zwei runde rote Kreise auf den Wangen.«

»Sahen alle so aus?«

»Die Pierrots? Ja.«

»Was haben sie gemacht?«

»Sie haben gesungen. Und getanzt. Und lustige Tricks aufgeführt. Es gab auch Mädchen als Pierrots in weißen Ballettröckchen und schwarzseidenen Korsetts. Sie sangen Lieder wie »When I grow too old to dream« und »Little grey home in the west«. Ein anderer Pierrot hat im Hintergrund Klavier gespielt – ein Klavier mit Kerzenhaltern. Es war kein sehr gutes Klavier – ich glaube, über die Jahre war Sand reingekommen – und bei rauer See war es kaum zu hören. Und es war oft windig, und der Sand war überall, und der Wind klappte die unbesetzten Klappstühle auf links, und die Leute im Publikum mussten ihre Hüte festhalten oder ihre Köpfe mit Zeitungen schützen. Bei Regen flüchtete das Publikum, und dann mussten so schnell wie möglich die Stühle eingesammelt und gestapelt und mit Planen zugedeckt werden, und die Pierrots hörten auf zu singen und zu tanzen und gingen nach hinten und saßen auf Kisten und tranken Bier, bis der Regen vorbei war.«

»Hast du sie jemals gesehen?«

»Ja. Ein Mal. Meine Großmutter hat's mir ewig nicht erlaubt. Na ja, ewig wusste ich nicht mal, dass mein Vater einer war – ich wusste nur, dass er eine Art Reisender war. Ich bekam immer Postkarten aus Torquay und Lytham St Annes und Brighton. Ich hab wohl gedacht, er sei Seemann. Dann kam er eines Tages nach Hause – das war während der zwei Wochen, die er hier bei uns an den Stränden auftrat – und sagte: »Na los, heute kommst du mal mit mir«, er nahm mich mit an den Strand und setzte mich in die erste Reihe, und ich durfte mich nicht vom Fleck rühren. Ich war wohl ungefähr fünf. Ich saß also da, lange – es war kein sehr schöner Tag, und unter den Stühlen hatten sich Pfützen aus Meerwasser gebildet. Nach einer Ewigkeit fing der Klavierspieler an zu spielen, und der Vorhang ging auf, und auf der Bühne standen lauter schwarz-weiß gekleidete Leute mit roten Kreisen auf den Wangen und alle in hohen schwarzen Schuhen, und sie steppten und gestikulierten. Sie sangen ein Lied namens »I want to be happy« – sehr laut, alle in einer Reihe und von hinten untergehakt. Bariton und Alt. Sie waren so unglaublich selbstbewusst. Ich vergaß die Pfützen und den brennenden Sand auf meinen Beinen und den feuchten Klappstuhl, und ich konnte mich gar nicht sattsehen. Und dann dämmerte mir ganz allmählich, dass der schönste unter den Tänzern mein Vater war!«

»Hat es –«, sagte ich. »Hat es –« Ich dachte scharf nach und war sehr durcheinander. Da sieht man wohl mal, was ich für ein selbstzentriertes Leben geführt hatte, aber ein steppender Vater in schwarz-weißem Satin hatte so gar nichts mit meinem eigenen Vater zu tun – »Hat es dir – *gefallen*?« (Ich sagte *es*, nicht *er*.)

»Ich – war hingerissen«, sagte er. »Ich hatte noch nie etwas Schöneres gesehen. Als es dann richtig zu schütten begann und das Publikum flüchtete – manche warfen dann Pennys oder Halfpennys in einen Beutel, den ihnen der alte Pierrot an einem Stock unter die Nase hielt – der, der immer die Trittbrettfahrer verscheuchte –, als die Musik aufhörte, sprang mein Vater von der Bühne, kam zu mir, packte mich an der Hand und ging mit mir ans feuchte neblige Ufer. Er sang weiter »I want to be happy«, und der Wind blies ihm die weiße Krause ins Gesicht, und er tanzte und hüpfte einfach immer weiter.«

»Hört sich an«, sagte ich, »als wäre er *wirklich* happy gewesen.«

»Ich glaube, es war nur das Lied«, sagte Terrapin.

»›I want to BE happy
But I can't BE happy
Till I make YOU happy too.‹

In Wirklichkeit hatte er ein sehr müdes Gesicht unter der Schminke. Das weiß ich noch. Und ich weiß auch noch, wie dünn das Kostüm aus der Nähe aussah und wie kalt seine Hände waren. Sie waren blau. Zwischen den Strophen holte er seinen Flachmann aus der Tasche und nahm einen Schluck Brandy.«

»Konntest du – warst du alt genug, um ihm sagen zu können, wie toll du sie fandest – die Pierrots?«

»Eigentlich nicht. Ich glaube nicht. Er fragte mich aber, ob ich wüsste, wer er sei, und ich sagte nur ›Daddy‹. Dann sagte er: ›Ich bin Harlekin. Ich heiße Harlekin und bin sehr, sehr alt. Kannst du das sagen, Har-le-kin?‹ Ich sagte ›Harlekin‹, aber ich machte mir Sorgen – ich war noch keine sechs –, weil er meinte, er sei sehr alt, und ich sagte: ›Musst du dann bald sterben?‹, und er sagte: ›Niemals. Niemals. Niemals. Niemals.‹ Und er tanzte einen sehr verrückten Tanz am Strand. Inzwischen hatten wir trotz des Regens einen Haufen Kinder angelockt, und ein oder zwei Hunde. Da war ein alter Kerl mit weißem Bart, der immer am Strand unterwegs war und in seinem Handkarren Seekohle sammelte. Und da war ein Junge mit zwei Eseln. Sie alle standen rum und sahen meinem Vater zu.«

»Ich wäre gestorben«, sagte ich. Der Satz war mir rausgerutscht.

»Was?«

»Na ja, war dir das – na ja – nicht peinlich?«

»Ich war so stolz auf ihn«, sagte Terrapin, »ich war so stolz auf ihn, als wäre er Gott.«

»Und dann?«, fragte ich.

»Ist er gestorben.«

»Aber – «

»Na ja, so war's halt. Als ich zehn war. Ich hatte ihn seit Ewigkeiten nicht gesehen. Er starb in Blackpool an einer Lungenentzündung. Nach seinem regulären Auftritt am Abend. Erst nach einer Ewigkeit haben wir davon erfahren.«

»Aber was war mit deiner Mutter?«

»Ach, die war da schon lange tot. Sie hat nie mit ihm zusammengelebt. Sie war verrückt. Sie hatte auch TB – damals sind die Leute daran gestorben. TB macht einen sehr wild und sehr sexy, und man stürzt sich in alles rein – so wie Keats. Sie war eine echte Plage, meine Mutter. Das waren viele damals – es war die Mode. Sie war die romantische Heldin im alten Stil, meine Mutter. Eine kühne Jägerin.«

»Was?«

»Sie ist auf die Jagd gegangen. Fuchsjagd. Zu Pferd.«

»Was – hier?«

»Hier in der Gegend. Sie hat hier gewohnt – im Herrenhaus. Ihre Familie hatte immer hier gewohnt, seit der normannischen Eroberung. Sie war eine verrückte, inzüchtige Aristokratin, die ganz schnell zuschnappen konnte. Sie hat mich total gehasst.«

»Aber wie hat sie denn bloß –? Wie hat sie denn bloß deinen Vater kennengelernt?«

»Na, wie wohl? Am Strand. Sie galoppierte auf ihrem Schimmel durch die sprühende Gischt.«

»Ich wusste gar nicht, dass es am Strand Füchse gibt.«

Er sah mich komisch an. »Sie war in dem Moment nicht auf der Jagd. Zumindest nicht nach Füchsen. Nur nach Romantik. Die hat sie auch gefunden.«

»Bei deinem Vater? Bei den Pierrots?«

»Genau.«

»Das glaub ich nicht.«

»Du hast meinen Vater nicht gesehen. Wie gesagt. Es gab auf der ganzen Welt keinen schöneren Mann. Ich denke, er war damals auch noch kein Säufer.«

»Und dann haben sie geheiratet? Einfach so?«

»Einfach so. Vor dem nächstbesten Altar. Es war eine einzige Katastrophe.«

Ich sagte: »Ach, Terrapin, das tut mir so leid.« Inzwischen war ich zu ihm ins Bett gekrochen. Ich weiß nicht, an welchem Punkt der Geschichte ich den Entschluss dazu gefasst hatte, aber so war's.

Er lag noch immer da, die Nase in der Luft wie ein Ritter auf einer Steinplatte, aber ich kuschelte mich an ihn und schmiegte mein Gesicht an seinen Hals. Mir war jetzt schön warm in den eleganten langen schwarzen Kleidern. Er fühlte sich – sein Gesicht, und seine Hände, die ich mir gegriffen hatte – ziemlich kalt an. Nach einer Weile befreite er seine Hände, wühlte herum und packte uns beide in die rote Decke, und da lagen wir sehr still.

Er sagte: »Du brauchst kein Mitleid mit mir zu haben, jetzt, wo meine Großmutter tot ist.«

»War sie auch schrecklich?«

»Mein Vater war nicht schrecklich.«

»Ich meine, war sie wie deine Mutter?«

»Nein. Sie war in Ordnung. Nur sehr unglücklich. Was man ihr nicht vorwerfen konnte. Ihr Mann war im Ersten Weltkrieg gefallen – er war ein gelehrter Gentleman, und sie hatten sich wenig zu sagen gehabt. Dann bekam Mutter TB und heiratete den Pierrot, und am Ende hatte sie nur noch mich.«

»Aber hat sie dich nicht geliebt? Hast du sie an den Pierrot erinnert oder so was?«

»Glaub ich nicht. Ich war nur nicht gerade attraktiv.«

Ich dachte wieder an den Wasserspeier, der mich als Spannerin beschimpft hatte, an die Gestalt mit den Glubschaugen und der krächzenden Stimme am Swimmingpool.

»Vielleicht erinnerst du dich.«

Übermannt von reiner Liebe, sagte ich: »Ach Terrapin, Terrapin. Ich wünschte so sehr, sie könnte dich jetzt sehen.«

»Jetzt?«, fragte er. »Sie würde mich auch jetzt nicht für sonderlich vielversprechend halten. Im Moment. Im Bett mit einem Mädchen, das ihren Zobel trägt.«

»Ich bin nicht mit dir im Bett«, sagte ich, legte ihm die Arme um den Hals und war unheimlich beglückt darüber, es eben doch zu sein, »zumindest nicht *so.*«

»Meine Großmutter hätte da keinen Unterschied gemacht.«

»Wann ist sie gestorben?«

»Letztes Jahr.«

»Mir wird gerade schrecklich heiß«, sagte ich, »in diesem Pelz.« Irgendwie schafften wir es, mir unter der Decke den Mantel auszuziehen, und warfen ihn auf den Boden. »Außerdem, was hätte sie dagegen haben sollen?«, sagte ich, nachdem wir uns wieder in die Decke gewickelt hatten. »Ich bin ja kein Pierrot.« Ich war ganz bezaubert von mir selbst. Ich hatte mich immer für sehr moralisch gehalten, was Sex angeht. Ich stellte fest, dass das ein Irrtum war. Vielleicht hätte ich doch richtigen Konfirmandenunterricht nehmen sollen, anstatt mich einfach nur darauf zu verlassen, Vaters Tochter zu sein. »Ich liebe dich einfach«, sagte ich.

Irgendwann sagte Terrapin: »Bilge – du solltest vorsichtig sein mit mir. Ich bin ziemlich labil.«

Ich sagte: »Halt die Klappe.«

»Na ja, ich sag's dir nur.«

»Ich bin verliebt in dich.«

Er sagte: »Hör mal. Du solltest nicht das Kleid meiner Großmutter anhaben.«

»Wieso nicht?«

»Ist mir unheimlich.«

»Es ist ein wunderschönes Kleid.«

Er sagte: »Zieh's aus.«

Ich sagte nein.

»Zieh's aus«, sagte er nachdrücklicher.

Über dem Bett hing eine Schnur, um nicht aufstehen und zum Lichtschalter neben der Tür gehen zu müssen. Terrapin, der mittlerweile nicht mehr wie ein Ritter auf einer Steinplatte lag – zumindest nicht wie die Ritter in den Kirchen, die ich kannte –, begann über uns in der Luft danach zu greifen. Im selben Moment geriet ich in Panik und schaffte es irgendwie, meinen Arm, der noch halb im Ärmel des Omakleides steckte, zu befreien, und auch ich begann mit dem Arm in der Luft herumzuwedeln, um seinen Arm zu packen und ihn zu stoppen. »TERRAPIN«, sagte ich. »Nicht.« Ich wusste, dass das Licht auf keinen Fall ausgehen durfte.

»Du Närrin«, sagte er und packte die Schnur. Das Licht ging aus.

Und im selben Moment hämmerte jemand wie besessen an die Tür des Turmzimmers.

Kapitel 21

»Ich bring dir ein Sandwich«, rief die Stimme Mrs Deerings durch die Tür. »Mach sofort das Licht an. Du musst nicht so tun, als würdest du schlafen. Ich hab doch unter der Tür gesehen, wie's ausgegangen ist.«

»Fahren Sie zur Hölle«, sagte Terrapin.

»Ganz schönes Mundwerk. Da mach ich mir die Mühe und komm extra hier rauf, und das mit meinem Herz.«

»Ich dachte, Sie hätten gesagt, mit einem Sandwich. Nicht bewegen«, sagte er im Dunkeln in mein Ohr. »Nicht atmen.«

»Ist die Tür abgeschlossen?«, fragte ich.

»Nein.«

»Du weißt genau, was ich meine. Du weißt, ich hab's mit dem Herz. Bin völlig aus der Puste. Hör mal. Lass mich kurz rein zum Verschnaufen. Es ist das Treppensteigen, sagt der Doktor. Beim Treppensteigen spür ich's.«

Terrapin rief: »Schon gut, Mrs Deering. Ich hab keinen Hunger. Ich schlafe jetzt. Ich hab gelernt.«

»Lernen, lernen. Immer nur lernen – mitten in den Ferien. Das ist doch kein Leben. Zu meiner Zeit haben sich die jungen Leute amüsiert. Du solltest unterwegs sein und dir ein nettes Mädchen suchen.«

»Einfach liegen lassen, Mrs Deering.«

»Wä?«

»Das Sandwich. Einfach vor der Tür liegen lassen.«

»Vor der Tür? Da holen's die Ratten.«

»So ein Quatsch.«

»Ich ess es selber. Ich ess so gern Sandwiches.«

»Okay. Auch gut. Ich hab mir eine Suppe gemacht.«

»Hab ich gesehen. Und den Topf nicht abgewaschen. Ich hab's gesehen, als ich von meinem Verein zurückgekommen bin.«

»Tut mir leid.«

»Na komm schon, Tom, lass mich rein. Bisschen plauschen. Ich war bei meiner Tochter. Hast du nicht den Bus gehört? Ich dachte, du wärst da grade unten gewesen.«

Er sagte nichts. Wir lagen jetzt Seite an Seite und ein ganzes Stück auseinander. Die Papiermenschen raschelten im Dunkeln über unseren Köpfen.

»Na von mir aus«, sagte sie. »Wie du willst. Du kannst 'n richtiges Ekel sein, Tom Terrapin. Genau wie deine Grandma. Und deine Ma – von deinem Pa wollen wir gar nicht erst reden. Ich frag mich manchmal, was ich überhaupt noch hier zu suchen hab.«

»Ich mich auch«, brüllte er zurück. »Scheren Sie sich zum Teufel.«

»Scher dich selber zum Teufel.«

Ihre Schritte, sehr langsam und knarzend, und ihr keuchender Atem wurden leiser, während sie über die Turmtreppe verschwand. Irgendwann knallte in einem entlegenen Winkel eine Tür.

»Ich muss jetzt gehen«, sagte ich. Ich schwang mich aus dem Bett und tastete nach meinen Schuhen, bekam meinen Arm wieder zurück in den Ärmel geschoben. Terrapin fand die Lichtschnur, zog daran, und wir schauten uns an. Ich fing an zu zittern. Mit verwuschelten Haaren und leuchtenden Augen stand er neben dem Bett. Seine Schuhe und Socken schienen verschwunden zu sein. Ziemlich viel von seiner Kleidung schien verschwunden zu sein. Seine Füße sahen sehr liebreizend aus. Nie in meinem Leben hatte ich jemanden so geliebt. »Ich gehe jetzt«, sagte ich.

Er sagte: »Bilge – bleib. Sie ist weg. Sie kommt nicht noch mal rauf. Sie wird mich morgen früh nicht mal sehen. Wir begegnen uns kaum. Sie ist in ihrem ganzen Leben so gut wie nie hier oben gewesen. Das war einfach nur Pech.«

Ich hatte mir die Schuhe angezogen, nahm den Mantel und hüllte mich darin ein. »Bitte«, sagte ich, »könntest du mich zurückfahren? Es war nicht einfach nur Pech.«

»Warum?«

»Ich weiß nicht. Ich muss einfach los.«

»Also hast du's nicht ernst gemeint?«

»Doch. Ich liebe dich.«

»Dann bleib.«

»Bitte, Terrapin, bring mich zurück.«

»Zum lieben Daddy Green und der pingeligen Paula?«

Ab da war es ganz einfach. »Nein«, sagte ich mit sehr fester Stimme. »Das kann ich nicht machen. Ich fürchte, du wirst mich zu Jack Rose zurückbringen müssen.«

»Bilge!«

»Ich fürchte doch«, sagte ich, ging zum Tisch und setzte meine Brille auf.

»Bilge. Es tut mir leid. Ich hab's nicht so gemeint. Ich mag deinen Vater und Paula. Ich hab ihnen verdammt viel zu verdanken. Bitte, Hase – bleib bei mir.«

»Und was werden die Roses sagen, wenn ich morgen früh nicht da bin?«

»Was hätten sie denn sonst gesagt? Oder hast du daran gedacht, als du vor 'ner Stunde hier aufgeschlagen bist?«

»Ich wusste doch gar nicht, dass du hier bist. Ich wollte zu Mrs Deering. Ich hatte keine Ahnung, dass du hier wohnst – hab ich doch gesagt. Es war Zufall.«

»Und das, Bilge, soll ich dir allen Ernstes glauben?«

»Es stimmt aber.«

»Das Schicksal hat dich zu mir geführt?«

»Wenn du so willst.«

»Und das Schicksal in Gestalt von Mrs Deering hat dich vor dem Verlust deiner Jungfräulichkeit bewahrt – Mrs Deering, die Götterbotin? Mrs Hermes. Mrs Eumenides.«

»Halt die Klappe.«

»Du bist feige.«

»Bin ich nicht. Ich sage die Wahrheit. Außerdem ist das auch nicht unmöglicher als ein Vater, der Ballettsachen anzieht und sich für die Reinkarnation von einer Kasperlepuppe hält.«

Er sagte: »Ich fahr dich.«

Sein Gesicht war reglos geworden. Er zog sich an, nahm seinen Mantel vom Haken hinter der Tür und schlang sich den House-Schal mehrmals um den Hals. Ich schob mir die Strümpfe in den Ausschnitt, machte die Schuhschnallen und Mantelknöpfe zu. Er öffnete die Tür, und ohne den Heizofen oder das Licht auszuschalten oder sich im Geringsten um Ruhe zu bemühen, trampelte er vor mir die steinernen Stufen hinunter. Ich blieb noch einen Moment stehen – schaltete den Ofen aus, schaute mich im ganzen Zimmer um und sah zum ersten Mal in aller Klarheit, was ich kurz nach meiner Ankunft aus dem Augenwinkel zu sehen geglaubt hatte und nicht hatte sehen wollen – Terrapins neueste Puppe. Sie war noch nicht fertig, aber jetzt schon grauenhaft gut. Sie unterschied sich von den anderen – sie war krude, ballonartig und gummihaft mit einem gierigen, hässlichen, impertinenten Kopf; ein Kopf, der so selbstbewusst und mächtig war, dass er einen größeren Horror darstellte als alles, was auf normalere Art garstig war – Teufel oder Kobold –, und natürlich war es Mrs Deering.

Sie hatte die ganze Zeit unvollendet dort im Dunkeln gebaumelt, während wir zusammen im Bett waren.

Über mir schaukelte und wisperte Terrapins restliche Kompanie in der Zugluft, die durch die offene Tür drang. Ich zog sie hastig zu und ging nach unten, wo Terrapin geräuschvoll sein Moped ins Freie schob. Den ganzen Weg zurück durch das elende Dunkel hörte ich das leise Lachen und Murmeln von Terrapins Puppen.

Kapitel 22

Am nächsten Morgen wachte ich auf und hörte Uncle Edmund Hastings-Bensons laute, gütige Stimme in der Diele der Roses, und ich sprang aus dem Bett und sah seinen wuchtigen Vorvorkriegs-Rolls-Royce in ihrer Auffahrt stehen. Es war immer noch fast dunkel, aber im Dezember ist es bis ungefähr halb zehn dunkel, und das war genau die Uhrzeit, die wir hatten.

Ich konnte es nicht glauben. Ich hatte mich am Abend zuvor auf das weiche cremefarbene Bett gelegt, um mit offenen Augen auf den neuen Tag zu warten. Ich hatte noch immer das schwarze Kleid an und sehnte mich diffus nach einer Zahnbürste, befand mich aber ansonsten in einem so merkwürdigen luftleeren Raum und Zustand der Erschöpfung, dass ich kaum ein Wort herausgebracht hätte, selbst wenn's nötig gewesen wäre.

Es war aber nicht nötig gewesen. Mit wirbelnden Schneeflocken vor den Scheinwerfern war Terrapins Moped durch die Nacht gebraust. Ich hatte hinter ihm gesessen und meine Arme um seine Taille geschlungen, die Wange an seinen Rücken gepresst und meine zugeschneite Brille von den Enden seines Wollschals peitschen lassen. Überall dort, wo mich der Zobel bedeckte, war mir warm, aber meine Hände waren so taub, dass ich kaum Halt hatte, und meine Füße unter dem langen Kleid schienen nicht mehr vorhanden zu sein. Wir hatten Marston Bungalow in gefühlt Sekundenschnelle erreicht, denn Terrapin hatte rote Ampeln, Absperrungen, Baustellen und Schotter ignoriert und war mit Vollgas um den Kreisverkehr gebrettert. Die Lichter von Teesside wichen zurück, und ich konnte allmählich etwas erkennen – Straßenenden von Eston, den Abzweig nach Ironstoneside. Er schien genau zu wissen, wo er hinmusste.

Allmählich kamen die besseren Häuser in Sicht, die jetzt im Dunkeln lagen, mit geöffneten Vorhängen für den nächsten Morgen – letzte Amtshandlung der Mittelschicht: Fernseher aus.

Langsam geriet ich in Panik bei dem Gedanken, dass sich gleich unsere Wege trennen würden, und mein Herz schlug auf einmal so laut, dass es bestimmt durch unsere Mäntel hindurch zu spüren war. Ich hielt mich fest und immer fester, als wir in die Straße der Roses einbogen – er musste schon mal hier gewesen sein. Komisch, ich hätte gedacht, die beiden seien Feinde. Wie wenig ich wirklich wusste über die Jungensseite. Wie wenig ich wusste über irgendwen oder irgendwas.

Aber nichts machte mir so sehr zu schaffen – nicht mal, dass Terrapin über das Treiben im Hause Rose längst im Bilde war, als ich noch mit meiner Einladung zu einem ganz tollen Wochenende auf dem Land prahlte (O Gott! O Gott! Und Terrapin währenddessen die ganze Zeit in Marston Hall!) – wie die Frage, was ich zu ihm sagen würde, wenn das Moped hielt und ich absteigen musste.

Denn ich wusste, ich hatte etwas Unverzeihliches gesagt. Über seinen Vater. Ich wusste, was gesagt werden musste. In einer perfekten und unkomplizierten Welt, in der man alles sagen kann, ohne verspottet zu werden oder jemanden zu kränken oder missverstanden zu werden, hätte ich das Richtige sagen können: »Ach, Terrapin, ich versteh das wirklich, das mit deinem Vater, wie er am Meer getanzt hat. Ich kann verstehen, dass du ihn geliebt hast.«

Aber das konnte natürlich unmöglich gesagt werden – höchstens von einem Verrückten oder einem Kind.

Das Moped wurde langsamer, stoppte, und Terrapin stellte seinen Fuß auf den Boden und ließ mich absteigen. Was gar nicht so einfach war. Zum einen war da das lange Kleid und zum anderen meine verschwundenen Füße. Als ich nämlich meine Beine auf den Gehweg stellte, knickten sie unter mir ein, und ich musste mich am Sozius und an Terrapins Arm festhalten.

Sobald ich mehr oder weniger aufrecht stand, ließ er wie ein Irrer den Motor aufheulen, stieß meine Hand weg und achtete gar nicht auf das, was ich schließlich sagte – »Ach Terrapin, es tut mir so schrecklich leid«, oder so ähnlich –, und ohne einen Blick in meine Richtung legte er eine extravagante Kehrtwende hin, jagte davon und ließ mich ganz allein am Fuß der gekiesten und mittlerweile zugeschneiten Auffahrt stehen. Als das Röhren des Mopeds verebbt war – und das brauchte sehr lange –, herrschte Totenstille, als wäre ich die Einzige, die noch wach war auf der Welt.

Doch die Vorhänge der Roses waren noch zu und der grauenhafte Lichtwürfel leuchtete, also würde mit etwas Glück die Haustür noch nicht verriegelt sein. Knirschend stapfte ich die Auffahrt hoch, riss die Tür auf, dachte mir meine heimliche Flucht vom Balkon als kleinkindlichen Aussetzer und marschierte in die Diele. In einer der Praxen brannte Licht – einer der beiden Roses bereitete sich wohl schon auf die morgigen Strapazen vor –, und noch immer ohne Angst vor Entdeckung ging ich an den Tisch mit der Spendenbox und schrieb folgende Notiz auf den Block:

Wären Sie so freundlich und würden bei untenstehender Nummer anrufen und Mr Edmund Hastings-Benson bitten, mich so schnell wie möglich abzuholen.

Mit freundlichen Grüßen,
Marigold D. Green
(die heute Morgen bei Ihnen im Gottesdienst war).

Ich schrieb die Nummer auf und fügte dann ein sehr energisches und viel ordentlicher als üblich geschriebenes BITTE, BITTE hinzu. Ich faltete den Zettel zusammen, adressierte ihn an den Vikar, ging aus der Tür und die Straße runter bis zur Kirche. Unter dem rußbeschmutzten Vordach neben dem Westportal hing ein schwarzes Brett, und ich fand darauf die Gottesdienst-Zeiten. Montag um halb sieben war Frühmesse, also schob ich den Zettel unter die Kirchentür, anstatt ihn am schwarzen Brett zu befestigen, wo er ihn vielleicht übersehen könnte. Dann lief ich zurück, stapfte erneut über den Kies und betrat die Diele. Mich ärgerte ein bisschen, dass in der Praxis kein Licht mehr brannte, dafür im Wohnzimmer gehustet und gesummt und Gardinen bewegt wurden. Ich gab mir trotzdem wenig Mühe, verstohlen zu sein. In aller Ruhe ging ich die Treppe hoch, und als mir wieder einfiel, dass ich meine Zimmertür von innen abgeschlossen hatte, riss ich einfach die benachbarte Tür auf. Ich marschierte durchs Zimmer, ohne zu schauen, ob Grace da war oder nicht, ob sie allein war oder wach. Ich trat durch ihre Balkontür und gelangte über den gemeinsamen Balkon in mein eigenes Zimmer. Ich verzichtete übrigens darauf, ihre Balkontür zu schließen. Ich machte mir keine Gedanken, dass sie zu Bruch gehen könnte oder dass Grace sich eine Lungenentzündung holen könnte. Ich war weder interessiert an meiner Bosheit oder Feindseligkeit, noch hatte ich ein schlechtes Gewissen. Ich legte mich hin und lauschte dem schweren Geräusch der Haustür, die unter mir verriegelt wurde, und als eine Sekunde später draußen vor meinem Balkon der zahnärztliche Leuchtkörper ausging, machte ich mich, wie gesagt, bereit, bis zum Morgen aufzubleiben.

Ich weiß eigentlich nicht, ob ich zuerst Uncle HBs Stimme hörte oder sein Auto sah, denn ich stand am Fenster und sah es und hörte gleichzeitig seine Stimme in der Diele. Ich muss wohl noch geschlafen haben, als ich aus dem Bett sprang, meine Augen mussten beim Rausgucken noch nicht richtig auf gewesen sein. Doch in mir war ein Gefühl der Erleichterung und Freude, das schon eine ganze Weile dort geschlummert haben musste – und auch das eigenartige Gefühl, dass heute alles gut werden würde.

Ich zog mir die Schuhe an und hängte mich übers Geländer.

Er unterhielt sich gerade mit Mrs Rose, die ihren weißen Kittel trug und ihn mit dem selbstbewussten, geradlinigen Blick einer Fachperson ansah, die gleich furchterregende, aber notwendige Dinge tun wird. »Zu dumm aber auch«, sagte der Bleistift zu ihr und lächelte sie an, als wäre sie das hübscheste und bezauberndste Wesen, das er seit Jahren gesehen hatte.

»Ach was«, entgegnete sie beherzt. »Keiner von uns hat Jacks Termine richtig auf dem Schirm. Bei all den Freunden, die er immer mitbringt.«

»Natürlich dachte ich, Bill Green hätte etwas gesagt – der Ausflug war lange geplant – wenn der Kopf nicht angewachsen wäre, nicht wahr – ha ha ha.«

Sie lachten beide nachsichtig über die Vorstellung, dass Vater vergessen hatte, ihnen mitzuteilen, dass ich sie schon am Montagvormittag verlassen würde und nicht erst am Abend, wobei Uncle Bleistift genau wusste, dass Vater wahrscheinlich vergessen hatte, dass ich überhaupt wieder nach Hause kommen würde, und sicher eine Weile gebraucht hätte, um zu merken, dass ich fehlte.

»Ich hoffe doch, Sie haben nichts dagegen – jetzt, wo ich hier bin?«

»Ach, i wo. Jack hat ja Grace Gathering, um ihn glücklich zu machen.« (Der Stift ergriff den Endknauf des Geländers.)

»Hm, ja.«

»Streng genommen haben wir von der kleinen Bilgie gar nicht viel gesehen. Sie ist gestern früh ins Bett gegangen. Hat ihre Tür abgeschlossen. Ich glaube, sie war in der Kirche. Da lag ein kleiner Zettel – ich denke, sie müsste jetzt irgendwo im Haus sein –« Sie warf einen unbestimmten Blick mitsamt Mundschutz in Richtung Treppe. Sie hatte irgendein spitzes Ding in der Hand, und aus den Behandlungszimmern hinter ihr war das schaurige gurgelnde Geräusch des rosafarbenen Wassers zu hören. Ich sah, wie sich die Fingerknöchel des allerliebsten Onkels HB auf dem Handlauf weiß färbten.

»Alles klar«, rief ich. »Ich komme.«

»Ach, da bist du ja.«

»Bin gleich so weit.«

»Ah. Super. Entschuldige, dass wir uns kaum gesehen haben, Marigold. Bis bald mal wieder. Bist jederzeit willkommen, solange es dir nichts ausmacht, dass wir so ruhig sind.«

»VielenliebenDankfürdieEinladung.«

»Ich muss zurück zu meiner Patientin.«

»Es war sehr schön.«

»Prima. Mach's gut.« Sie verschwand in ihrer Praxis und schloss die Tür, und ich sagte: »Ach so –« Ich hatte ihr eigentlich noch von der Bernsteinkette erzählen wollen und dass sie sie haben könne und wo sie war. Ich dachte wieder an den Hauch von Weichheit und Nettigkeit gestern, als sie über meine Ma sprach, und wie sie auf eine Weise, die ich ihr gar nicht zugetraut hätte, sagte: »Nein – *kein* Glück.« Ich dachte wieder daran, dass ich mein Geld statt für ein Gastgeschenk für den Bus ausgegeben hatte. Doch aus der Tür gegenüber drang ein durchdringendes Sirren, Mr Rose schwang also wieder den Bohrer und reparierte die entzündeten Lappen, und ich sah, dass der arme Uncle Bleistift jetzt starr vor Grausen und schweißüberströmt war.

»Nun *komm*, Marigold.«

»Ich komm ja.«

»Mach schon.«

»Ist ja gut, ich bin gleich da.«

Ich sauste ins Badezimmer, zog das schwarze Kleid aus und wusch mich mit fremder Seife und fremden Waschlappen und Handtüchern. In einem Schrank fand ich einen fremden Kamm. Bei der Reihe von Zahnbürsten war für mich die Grenze, obwohl sie wie neu aussahen und sogar diverse elektrische darunter waren. Ich schlüpfte wieder in das schwarze Kleid und ging in mein Zimmer, um den Pelzmantel zu holen und meine Strumpfhose anzuziehen, die die ganze Nacht im Ausschnitt meines Kleides gesteckt hatte und inzwischen trocken war.

»Nun *komm* schon«, rief Uncle Bleistift.

Ich betrachtete das Zimmer und entschied mich dagegen, das Bett zu machen, egal was Paula dazu gesagt hätte. (»Das Bett abziehen, Bettbezüge, Laken, Kissenbezüge, und alles schön rechteckig falten. Das macht man so als Gast.«) Im Flur blieb ich vor Grace' Tür stehen. Plötzlich überkam mich eine große Sehnsucht, ihr Lebwohl zu sagen. Ich musste wieder daran denken, wie sie mich nach dem Gin-Exzess ins Bett gebracht hatte. Der Ausflug zu Marks & Spencer. Vielleicht hatte sie ja doch nichts von meinem Besuch gewusst. Und selbst wenn sie sich am Sonntagmorgen mit Jack auf dem Küchenboden gewälzt hatte. Vielleicht mochte sie ihn ja. Grace zu ergründen war schwierig. Jack konnte ihr logischerweise nicht das Wasser reichen, aber vielleicht mochte sie ihn wirklich. Ich hätte gern mit ihr gesprochen, und es beschlich mich ein sehr langsames, trauriges, elendes Gefühl, während ich dort stand, fast als würde ich weder Grace noch Jack, noch sonst wen jemals wiedersehen.

»Bilge, *KOMM* jetzt.«

»Gott sei Dank, das hätten wir geschafft«, sagte Uncle HB auf den Stufen. »Komm, schnell.« Er hielt mir die Tür zur Rückbank auf, ging herum zum Fahrersitz wie ein Chauffeur und prustete vor Erleichterung: »Meine Güte. Nichts wie weg. Ich lüge nicht gern. Du dummes Ding. Was für eine furchterregende Frau.«

»Warum sitze ich hinten?«

»Wir holen noch zwei andere ab.«

»Echt? Wen denn? Sag!«

»Die Boakes.«

»Die Boakes? Wohnt Boakes hier in der Gegend? Es gibt nur einen.«

»Nein. Es gibt seinen Vater. Er ist ein Freund von mir. Er und ich hatten diesen Ausflug schon lange geplant. Ich habe zu ihm gesagt, er solle Boakes ruhig mitbringen, wenn ich dich schon abhole. Er hatte wohl den Eindruck, ich müsse so schnell wie möglich kommen. Hörte sich sehr dringend an. War sogar noch dunkel. Wobei er nicht mal wusste, wo du bist, nur irgendwo in der Nähe. Komische Sache. Zum Glück hatte ich die Adresse!«

»Boakes' *Vater*! Wie konnte Boakes' Vater wissen, dass ich abgeholt werden wollte? Ich wusste nicht mal, dass Boakes einen Vater *hat*. Ach so! O Gottogott!«

Wir hatten vor einer trostlosen, pflaumenblauen Behausung mit jeder Menge vergilbter Tüllgardinen angehalten. Auf den Stufen stand der Vikar, und neben ihm stand Boakes und las ein Buch.

»Das heißt, *das* ist Boakes' Vater? Dieser Vikar? Das glaub ich jetzt nicht!«

»Hallo, Boakes. Hallo, Boakes«, sagte der Bleistift erst zu dem einen, dann zu dem anderen. »Jawohl, ich habe sie. Es ist höllisch früh, und ich habe keine Ahnung, was hier gespielt wird. Sind wir zu zeitig?«

»Kein bisschen«, sagte der Vikar und nahm auf dem Beifahrersitz Platz. »Hallo, Fräulein äh – schön, dich wiederzusehen. Geht's besser heute Morgen?«

»Warst du krank?«, fragte Boakes (der Sohn) und stieg neben mir ein, wobei er den Zeigefinger im Buch behielt, genau wie Vater. »Hallo.«

»Nicht direkt. Nur verkatert«, sagte ich und dachte, vor zwei Tagen hätte ich so was niemals sagen können, selbst wenn's wahr gewesen wäre – »Die Roses. Mit ihrem schrecklichen Gin. Ich wurde abgefüllt. Sag mal, ist das dein *Vater*?«

»Ach, die«, sagte Boakes. »Wieso fährst du überhaupt da hin? Ja klar ist das mein Vater, wieso denn nicht?« Er nickte freundlich und vertiefte sich wieder in Fletchers *Geschichte der Architektur nach der Vergleichsmethode*: Er las gerade das Kapitel über die Klosterkathedralen. Das Buch hatte selbst fast die Größe eines Klosters.

Wir rollten durch die regnerischen Straßen der Stadt in Richtung Thornaby und Stockton-on-Tees. Ich ließ mich in das herrliche alte Lederpolster sinken, und niemand sprach.

Nach einer Weile ging mir auf, dass das Schweigen sehr einvernehmlich war. Der Vikar und der Bleistift starrten geradeaus in den Regen, die Wischblätter schnurrten, und dann und wann wurde eine Seite Fletcher umgeblättert.

»Wo fahren wir hin?«, fragte ich Boakes.

»Durham«, sagte er.

»Wozu?«

»Besichtigung.«

»Hattet ihr das ohnehin vor?«

»Nur die beiden. Ich nicht – wegen Oxbridge. Die letzten Prüfungen stehen bevor. Muss noch lernen. Aber da du jetzt dabei bist –«

Die Straße führte durch Darlington – vorbei an der grässlichen schwarzen Kirche, der hübschen Markthalle und hinaus über die weiten Felder jenseits der Stadt.

»Nicht der übliche Weg nach Durham«, sagte Mr Boakes.

»Ach – ich weiß nicht«, sagte der Bleistift und stimmte ein Lied an:

»And so I went to Darlington,
That pretty little town,
And there I bought a petticoat,
A coat and a gown.«

»Ein Petticoat stünde dir gut zu Gesicht, Edmund«, sagte der Vikar, und wir lachten alle, sogar Boakes, der von seinen Klosterkathedralen aufsah und sagte: »*Dein* Petticoat gefällt mir, Bilgie. Woher hast du den?«

»Ach, egal.«

»Ich wette, nicht von Jack Rose. Er ist ziemlich antik, oder? Ich wusste gar nicht, dass du einen Pelzmantel hast.«

»Ach, das olle Ding.«

»Sieht aus, als hätte es mal Queen Lear gehört.« Er zwinkerte mir zu und las weiter. Die Sonne kam hervor.

Und nach den qualvollen letzten Tagen merkte ich zu meiner eigenen Verblüffung, dass ich mich köstlich amüsierte. Als wir Barnard Castle hinter uns gelassen hatten, gab Uncle Bleistift Gas, und wir rasten mit einem Affenzahn auf Durham zu. Uncle Bleistift hielt seine Pfeife in der Faust und hob die Nase in die Luft, und wir kurvten durch Dörfer mit Minenschächten und Pubs namens Zum Grubenjungen. Schneeschauer und Sonne wechselten sich über den Hügeln ab auf unserem Weg in höhere Gefilde, und die Bäume entlang der Felder vor den Steinmauern glitzerten vor Raureif. Auf der gewundenen Straße nach Durham hinunter stand irgendwann auf einmal die Kathedrale vor uns wie ein Potentat. Sie wuchs empor aus einem braunen Wald auf dem hohen Fels über dem Fluss Wear. Dann war sie wieder weg.

»Hast du sie *gesehen*!«

»Hast du sie noch nie gesehen?«, fragte Boakes.

»Noch nie.«

Wir fuhren über die Bogenbrücke, und da war sie wieder. Ich konnte es kaum ertragen, dass wir nach dem Parken erst mal mit der ganzen Mannschaft zum Kaffeetrinken ins County Hotel mussten. Ich sagte: »Lasst uns schnell machen.«

»Sie läuft uns nicht weg«, sagte der Bleistift. »Sie steht da seit ungefähr tausend Jahren. Also, ruhig Blut. Bilge, meine Liebe, sind das nicht sehr kuriose Kleider?«

»Lasst uns sofort raufgehen«, sagte ich.

»Nicht, bevor ich hiermit fertig bin«, sagte Hochwürden Boakes und zog einen Riesenteller Fleischpasteten und Teegebäck zu sich heran. »Hab noch nicht gefrühstückt«, sagte er. »Frühmesse.« (Er nickte mir zu.) »Wir haben noch den ganzen Tag vor uns – meine Lieben, den ganzen Tag! Keine Besprechung, kein Gottesdienst, kein Pfadfinder-Flohmarkt, keine einzige Hochzeit, Beichte oder letzte Ölung – ja bitte, Schokoladenkekse –, nichts steht an, außer das reine Vergnügen«, und damit leckte er sich die Finger wie ein Kleinkind. »So ein Tag wie dieser – macht alles wieder wett.«

»Und zum Lunch trinken wir Wein«, sagte der Bleistift.

Es gibt Tage, die in der Erinnerung perfekt sind, dabei waren sie alles andere als das. Beim Erzählen werden sie immer besser und mit den Jahren immer kostbarer. Wer zum Beispiel Paula über ihre Kindheit schwärmen hört, könnte meinen, in Dorset würde es nie regnen, und zur Erntezeit würden die Türen der Cottages nur so triefen vor Gold und Girlanden. Ich liebe ihre Schwärmerei, weil sie eben was bedeutet; aber ich weiß, und sie weiß es auch, dass bei genauerem Hinsehen die Wirklichkeit eine andere ist. Sie hat etwas erschaffen – eine Stimmung, eine Atmosphäre, einen Glanz, der gar nicht da ist, ähnlich wie in den sepiagetönten Fotos ihrer kleinen Schwestern mit den Strohhüten, die in ihrem Wohnzimmer auf dem Kaminsims stehen. Es ist durchaus möglich, eine Erinnerung komplett zu konstruieren – wie ich ihr seit etlichen Jahren jeden Donnerstagabend erläutere. Wir wissen das unter uns, und auch Vater weiß es, wobei ich mir nicht sicher bin, ob er es wirklich versteht, da er nicht in der Lage ist, die Wahrheit auch nur im Geringsten schönzufärben – wie bei der Geschichte mit der Untertasse.

Die Geschichte mit der Untertasse geschah vor vielen Jahren, als wir alle drei sehr glücklich waren – warum, weiß keiner mehr, und auch das ist interessant. Wahrscheinlich waren Vaters Prüfungsergebnisse noch besser als sonst, oder vielleicht war es der Tag, an dem klar wurde, dass ich doch lesen konnte, wenn ich mich nur konzentrierte, oder vielleicht war es, als ich endlich die grässlichen Masern überstanden hatte oder als der Brief vom Psychiater kam, in dem es hieß, schrullig hin oder her, mein IQ sprenge jeden Rahmen – was immer es war, wir drei waren bei Paula in der Küche und lachten und alberten herum, und Paula fing an zu singen. Dann fing Paula an, gefährliche Sachen mit dem Geschirr zu machen, zum Beispiel warf sie irgendwas in die Luft, und ich sollte es fangen. Jedes

Mal wenn sie einen Teller abgewaschen hatte, warf sie ihn – hui! – durch die Luft.

Ich fing sie alle, einfach, weil es nicht anders ging, und Vater hörte auf zu singen und stand mit ernster Miene da. Paula sah sein Gesicht, nahm plötzlich die letzte Untertasse, eine gute – Spode oder so was –, wirbelte damit durch die Küche und schleuderte sie in den Raum. Und ich fing sie. Keine Ahnung, wie. Fast hätte ich sie fallen lassen. Ich fing sie, ließ sie fallen und fing sie wieder, und wir beide lachten uns krank.

Na ja, es ist nicht rasend komisch, wenn man nicht dabei war, aber auf irgendeine Art hatte es eine sehr mächtige und bezaubernde Wirkung auf uns, und das, was geschah, lief fortan unter »Die fallen gelassene Untertasse«. Dabei hatte ich die Untertasse gar nicht fallen lassen. Es war eine Erfindung – ein konstruiertes Ereignis. »Weißt du noch, die Untertasse?«, sagten wir immer – und lachten uns krank. Dabei war nicht das Geringste passiert.

Der Ausflug nach Durham mit Uncle Edmund Hastings-Benson und den beiden Boakes war nun aber genau das Gegenteil, nämlich, es passierte sehr viel – Kaffee im The County, der gemeinsame Gang den kopfsteingepflasterten Weg hinauf auf den Berg und über die Domfreiheit; die Zeit in der Kathedrale selbst, wo wir im Kirchenschiff standen und der Wind aus dem Südportal an den dicken Säulen vorbei ins Innere wehte wie der Wind im Wald. Und dann unser Lunch: Pute, Füllung, zwei verschiedene Kartoffelsorten, nicht zu weich gekochter Rosenkohl, Soße, Johannisbeergelee, gefolgt von einem *guten* Plumpudding, und dazu eine Flasche sauteuren Rotwein. Dann kam der Evensong in der Kathedrale – alles war dunkel bis auf die Lichtkegel über dem Chorgestühl, und Engelsstimmen, weiße Halskrausen, goldfarbene Fenster. Dann gingen wir alle zum Tea.

Ganz normale Sachen also. Die Leute um uns herum machten genau dasselbe. Doch die Erinnerung daran findet keine Worte für das, was geschah. Es war einfach eine Aneinanderreihung von Dingen, die wichtig und schön und namenlos gut waren, ein Erlebnis, das immun war gegen Nostalgie, immun gegen die Verzerrungen der Zeit. Ein Erlebnis, an dem man sich noch erfreuen wird, wenn das Hirn weich und träge geworden ist und sich nicht mehr erinnern kann, ob man die Haustür schon abgeschlossen hat oder gerade abschließen wollte. Oder wenn nicht, warum nicht, oder wenn ja, warum. Wie Old Price mit seinen Zeppelinen.

»Das war ein *himmlischer* Tag«, sagte Hochwürden Boakes. Im Gänsemarsch durchquerten wir die Galiläa-Kapelle, wandten uns ab von den Gebeinen des Ehrwürdigen Beda, von der Gruft, die der bildhauerisch begabte Engel einst in der Nacht besuchte, um genau das richtige Adjektiv zu liefern. »Ein *himmlischer* Tag.« Wir liefen über das riesige friedliche Klostergelände, durch einen niedrigen breiten Gang unter einem tiefhängenden Kreuzgewölbe und kamen an einen Wald, wo die Bäume mit den Ästen knarzten. Wir gingen zusammen durch den Wald zu einem Tea-Haus. Es stand auf Stelzen über dem Fluss. Drinnen stand ein richtiger Kohleofen.

Die Tischdecken waren sauber und rot kariert, wir setzten uns an einen Fensterplatz, und der Tee und die Küchlein und das warme Teegebäck und die hausgemachte Erdbeermarmelade wurden schnell an den Tisch gebracht. Unter uns rauschte der breite braune Fluss, verblassend im winterlichen Spätnachmittagslicht. Boakes las weiter Fletchers Architekturführer, wobei er hin und wieder über seine Goldrandbrille sah, um nach seiner Teetasse zu greifen. Mr Boakes und Uncle Edmund mampften friedlich vor sich hin, und ich in meinem Zobel schenkte aus.

»Zeit zu gehen.« Uncle HB ließ ein kolossales Trinkgeld da, und wir stiegen in den Rolls, der unterhalb der Kathedrale am Fuß des Hügels wartete, und düsten davon.

»Uncle Bleistift«, sagte ich, nachdem wir die anderen abgesetzt hatten, »ich hab dich schrecklich lieb.«

Er wirkte erfreut, fast überrascht. »Aber warum denn nur?«

»Weil du mich gerettet hast. Weil du mich mitgenommen hast. Weil du keine Fragen gestellt hast. Weil du Paula oder Vater nicht verrückt gemacht hast.«

Er stimmte wieder das Darlington-Lied an, das mit den Petticoats, und dann sagte er in seiner lustigen altmodischen Oxford-Stimme: »Apropos, Sportsfreund – warum hast du nicht einfach Paula angerufen?«

»Ach – zu stressig. Ich weiß auch nicht.«

»Dass du deinen Vater nicht anrufen wolltest, das verstehe ich ja noch –«

»Ist ja wohl klar. Er hätte sofort – na ja, und außerdem fährt er kein Auto.«

»Ah.«

»Bilgie«, sagte er.

»Ja?«

Wir waren gerade durch Teesside durch und fuhren jetzt hinter Skinningrove und Brotton entlang der Küste – gleich zu Hause.

»Bilge – ähm. Hmm.«

»Was ist denn?«

»Nun, ich habe vergessen, dir etwas mitzuteilen. Ich hätte es dir längst sagen müssen. Paula wird nicht da sein, wenn du zurückkommst.«

»Wird nicht da sein? Aber wieso denn nicht?«

»Sie ist weggefahren.«

»Hör zu«, sagte ich. »Himmel! Ist das hier ein viktorianisches Kinderbuch, und du willst mir schonend beibringen, dass jemand gestorben ist oder so was?«

Dann – wir hatten die Tür von Vaters House erreicht – durchfuhr es mich eiskalt unter meinen schwarzen Sachen. »O mein Gott«, sagte ich. »O mein Gott!«

Kapitel 23

Er schürzte die Lippen und begann mit beiden Händen über das Lenkrad zu streichen, betrachtete sie sehr nachdenklich, und ich sprang aus den Auto, rannte die Treppe hoch und stürzte, ohne anzuklopfen, in Vaters Arbeitszimmer – Nachhilfe hin oder her, ich musste jetzt stören.

»Wo ist Paula?«

Miss Bex war da. Sie saß neben Vater auf dem durchgesessenen alten Sofa und beugte sich leicht in seine Richtung. Das Schachbrett war vom Schachhocker auf den obersten Papierstapel auf dem Schreibtisch gewandert, und auf dem Schachhocker stand stattdessen ein Teetablett mit dem guten Porzellan.

Sie sprang hoch wie elektrisiert, und ihr Blick war der Klassenzimmerblick. Sie sagte zwar nicht: »Du verlässt sofort den Raum und kommst noch mal rein wie ein vernünftiger Mensch«, aber es war, als hätte sie's gesagt. Sie biss sich auf die Zunge, merkte aber, dass ich es bemerkt hatte.

»Wo ist Paula?«

»Meine Liebe –« Vater stand auf und wedelte mit den Armen. »Miss Bex –«

»Wo ist *Paula*?«

»Bitte sprich mit Miss Bex.«

»Hallo, Miss Bex. Wo ist Paula?«

»Paula musste nach Hause fahren«, sagte Vater.

»Nach Hause? Wo soll das sein?«

»Nach Dorset. Für eine Weile. Wegen einer – Familienangelegenheit.«

»Aber sie hat nichts davon gesagt! Sie hat mir kein Wort gesagt! Als ich Samstag weggefahren bin.«

»Das ganze Drama – entspann sich erst – am Samstag. Samstagabend ist sie gefahren.«

»O Gott!« Ich ließ mich auf irgendeinen Stuhl fallen. »O Gott – und ich dachte schon, sie wäre –«

Grummelnd kam der Bleistift ins Zimmer getrapst, dann sagte er: »'n Abend, Miss Bex. Was ist denn nun schon wieder, William?«

»Ach, wir kommen schon klar, wir kommen klar. Die Haushälterin ist wieder da. Und die Köchin. Und Miss Bex hat liebenswürdigerweise –«

»Ich springe nur ein«, sagte Miss Bex mit blinkendem Zahn, »und ich denke, wir könnten alle eine schöne Tasse Tee gebrauchen, Sie nicht? Der hier wird kalt sein. Marigold, Liebes – eine schöne frische Kanne Tee für deinen Vater.«

Vater sagte: »Tja – die Internen trudeln langsam ein. Ich fürchte, ich muss mich draußen sehen lassen. Ohne Paula –«

»Ich mach schon«, sagte ich. »Ich nehm sie in Empfang. Miss Bex kann selbst Tee kochen.« Es klang wie ein Affront, und so war es auch gemeint.

»Ja, natürlich«, sagte Miss Bex, ohne mit der Wimper zu zucken. »*Und* das Abendessen zubereiten.«

»Äh – ich esse im Speisesaal. Die Köchin ist da.«

»Dann werden Marigold und ich zusammen essen.«

»Ich glaube –« Vater sah durch und durch verloren aus. Allen war klar, dass die Bex jetzt gehen sollte. Der Bex war klar, allen war klar, dass der Bleistift und ich unbedingt hören wollten, was passiert war. Allen war klar, dass die Jungen unter großem Trubel draußen in der Halle eintrafen und dass da ein neuer Junge war, der zum ersten Mal nach den ersten Ferien draußen stand und heulte und seinen Vater in Gewissensnöte stürzte. Dreien von uns war klar, dass es sich bei diesem Jungen um den kleinen Posy Robinson handelte, der Paula noch mehr liebte als Hamburger mit Heinz-Ketchup, die sie ihm immer vorsetzte, wenn er Heimweh hatte. Es hätte kaum klarer sein können. Aber Miss Bex grinste einfach weiter.

Äonen später sagte der Bleistift jedoch: »Miss Bex. Dürfte ich Sie vielleicht nach Hause fahren?« Ich glaube, es war das einzige Mal, dass ich ihn bei einem solchen Vorhaben so unenthusiastisch erlebt hatte. Er nahm ihren Kamelhaarmantel, und Vater und ich flohen. Doch in dem Moment erkannte ich, was ich längst hätte erkennen müssen, nämlich, dass sie um etwas kämpfte und dass sie wiederkommen würde.

Ich holte Posy Robinson in der Halle ab, nahm ihn mit in Paulas Küche und briet ihm einen Hamburger, während Vater dessen Vater zur Beruhigung ins Arbeitszimmer bat. Ich setzte Posy auf ein Krankenbett – er ist erst elf und sehr klein – und kümmerte mich um die Jungen in der Schlange, die zu Paula wollten, um ihr was zu erzählen. Einige wollten ihr von vergessenen Kleidungsstücken erzählen, andere von ihren Ferien, und wieder andere hatten wie üblich Geschenke dabei. Ein bis zwei ließen die Geschenke aufs Geratewohl da, und ein bis zwei sagten, wenn sie nicht mehr zurückkomme, könne ich sie haben.

»Was redet ihr da?«, sagte ich. »Natürlich kommt sie zurück. Große Güte! Das House würde ohne Paula zusammenfallen.« Ich sagte es laut genug, damit Posy Robinson mich durch die Tür hindurch hören konnte, aber auch, um mich selbst zu trösten.

»Wo ist sie denn hin, Bilge?«

»Runter nach Dorset. Zu Hause gibt's wohl Probleme. Sie kommt bald zurück.«

»Ich fühl mich nicht gut, Bilge«, sagte einer von ihnen. »Mir ist heiß. Ich hab Husten.«

»Das lässt du mal ganz schnell sein«, sagte ich. »Niemand darf krank werden, solange Paula nicht da ist. Ich hab Ende nächster Woche meine letzten Prüfungen. Ich kann jetzt nicht Hausmutter spielen.«

»Ich fühl mich auch nicht so toll«, sagte Posy. »Mir ist heiß. Und ich hab Schüttelfrost.« Ich schaute durch die Tür und stellte fest, dass er den Hamburger nicht mal angerührt hatte. Komisch.

Ein anderer Junge brachte einen dieser Orangenbäume, die um die Weihnachtszeit sämtliche Blätter verlieren. Die Blätter fielen schon ab.

»Hallo Hetherington«, sagte ich, »Paula ist nicht da. Sie ist – «

»Ich weiß«, sagte er. »Die hier könnte auf sie warten, solange sie gegossen wird. Aber es ist doch nichts mit Paula, oder?«

»Natürlich nicht. Ihr spinnt doch alle. Nur weil Paula zirka siebzehn Jahre lang das Schulgelände nicht verlassen hat, denkt ihr, sie gehört zum Mauerwerk.«

»Entschuldigung«, sagte er. »Es ist nur, ich fühl mich irgendwie nicht gut. Meine Mutter war sich nicht sicher, ob sie mich in die Schule zurückschicken soll. Mir ist irgendwie heiß, und ich hab Schüttelfrost.«

»Verzichte auf Selbstmitleid«, sagte ich, aber mir war nicht ganz wohl dabei. »Hast du Husten?«

»Ja. Und Ausschlag.« Er hustete zu Demonstrationszwecken. Seine Wangen, wie ich sah, waren hochrot. Der andere Junge, der zu Posy reingegangen war, griff das Thema auf, und sie husteten eine Zeit lang in scheußlichster Eintracht. Ich rannte hinein.

»Ich kann meinen Hamburger nicht essen«, sagte Posy und fing an zu weinen.

»Stillsitzen, alle drei«, sagte ich und holte die Fieberthermometer. Spavin und Heatherton hatten 38,9, Posy hatte 40. Ich sagte: »Gut. Ab ins Bett mit euch, alle drei. Ihr habt die Masern.«

»Liebes, wir können uns nicht sicher sein, bevor der Doktor kommt«, sagte Vater.

»Ja. Aber wenn ich was kenne, dann sind's die Masern. Posy hat sie auf jeden Fall. Spavin und Hetherington vielleicht.«

»Spavin, Hetherington und Robinson?«

»Und Bell. Und ich glaube, Bancroft. Aber da könnte es auch nur Grippe sein.«

»Liebes – lass uns nicht zu sehr schwarzmalen.«

Es klopfte an die Tür. Es war Easby – ein sehr zarter Junge mit schwachen Bronchien, der vom Sportunterricht befreit war. »Oh, Entschuldigung, Sir, ich wollte eigentlich zu Paula.«

»Die Hausmutter ist zurzeit nicht da.«

»Ach so. Es ist nur, ich fühl mich nicht so gut. Ich hab Schüttelfrost.«

Und so ging der Abend weiter. Am Ende hatte ich acht, zwei eindeutig mit Masern, einer womöglich mit Masern und der Rest mit einer ziemlich üblen Grippe – oder mit Masern im Anzug. Ich beförderte die beiden klaren Fälle in die zwei Betten im Isolierzimmer (Easby und Posy) und alle Unklaren in den Nebenraum. Ich zog für die Nacht mit meinen Siebensachen in Paulas Wohnung. Ich rief den Arzt an, und Vater rief die anderen Houses an, um sich eine Hausmutter oder Assistentin oder eine Lehrerehefrau oder sonst wen auszuleihen, und zwar mit null Erfolg. Das School House hatte vor den Ferien schon Masern gehabt, und jetzt hatten sie zwei weitere

Fälle. Auch ungefähr neun mit Grippe. Auch in die anderen Houses wankten traubenweise Jungen mit Schüttelfrost, Husten oder rotgepunkteter Haut hinein.

»Ist Rose schon zurück?«, fragte Vater, als er um neun hereinschaute, nachdem er den Arzt zur Tür begleitet hatte.

»Hier ist er nicht gewesen.«

»Auch nicht in seinem Zimmer. Ärgerlich. Was ist mit Terrapin?«

»Hab ich auch noch nicht gesehen.«

»Vielleicht sind sie auch krank. Verflixt und zugenäht. Am Ende der Woche ist Oxbridge. Donnerstag/Freitag, nicht wahr? Die Eltern hätten anrufen müssen. Ich klingle mal durch.«

»Ja.« Ich wechselte Bettzeug und kochte Wasser.

»Du schaffst das nicht allein, Marigold. Du hast selbst deine letzte Oxbridge-Prüfung.«

»Heute Abend schaff ich's. Morgen wäre es vielleicht gut, wenn –«

»Ich helfe dir heute Abend«, sagte er. »Ich geh nur rasch und hole Boakes. Er kann bis zur Schlafenszeit bei mir im Arbeitszimmer sitzen und dann Rose vertreten – Licht ausmachen und dergleichen. Ich könnte einen guten Schülerassistenten gebrauchen.«

»Ich könnte eine Paula gebrauchen.«

Am nächsten Morgen sagte ich wieder: »Hör zu, ich muss heute nicht in die Schule. Wär nur Wiederholung für Oxbridge gewesen. Aber es wär gut, wenn Paula hier wäre.«

»Ich muss in die Andacht.«

»Vater – hör zu. Könnten wir Paula nicht Bescheid sagen? War es denn so dringend, weswegen sie nach Dorset musste? Sie wäre außer sich, wenn sie wüsste, was hier los ist, und sie ist nicht da.«

Außerdem war uns klar, dass sie stinksauer wäre, wenn sie wüsste, dass ich drei Tage vor meiner letzten Prüfung drei Jungen mit Masern und mittlerweile zehn Jungen mit Grippe pflegte. Vor Prüfungen hatte sie mich immer verwöhnt – soweit ein Mensch wie Paula verwöhnen kann. Davon abgesehen würde sie mir niemals zutrauen, ihre Arbeit zu machen.

»Können wir sie nicht anrufen?«

»Leider nein«, sagte Vater und ging hinaus.

»Ach, Boakes!«, sagte ich. »Was hat er nur? Was ist denn da bloß vorgefallen?«

»Es gab eine Meinungsverschiedenheit«, sagte er. Er füllte gerade ein paar Wärmflaschen, bevor er zu seiner Chemie-Übung musste. »Hab ich gehört.«

»Wie, zwischen Vater und Paula? Quatsch!«

»Nicht zwischen deinem *Vater* und Paula.« Er warf mir einen langen Blick zu.

Ich sagte: »Und wenn ich einfach sagen würde: ›Ich muss jetzt in die Schule‹? Dann müsste er sie anrufen, oder? Was war denn hier los, während ich weg war? Am liebsten würde ich einfach gehen.«

»Das kannst du nicht machen«, sagte Boakes. »Nicht, solange Easby so krank ist. Der Arzt kommt um zehn. Du musst hier sein – dein Vater hat Unterricht.«

»Aber ich bin doch kein Dienstbote. Ich bin keine Krankenschwester. Wie denn auch? Ich weiß ja, niemand rechnet damit, dass ich in Cambridge genommen werde, aber –«

»Doch. Wirst du«, sagte Boakes. »Verteil diese Wärmflaschen, und dann machst du Robinson kalte Wickel. Er hat 40,5 Fieber.«

Der Tag verging in fünf Minuten. Der Arzt brachte Easby ins Krankenhaus und versprach, eine Gemeindeschwester zu schicken. Die Gemeindeschwester kam nicht – weil sie zu viel in der Stadt zu tun hatte, wo die Grippe grassierte. Zwei Eltern der weniger betroffenen Patienten kamen, um ihre Söhne in Decken zu wickeln und wegzukarren. Blieben also noch zehn, die meisten davon mit Grippe. Posy mit seinen Masern war inzwischen nicht mehr transportfähig. Vater blieb diese Nacht auf und teilte sich am nächsten Tag die Arbeit mit Boakes und der Gemeindeschwester, die für eine Stunde vorbeikam, während ich zur Schule ging, um ein paar Bücher zu holen, die ich bis Donnerstag noch mal durchgehen wollte. Den Mittwochabend versprach ich zu übernehmen, und Vater sagte, bis dahin wäre definitiv eine Nachtschwester da, um mir zu helfen. Ich schlief von nachmittags bis neun Uhr abends und ging dann rauf in Paulas Wohnung, um mich für den Dienst einzurichten. Ich machte meine Runden (Posy ging es schon besser), kochte Kaffee, schlug meine Bücher auf und setzte mich zum Arbeiten vor Paulas Kamin, nur um sofort wieder einzuschlafen.

Um zwei Uhr morgens weckte mich der Schrei eines Jungen, und ich stürmte in die Krankenstation mit dem Horrorgefühl, eine Mörderin zu sein, aber Boakes saß schon da mit einer Schale in der Hand. Keine Nachtschwester weit und breit.

»Schon gut, Bilge. Keine Sorge. Es ist nur Spavin. Wollte unbedingt was essen. Dieser Blödmann. Kochst du uns einen Tee?«

Ich rannte an der Bettenreihe vorbei und stellte fest, dass die restlichen Patienten schliefen – die Maserngesichter sahen aus wie Sonnenuntergänge –, rannte zurück und kochte Tee, der fertig war, als Boakes alles beseitigt hatte. Wir tranken beide unseren Tee und fühlten uns ein bisschen besser.

»Ist Rose noch nicht zurück?«, fragte ich ihn. »Musst du alles allein machen?«

»Rose ist zurück, aber er ist komisch drauf.«

»Komisch drauf? Hat er die Grippe?«

»Nein – er hat sich in seinem Zimmer eingesperrt. Sagt, er hätte Oxbridge.«

»Du hast auch Oxbridge. Ich hab Oxbridge. Was ist mit Terrapin?«

»Terrapin ist noch nicht zurück. Er hat's vermutlich auch.«

»Ich hoffe nicht. Er ist ganz allein. Wusstest du, dass Terrapin mehr oder weniger allein lebt? In einem großen Herrenhaus. Nur mit einer alten Haushälterin.«

»Ach – er wird's überleben.« Boakes streckte sich.

»Magst du Terrapin nicht?«

»Na ja – er spinnt halt, oder?«

»Wenn du wüsstest, was er durchgemacht hat. Sein Vater war nämlich –«

»Ein Battle-of-Britain-Pilot?«

»Nein. Ein Pierrot.«

»Ein *Pierrot*? Was ist denn ein Pierrot? Das ist aber nicht das, was sich alle erzählen.«

Ich sagte: »Ach, wäre doch nur Paula hier. Ich würde sie ja selbst anrufen, wenn ich wüsste, wo sie ist. Vater benimmt sich die ganze Zeit so komisch.«

Boakes warf mir wieder seinen vielsagenden Blick zu. »Hast du mal versucht, rauszufinden, wo sie ist? Ihr müsst doch irgendwo eine Adresse haben.«

»Dorset, mehr weiß ich nicht. Ich will nicht in ihren Sachen wühlen. Sie kriegt sowieso kaum Post.«

»Ist das ihre Familie da auf dem Foto? Vielleicht steht ja eine Anschrift auf der Rückseite.«

Vorsichtig nahmen wir das Foto auseinander, aber auf der Rückseite standen nur Namen: Eddie, Dickie, Hepsi und Ich. Erntezeit.«

»Die sehen nett aus«, sagte Boakes.

»Es ist mir ein Rätsel, wie sie da weggehen konnte, und dafür so lange hierbleiben, dir nicht, Boakes? Ich hab sie das schon so oft gefragt. Sie muss doch einsam sein. Und sie wird noch viel einsamer werden, wenn ich erst mal in Cambridge bin – oder, na ja, wo immer ich genommen werde. Cambridge kann ich jetzt wahrscheinlich knicken«, sagte ich betrübt.

»Verzichte auf Selbstmitleid«, sagte Boakes. »Und was ist mit mir? Bin ich etwa am Lernen? Bei mir rechnet übrigens auch keiner damit, dass ich angenommen werde. Was meinst du, was das für ein Theater war, den alten Bleistift zu überreden, meine Bewerbung abzusegnen.«

»Vater sagt, die nehmen dich«, sagte ich schläfrig. Ich legte die Füße auf Paulas Sofa und schloss die Augen. »Bei Jack Rose ist er sich nicht sicher, aber erzähl's nicht weiter. Terrapin wird natürlich irgendein fantastisches Stipendium kriegen, wenn er denn zur Prüfung erscheint.« Der Raum begann zu verschwimmen, und ich setzte mich auf. »Hilfe – ich schlaf schon wieder ein.«

»Schlaf ruhig«, sagte Boakes, drückte mich zurück in die Kissen und deckte mich zu. »Ich bin hier.« Ich beobachtete ihn eine Weile, wie er da saß mit den Füßen auf dem Tisch, seiner Brille auf der Nase, und sich seelenruhig durch die *Vergleichsmethode* blätterte, die nicht das Geringste mit seiner Prüfungsvorbereitung zu tun hatte, und sich überhaupt nicht stören ließ von den schweren Atemzügen der Kranken hinter der offenen Tür.

Ich wachte frühmorgens auf und fand Boakes in den Sessel gefläzt und schlafend. Seine Brille lag auf dem Tisch, und sein Gesicht sah sehr friedlich aus. Ich sah ihn sehr lange an. Ich ging rüber zur Krankenstation, dann schaute ich ins Isolierzimmer. Zwei Jungen waren wach und unterhielten sich, der

Rest schlief noch. Ich sah nach Posy, der zwar wach, aber sehr still war, und ich fühlte seine Stirn, und sie war kühler.

»Das Schlimmste ist überstanden, Posy.«

»Ich fühl mich besser.«

»Brauchst du irgendwas?«

»Nö, ich hab alles. Obwohl –«

»Ja?«

»Kann ich einen Hamburger bekommen?«

»Nein, kannst du nicht, aber eine Scheibe Toast. Und eine Tasse Tee.«

»Ich könnte einen Hamburger essen. Ich weiß es. Ich bin total ausgehungert.« Seine Augen waren riesig, und er sah sehr dünn aus. »Ist Paula schon zurück?«

»Noch nicht.«

»Egal«, sagte er, »du bist fast genauso gut«, und damit drehte er sich auf die andere Seite und schlief weiter.

Ich war auf einmal sehr glücklich und deckte ihn zu. Ich war sehr zufrieden mit seiner Genesung, und ich tätschelte sein Kopfkissen und zupfte hier und da noch mal an der Bettdecke. Am liebsten hätte ich ihm einen Kuss gegeben, so süß sah er aus, aber irgendwie schien mir das nicht ganz angemessen. Ich zog eine der Jalousien hoch und sah hinaus in den dunklen kalten Morgen. Es wurde gerade erst hell, und der frisch gefallene Schnee machte die Rosen knorrig und hässlich und die Blumenrabatte fremd und plump. Die Wege waren vereist.

Dann sah ich nah an der Mauer etwas sehr Unheimliches und Seltsames. Der Schatten eines unverschneiten Baumes begann sich zu bewegen. Der Baum bewegte sich an der Mauer entlang und vorbei am Torbogen und über den Rasen. Unter den Fenstern des Schlafsaals blieb er stehen, und unwillkürlich trat ich vom Fenster zurück.

Der Schatten des Baumes blieb stehen, und es war gar kein Schatten, sondern eine Frau. Es war Mrs Gathering, von Kopf bis Fuß drapiert und eingeschlagen in Stoff, als wäre sie einem William-Morris-Gemälde entsprungen. Einem schlechten William-Morris-Gemälde. Ihr großes blasses Gesicht war den Internatsfenstern zugewandt, und sie stand lange da, bevor sie sich umdrehte und davonglitt. Noch nie hatte ich etwas so Unglückseliges, Hoffnungsloses gesehen – eine so große, weiche, knochenlose *alte* Frau – mindestens fünfundvierzig. Sie sah aus wie eine Art verlotterte Priesterin, ein schrecklich gramgebeugter Totengeist. Man hätte tausendmal raten können, wäre aber niemals drauf gekommen, dass sie die Frau eines Direktors war.

Den ganzen Donnerstag saß ich zu Hause und lernte, und eine Schwester kam vorbei, und die Frau eines Hilfslehrers. Vater sagte, er könne die Nachtschicht übernehmen, aber ich lehnte ab. Posy hatte sich erholt und lag jetzt bei den anderen, und die Betten im Isolierzimmer waren leer. Ich könne dort schlafen und würde durch die Tür alles mitbekommen, sagte ich. Allen ging es besser, wobei Posy noch groggy war und hin und wieder nach mir rief.

»Nein, nein«, sagte Vater, »ich habe einen komischen Vogel aufgetrieben – eine echte Mrs Gamp –, für die Nachtschicht, und ich habe auch Zeit, und Boakes übernimmt die Jungensseite.«

»Was ist mit Rose?«

»Ah, der ist drüben in der Schule. Er wird dort gebraucht. Als Schulsprecher und so weiter, solange der Direktor weg ist.«

»Der *Direktor* ist weg?«

»Ja – diese schlimme Sache.«

»Welche schlimme Sache?«

»Ah – « Er sah aus, als wäre ihm unwohl, »mach dir erst mal keine Gedanken. Wir unterhalten uns nach deinem Oxbridge.«

»Jetzt sag schon, Vater, welche schlimme Sache?«

»Na ja, Terrapin.«

»Terrapin? Aber der ist doch bei uns im House!«

»Ja, aber – «

»Was?«

»Tja, er ist mit Grace Gathering durchgebrannt.«

In dem Moment klingelte das Telefon, und er nahm dankbar den Hörer ab, und ich stand da, und alles im Raum wirkte scharf und hellhörig und unvergesslich zugleich. Ich wusste, wann immer ich in Zukunft im Arbeitszimmer die Gardinenhalter sähe oder Botticellis *Primavera* mit den Einladungen zum Schulkonzert, die im Bilderrahmen steckten, oder die auf Zehenspitzen gestreckte Katze, ihr rotes, trügerisches Maul, die spitzen weißen Zähne, würde mir das alles nur noch sagen: Terrapin ist mit Grace Gathering durchgebrannt.

»Aber er kannte sie doch kaum!«

Vater sagte: »Natürlich. Ich komme sofort rüber. Ja.«

»Und er hat Oxbridge.«

»Ich muss los, Marigold. Es gibt – «

»Und er hat sie gehasst. Und sie hat ihn gehasst. Das hat man gemerkt. Sie hat ihn nicht gekriegt. Deshalb hat sie ihn gehasst.«

»Es gibt noch mehr Ärger. Schlimmeren«, sagte Vater. »Wir reden später.« Sein Gesicht sah grünlich aus, verdattert, jenseits aller Hilfe, während er sich in seinen Wollschal wickelte. Er sah mich kurz an, als wollte er irgendwas sagen, und ging dann hinaus.

Kapitel 24

Ich traf Boakes draußen im Flur, lief aber schnurstracks an ihm vorbei, und erst drüben auf der Jungensseite vor Paulas Treppe holte er mich ein. Als ich ging, hatte er einen Blick ins Arbeitszimmer geworfen, und da Vater nicht zu sehen war, hatte er kehrtgemacht.

»Bilge, das ist nicht nötig.«

Ich blieb stehen und begann mit dem Zeigefinger über die Heftzwecke von Paulas grün bespannter Tür zu streichen. »Eine ältere Dame ist für die Nachtschicht hier. Wir werden heute Nacht nicht gebraucht. Wir haben frei. Sie ist ein bisschen sonderbar, aber –«

»Ich will's aber machen«, sagte ich. »Schick sie nach Hause.«

»Sei nicht albern. Morgen Nachmittag ist die erste Prüfung. Du brauchst deinen Schlaf.«

»Ich will in Paulas Wohnung sein.«

Ich ging hinauf in Paulas Wohnzimmer, um die Nachtschwester nach Hause zu schicken. »Der Doktor hat empfohlen –«, sagte Boakes. »Dein Vater besteht darauf. Du –«

Ich ging hinein und sagte zu dem breiten, bräsigen Rücken, der aus Paulas Schaukelstuhl quoll: »Tut mir sehr leid. Es gab eine Planänderung. Ich hab hier heute Dienst. Es war ein Irrtum«, und der komische Vogel drehte sich um und lächelte, und es war Mrs Deering.

»Ach Gottchen«, sagte sie. »Die Kleine aussem Bus. Na so was. Was denn für 'ne Planänderung?«

Im Raum roch es leicht nach ungewaschener Kleidung.

Ihr Gesicht war behaart, und ihre Falten waren sehr tief und fettig. Auch ihre Haare waren fettig, und wie immer war sie am Essen – diesmal lutschte sie an einem Bonbon.

»Weißte schon das Neueste?«, fragte sie. »Er ist mit ihr auf und davon.«

»Wer denn?«, fragte Boakes. »Kennt ihr euch?«

»Wir – laufen uns irgendwie immer wieder über den Weg«, sagte ich.

»Bilge«, rief einer mit Masern, und Mrs Deering lächelte. Sie sah aus wie jemand, die nur ungern aufsteht, wenn sie erst mal sitzt.

»Schon gut«, sagte Boakes. »Ich geh.«

Ich sah Paulas Koffer neben ihr auf dem Boden. »Ich hab ihn zurückgebracht«, sagte sie und klappte ein Auge zu.

»Was meinen Sie?«

»Die – Sachen –, die du im Turm vergessen hast. Deine – Anziehsachen.«

»Aber woher –«

»Der Schlafanzug hat auch schon bessere Tage gesehen. Egal, ihr beiden habt doch wohl nicht –«

»Halten Sie die Klappe.«

»Er ist jetzt mit 'ner anderen abgehauen. Du bist aus dem Schneider, mein Kind. Er kann ein Ekel sein. Wobei, am nächsten Morgen ist er dir immerhin hinterher.«

»Seien Sie still.«

»Morgens hat er noch mal sein Moped rausgeholt und ist rausgefahren zu diesem Jack Rose. Sie – die Neue – hat mir erzählt, du wärst gerade mit deinem Onkel weggefahren. Dann ist er noch ein bisschen geblieben. Dann hat er sie – die andere – zum Haus mit zurückgebracht.«

»Ich will's nicht hören.«

»Zurück in den Turm.«

Boakes kam herein, und man muss mir irgendwas angesehen haben, denn er sagte: »Was ist los? Soll sie wirklich wieder gehen?«

»Ja.«

»Gut. Dann soll sie. Wenn's Ihnen nichts ausmacht«, sagte er zu Mrs Deering. »Was sind wir Ihnen schuldig? Wir denken, wir kommen jetzt zurecht. Es wären eigentlich die letzten beiden Nächte gewesen, wo wir Hilfe gebraucht hätten.«

»Soso«, sagte sie, »dabei bin ich sonst immer rechtzeitig. Acht Pfund.«

»Ja. Gut. Wo hat Paula ihr Kleingeld, Bilge?« Er ging hinaus, um das Geld zu suchen, und Mrs Deering beugte sich im Schaukelstuhl vor und riss Paulas Koffer auf, in dem meine ganzen grässlichen Sachen waren – das Kleid mit dem senffarbenen Zickzackmuster, der alte Flanellschlafanzug. »So«, sagte sie und lehnte sich zurück. Ich nahm den ganzen Kram, rannte damit aus dem Raum, kam mit einem Haufen schwarzer Kleidung zurück und knüllte sie in den Koffer.

»Den Mantel kenn ich«, sagte sie. »Du sahst zum Anbeißen aus. Wie du mitten in der Nacht auf das Moped gestiegen bist.«

Ich war kurz davor, in Tränen auszubrechen, aber da kam Boakes zurück und reichte ihr das Geld und begleitete sie und den Koffer zur Tür. Ich glaube, bis er zurückkam, hat keine einzige Wimper bei mir gezuckt.

»Was für ein Horror! Wo habt ihr die denn aufgetrieben? Das war ja die reinste Sycorax. Eine Furie. Schrecklich! Die könnte jeden vermasseln. Die ist *böse.*«

Dann sagte ich: »Sofort wieder da«, und ohne mir was überzuziehen, nahm ich zwei von Paulas Einkaufstüten, rannte, so schnell ich konnte, aus der Krankenstation, durch die Private

Seite, die Stufen hinunter und holte Mrs Deering ein, als sie gerade an ihrer Bushaltestelle angekommen war.

Ich rief: »Hey.« Die breite schwarze Gestalt blieb stehen. »Das ist unser Koffer. Der Koffer der Hausmutter. Könnte ich ihn zurückhaben? Ich hab hier ein paar Beutel.«

Erst dachte ich, sie nimmt keine Notiz von mir. Es kam gerade ein Bus, und sie lächelte. »Ich fahr zu meiner Tochter«, sagte sie. »Bisschen Abwechslung.«

»Bitte!«

»Ach, die Mühe macht sie sich! Ich hätt gedacht, du hast nur diese Geschichte im Kopf. Auf und davon sind die beiden, jaja. Nach London, am ehesten. Da wird man keinen von beiden so schnell finden. Na ja, die Familie von ihm war immer schon 'n bisschen komisch. Der Vater war Medium, und Schwede. Aber 'n Träumchen von 'nem Mann. Und die Mutter.«

Der Bus hatte gehalten. Ich schnappte mir den Koffer, schaufelte die Sachen in die Papiertaschen und warf sie in die Gepäckablage, während sich Mrs Deering an Bord hievte. Neben einem klebrigen Kinderwagen sah ich die vollgestopfte Tüte mit den herrlich weichen Falten des Zobels.

»'ne richtig Hübsche war das. Diese Neue«, sagte Mrs Deering. »Na ja, kann man ihm nicht vorwerfen, was?« Die Weiterfahrt verzögerte sich, da ziemlich viele Leute aussteigen wollten und Mrs Deering die Tür blockierte. Während sich alle an ihr vorbeidrängten, beugte sie sich zu mir und sagte: »Mir entgeht so schnell nichts, mein Kind.«

Ich drehte mich weg und trug den leeren Koffer zurück nach Hause, dachte nach über ihre Worte, setzte mich in Paulas Wohnzimmer und starrte vor mich hin. Die Haushälterin hatte den Kranken gerade das Abendbrot gebracht, und drüben war ein bisschen Unterhaltung im Gange, sogar etwas Gelächter. Allen ging es schon viel besser. Boakes war nirgends zu sehen, und für mich gab es anscheinend nichts zu essen. Nachher, dachte ich, mach ich mir auf Paulas Herd vielleicht eine Dose Baked Beans warm, was aber nicht geschah. Ich saß weiter da, keine Ahnung, wie lange, bis das Telefon klingelte.

Es war der Bleistift, der Vater sprechen wollte. Ob er bei mir sei?

Nein.

Später klingelte es noch mal. Es war Puffy Coleman, um Posy Robinson gute Besserung zu wünschen – und um zu fragen, ob Vater bei mir sei.

Nein.

Immer noch saß ich da. Die Geräusche aus der Krankenstation verebbten. Ich ging hinein, räumte auf, löschte das Licht und saß weiter da. Um halb zehn rief Vater an. Er sei drüben beim Direktor, um das School House zu übernehmen. Ob Boakes und ich allein zurechtkämen?

»Klar.«

»Der komische Vogel ist da?«

»Wir kommen klar.«

»Darling«, sagte er (zum ersten Mal überhaupt), »ich weiß, dass du morgen Oxbridge hast.«

»Hatte ich ganz vergessen.«

»Bleib nicht auf. Nicht noch bis spät in die Nacht lernen. Vergiss die Krankenstation.«

»Allen geht's wieder besser«, sagte ich. »Sie schlafen alle. Könnte Jack Rose nicht wieder rüberkommen? Boakes hat morgen auch Oxbridge. Rose auch, das weiß ich, aber Boakes ist müde. Er hat so viel geschuftet.«

Es herrschte Schweigen, dann sagte er: »Jack Rose ist nicht hier, Liebes. Er, er ist durchgebrannt.«

»Aber ich dachte, *Terrapin* sei durchgebrannt.«

»Jack Rose ist auch durchgebrannt.«

»Aber sie können doch nicht *beide* mit Grace Gathering durchgebrannt sein?«

»Marigold«, sagte Vater. »Ich glaube, ich muss dir etwas sagen. Rose ist mit Grace' Mutter durchgebrannt.«

»Hallo?«, sagte er nach einer Ewigkeit. »Marigold? Bist du noch da? Du bist jetzt vermutlich ein bisschen – schockiert. Ich weiß, ich hätte –«

Ich sagte gar nichts.

Plötzlich rief er aus vollem Hals: »Ach Marigold – in Gottes Namen, finde Paula!«

Ich fing damit an, jeden einzelnen Gegenstand in Paulas Zimmer auseinanderzunehmen. Ich begann mit der linken oberen Schreibtischschublade und arbeitete mich langsam nach unten – vorbei an der mittleren Schublade, dann kam die rechte Seite von oben nach unten. Ich fand nichts, nur House-Unterlagen – Krankenakten, Aufzeichnungen, Handbücher, Kleinkram wie Siegellack, Sicherheitsnadeln und Heftklammern. In einer Schublade fand ich eine Mappe und eine Pappschachtel mit einem Gummiband drum, und ich öffnete sie ohne Skrupel und fand darin alle möglichen Sachen von mir: einen roten Ballettschuh, die ich als Vierjährige bekommen hatte (daraus wurde nichts, ich war der reinste Elefant), eine aufgeklebte Haarlocke auf einer Karte mit der Aufschrift »Marigolds Locke. Erster Haarschnitt« und das Datum. Da war meine Gewichtstabelle zwischen Geburt und drittem Lebensmonat. In der Mappe befanden sich meine sämtlichen, wirklich erbärmlichen Schreib- und Malversuche als Kind – alles so gut wie unleserlich, und ein paar dürftige Zeichnungen. Sie hatte sie als »Marigolds Fortschritte« bezeichnet – auch alles mit Datum. Dann waren da meine Urkunden von der Musikschule und mein Mittlere-Reife-Zeugnis (ich hatte mich schon gewundert, wo es abgeblieben war) und zwei Briefe, die ich ihr vor Jahren mal geschrieben hatte, als Vater und ich vier Tage in Scarborough verbrachten. Ich fand noch eine andere Schachtel mit ein paar Briefen und schnappte sie mir in der Hoffnung, eine Adresse zu finden, aber sie waren nur von Vater, aus Oxford, als er vor Ewigkeiten mal auf irgendeine Altphilologen-Tagung musste. In den Briefen schien es ausschließlich um Organisatorisches zu gehen, dennoch waren sie liebevoll zusammengebunden mit einer blassrosa Schleife.

Als ich mit dem Schreibtisch fertig war, suchte ich überall – in ihrem Schminktisch, ihrem Kleiderschrank, ihrem Bücherregal, ihren Tischschubladen. Ich schaute in alte Handtaschen, in die Schachtel mit den steifen Schwesternkragen. In der ganzen Sammlung von Sachen war nicht mal der Ansatz eines Hinweises auf ihre Herkunft. Es fiel mir auf, dass es von den siebzehn Jahren ihres Lebens hier kaum Nachweise gab – keine Dokumente, kaum Bücher, die verhasste alte Nähmaschine meiner Mutter. Sie schien ihren ganzen Kleiderschrank mitgenommen zu haben. Es war, als ginge man die Habe eines alten Soldaten durch – jemand, der unablässig im Einsatz war, der keine Möglichkeit und kein Bedürfnis hatte, etwas anderes zu tun, als der Sache zu dienen.

Aber welcher Sache?

Ich legte mich auf eine der leeren Isolierzimmerbetten – Posy hatte drin gelegen, aber ich hatte die Masern schon gehabt und machte mir insofern keine Gedanken. Gegen Mitternacht kam Boakes vorbei. Ich lag auf dem Bett, hatte die Hände hinter dem Kopf verschränkt und starrte an die Decke.

»Bilge?«, sagte er. »Alles okay? Du solltest schlafen. Du hast morgen Prüfungen.«

»Du auch.«

Er legte sich auf das andere Bett.

»Vater ist drüben im School House.«

»Ja, ich weiß.«

»Weißt du schon das Neueste?«

»Ja.«

»So viel Leidenschaft«, sagte ich. »Ich bin wohl ganz schön blind. Ziemlich unreif für mein Alter. Ich hätte es nie gedacht.«

Er stand von seinem Bett auf, kam zu mir rüber, legte sich neben mich, legte den Arm um mich und ließ mit der anderen Hand die *Vergleichsmethode* zu Boden fallen. »Diese Schule geht den Bach runter«, sagte er. »Ich weiß echt nicht, was los ist mit den jungen Leuten heutzutage.«

»Mit den *jungen* Leuten!«

»Bilge«, sagte er. »Warst du sehr schlimm verliebt in Terrapin?«

»Was?«

»Na ja – er schien immer so besessen von dir zu sein. Was man keinem vorhalten kann. So toll, wie du aussiehst.«

Ich schlang die Arme um ihn und dachte, das ist jetzt das zweite Mal, dass ich mit einem Jungen im Bett bin. Da kannste mal sehen! – wobei ich keine Ahnung hatte, wem ich damit was beweisen wollte. Ich sagte: »Eigentlich war es Jack Rose. Bis ich ihn zu Hause erlebt habe. Terrapin – hab ich viel zu lange gekannt.«

»Zu lange?«

»Mit zwölf war er ein Albtraum. Er war genauso hässlich wie ich.«

»Du und hässlich? Du bist ja verrückt. Wenn du's genau wissen willst«, sagte er, »hab ich noch nie was Tolleres gesehen als dich.«

»Toll?«

»In diesem schwarzen Kleid, im Tea-Haus in Durham. Und

wie du damit durch die Galiläa-Kapelle marschiert bist, durch den Säulengang mit den Lichtbüscheln.«

Ich sagte: »Ach, Boakes. Ach, Boakes!«, lachend und weinend zugleich. Boakes nahm mich noch fester in den Arm und setzte feierlich seine Brille ab.

Aber dann trat plötzlich etwas vor meine unbebrillten Augen – eine Vision von mir, wie ich das schwarze Kleid und den weichen üppigen Pelz in die Tragetüten stopfe. Liest oder denkt man eingehend nach über die Wurzeln von Kausalität und Zufall, kehrt man immer wieder zurück zum Augenblick des Sehens, Huhn oder Ei. Ich sprang vom Bett, ich rannte aus dem Raum, ich floh zu Paulas Koffer und riss ihn auf. Dort auf der Innenseite des Deckels war das, was ich die ganze Zeit unterschwellig gewusst hatte: In dicken schwarzen Paula-Lettern stand dort:

PAULA RIGG
323, CORPORATION ROAD
BUDMOUTH
DORSET

»Hört sich eigentlich nicht nach einer Farm an«, rief ich zu Boakes rüber, der sehr verstimmt in der Tür auftauchte – »Wo in aller Welt? –«

Ich schrieb auf ein Blatt Papier: »Komm zurück. Komm zurück, komm zurück. Er braucht dich so sehr«, adressierte einen Umschlag, fand eine Briefmarke und rannte aus dem House zum Briefkasten auf der anderen Straßenseite, der um sieben Uhr früh zum ersten Mal geleert wurde. Dann ging ich zurück und schlief tief und fest in meinem eigenen Bett bis zum Morgen.

Kapitel 25

Die Oxbridge-Prüfung lief eigentlich ganz gut. Das heißt, die Aufnahmeprüfung für einen Studienplatz am Girton College, Cambridge, kam mir nicht überwältigend vor. Zumindest war es das, was ich den Leuten erzählte, als ich in der Schule aus dem Prüfungsraum kam. Es war ein kleines Zimmer, das Wärmeplatte genannt wurde, weil die Mahlzeiten aus der Kantine dort warm gehalten wurden, und es roch lecker nach Shepherd's Pie. Es war herrlich warm da drin. Ich war die einzige Kandidatin, und im Raum war es still.

»Wie war's?«, fragte Aileen Sykes scheißfreundlich, als ich rauskam.

»Gut.«

»Sag mal – hast du schon gehört –?«

»Ich muss jetzt gehen.«

Die Nachmittagsprüfung schien auch gut gelaufen zu sein. Muss schon komisch sein, kein Mathe zu können. Als es vorbei war, stand da Miss Bex und wartete auf mich. »*Und*, Marigold?«

»Gut«, sagte ich, pflanzte mir den Schulhut auf den Kopf und marschierte heimwärts. Ich ging die Promenade entlang und konzentrierte mich auf die Schönheit des Meeres, den weiten weißen Sandstrand und die Felsen, die schwarzen, zerbeulten Stangen der Pier. Ich sah den alten Bleistift am Ufer entlanggehen, und Puffy, der neben ihm hertrabte. Der Bleistift schritt langsam und schwungvoll dahin, die Pfeife in der Hand. Puffy hoppelte. Das Walross und der Zimmermann. Sie philosophierten über die Leidenschaft. Nicht über Austern.

Austern sind angeblich ein Aphrodisiakum. Hatte Lewis Carroll das gewusst? Sie diskutierten über Leidenschaft und die Schande von St Wilfrid's. Ich fragte mich, ob Old Price schon Bescheid wusste.

»Was sagst du dazu, Price? Die Frau des Direktors brennt mit dem Schulsprecher durch, und seine Tochter mit dem besten Griechischschüler seit fünfzig Jahren. Der Direktor ist in London und versucht die Bande aufzustöbern wie Mr Bennet persönlich. Bill Green hat das School House übernommen, und seine Hausmutter hat ihn verlassen.«

»Ah, nun ja. Krisen wie diese kommen vor. Man denke nur an die Zeppeline.«

»Und Marigold Green hat im House ihres Vaters das Kommando übernommen. Alle hatten Grippe und Masern, und sie hat ihre Cambrige-Prüfung in den Sand gesetzt.«

»Ihre Aufnahmeprüfung? Du liebe Güte, nimmt Cambridge jetzt schon Mädchen? Du liebe Güte!«

Hatte ich sie wirklich versemmelt? Hatte ich soeben – jetzt, wo ich drüber nachdachte – vielleicht hundertmal hintereinander meinen Namen geschrieben, wie man es angeblich tut, wenn die Nerven blank liegen? Oder hatte ich ein weißes Blatt Papier abgegeben?

Nein – ich meinte mich genau an die vollgeschriebenen Seiten zu erinnern, die ich bei Miss Bex abgegeben hatte.

»Wie ist es gelaufen, Marigold?« Vater war kurz zurück in seinem Arbeitszimmer, um irgendwas zu suchen. Miss Bex war schon wieder zugegen und schenkte Tee aus einer silbernen Kanne aus.

»Gut«, sagte ich.

»Ich halte hier nur die Stellung«, sagte die Bex, »und sorge dafür, dass du deinen Tea bekommst nach all der Anstrengung. Und ich habe Küchlein mitgebracht.«

Vater suchte hektisch nach irgendwelchen Papieren. »Ich finde sie bestimmt«, sagte die Bex energisch. »Ich habe vorhin mal ordentlich aufgeräumt. O ja, ich verstehe das Problem mit den Dienstboten.«

»Ich muss jetzt los«, sagte ich.

»Lern nicht mehr zu viel«, sagte die Bex.

»Ich fürchte, auch ich muss los«, sagte Vater. »Ich wohne zurzeit im School House, Miss Bex.«

»Aber ja, mein Lieber! Ich habe davon *gehört*!« Sie warf ihm einen langen, sehr bedeutsamen Blick zu. »Aber ich kann hierbleiben. Ich werde mich *nützlich* machen. Ich werde den *Telefondienst* übernehmen.«

Auf der Treppe lungerte Boakes herum. »Bilge – wie lief's bei dir?«

»Och, gut.«

Wir sahen uns ohne Überzeugung an.

Am Tag darauf kam der Essay dran, und ich wählte das Thema Zufall. Ich schrieb stetig, leichthändig, flüssig, kontinuierlich. Ich schrieb über Schach im Verhältnis zur Mathematik, über die letztendliche Angemessenheit von Ereignissen, über Shakespeare mit Bezug auf *Hamlet*, über den *Sturm* mit Bezug auf Sycorax, über die *Eumeniden*, die »Wohlgesinnten«, mit einer (versteckten) Anspielung auf Vater, über Mrs Deering und Hochwürden Boakes. Ich schrieb über die Wahrheit, die Notwendigkeit, sie nicht zu manipulieren und in weißen Samt zu packen, auch nicht in schwarzen Zobel, über Terrapin, über Terrapins wandelbaren Vater – alles natürlich rein philosophisch gesehen. Ich schloss mit einer Abhandlung über den mathematischen Frieden beim Schach, in den Sphären jenseits von Zufall, Koinzidenz oder Begehren.

Ich war eine halbe Stunde vor der Zeit fertig, nahm ein paar Haarsträhnen und flocht sie sorgfältig zu kleinen Zöpfen, und als Miss Bex und die Direktorin kamen, um mich rauszulassen, hatte ich ungefähr dreißig schlackernde orangefarbene Rattenschwänze am Kopf. Die beiden sahen überrascht aus.

»*Nun*, Marigold. Wie ist es gelaufen?«

»Och, gut.«

»Braves Mädchen«, sagte die Direktorin lächelnd (freundlich und ruhig. Ich mag sie sehr. Ich fühlte mich niederträchtig). »Ganz braves Mädchen.«

»Und, wie ist es gelaufen?«, fragte Boakes. »Das weiß Gott allein«, sagte ich. »Außer, dass ich mich zum Narren gemacht hab. Ich hab mich gehen lassen. Na ja, rechnet ja eh keiner damit, dass ich angenommen werde. Und bei dir?«

»Ich hab ein paar Seiten vollgeschrieben«, sagte Boakes. »Der Blick auf das Kloster war sehr schön. Und beruhigend.«

»Na ja, es ist vorbei, und wir können's vergessen«, sagte ich. »Niemand rechnet damit, dass wir angenommen werden.«

»Was wirst du stattdessen machen?«

»Ach – keine Ahnung. Lehrerin werden. 'ne Ausbildung bei Marks & Spencer. Ich liebe Marks & Spencer. Die haben so tolle Klamotten. War die Post schon da?«

War sie, aber von Paula war nichts dabei gewesen.

Kapitel 26

Die nächsten fünf Tage verbrachte ich damit, Sachen nicht zu machen. Ich benahm mich so merkwürdig, dass ich, wenn ich jetzt, an Weihnachten, darüber nachdenke, kaum glauben kann, dass ich überhaupt frei rumlaufen durfte.

Ich vermute, es war der Schock, mit der Schule fertig zu sein. Ob Sie's glauben oder nicht, ich hatte mir nicht klargemacht, dass das Ende von Oxbridge auch das Ende der Schulzeit bedeuten würde. Fünf bis siebzehn. Jahrelang diese Schulglocke. Diese endlose Schulzeit. Hausaufgaben und Referate und Aileen Sykes und Miss Bex. Der schreckliche Turnunterricht. Die furchtbaren Mittagspausen. Die stinkenden Klos. Die grässlichen, gnadenlosen Feldhockeyspiele, bei denen ich immer in die falsche Richtung rannte. Das hämische Gekicher, das Ohne-Freunde-Sein. Aber gleichzeitig gab es nun keine Routine, keinen Plot, keine Sicherheit mehr. Die Pläne, die nur für dich gemacht wurden, die Gewissheit, dass du am Montag, komme was wolle, Mathe haben würdest. Dass du, wenn dich jemand ganz schnell sprechen müsste, in Raum 8 zu finden sein würdest, einmal über den Hof. Die Gewissheit, was als Nächstes käme. Die Gewissheit, nicht nur Zeit zu verschwenden – weil du eh keine Wahl hattest. Die Gewissheit, dass freie Zeit kostbar war und der Strand und das Meer und der Park und der Garten himmlische Eigenschaften besaßen, weil sie, genau wie der Himmel, im Großen und Ganzen verboten und unzugänglich waren.

Jetzt war ich ganz und gar frei. Eine Lehrerehefrau, ein importierter Assistenzlehrer und Uncle Bleistift hatten das

House übernommen, und ich wurde nicht mehr gebraucht. Die kurzen Auszeiten – wenn Vater vorbeikam, um sich um dies und das zu kümmern – Easbys Eltern zum Beispiel, die wissen wollten, warum keine medizinische Fachkraft in der Schule gewesen sei, als Easby todkrank war (inzwischen war er wieder gesund) – oder als Posy Robinsons Mutter mit sechs Rosenbüschen, einer Flasche Champagner und einem Paar himmlischer Fellhandschuhe für mich vorbeikam, um sich bei uns zu bedanken – standen immer im Schatten von Miss Bex.

Das Arbeitszimmer wurde immer aufgeräumter; und immer trostloser. Das Schachbrett wanderte erst vom Kamin zum Schreibtisch und dann, als sie sich ans Aufräumen des Schreibtisches begab, rauf aufs Bücherregal. Als (von Vater) bemerkt wurde, dass es dort schief stand, beschloss Miss Bex, es vernünftigerweise im Schrank zu verstauen, und Vater nahm alles hin. Sein Schuhdepot unter dem Schreibtisch verschwand, ebenso wie die Roséflaschen auf dem seitlichen Schreibtischbord. Nur der Botticelli strahlte weiter mit seinem dämonisch kalten, frühlingshaft grausamen Grace-Gathering-Blick.

»So was darf man eigentlich gar nicht sagen«, sagte die Bex an jenem Sonntagabend, »aber irgendwie habe ich das Bild nie gemocht. Ich könnte niemals damit *leben*. Es macht mir – ein bisschen Angst. Noch etwas Shortbread?«

»Ich muss jetzt los, Miss Bex.«

»Jetzt, als Ehemalige, Marigold, willst du nicht Ursula zu mir sagen?«

Und ich verbrachte meine Zeit damit, Sachen nicht zu machen. Ich wollte Mrs Rose besuchen. Ich entwickelte eine Art Mrs-Rose-Obsession. Ich wollte ihr von der Kette im Blumentopf erzählen und ihr sagen, wie köstlich das Essen gewesen war; dass es mir wirklich schrecklich leidtue, dass Jack mit Mrs

Gathering durchgebrannt war. Ich nahm den Bus bis vor die Tür der Zahnarztpraxen, stieg aber nicht aus, landete irgendwo in Billingham in einem Labyrinth aus Bruchbuden, ging dort drei Stunden lang spazieren und fuhr dann wieder nach Hause. Am Sonntag beschloss ich, Mr Boakes zu besuchen, und stieg in dieselbe Linie. Ich war zwar pünktlich, doch der Anblick der weißhaarigen Damen, die sich gegenseitig stützten, und das trostlose Läuten der Kirchenglocke durch Mr Boakes mit seinen wollenen Pfötchen erfüllten mich mit unsagbarer Trübsal, und ich ging weiter und sah in die Schaufenster der sonntäglich geschlossenen Geschäfte, studierte Teppichbodenproben und Kunstledersofas. Dann fuhr ich wieder nach Hause und stellte fest, dass ich den Lunch verpasst hatte. Am Montag ging ich zur Gesamtschule, umrundete die Gebäude und stand an der Klippe, wo die Heuballen gewesen waren und Grace allmächtig und still ihre frisch lackierten Nägel dem Meer dargeboten hatte. Dort war nichts, bis auf den Draht, der sich im kalten Wind wellte.

Am Dienstag fuhr ich mit dem Zug nach Durham, und es regnete. Die Kathedrale war kalt und zugig und überfüllt. Kinder heulten und schrien. Eins davon schleckte ein Eis – mitten im Hauptschiff. In der Galiläa-Kapelle wirkte die Gruft des Ehrwürdigen Beda düster und trostlos – ein Steinblock mit nichts drunter. Das Café hatte zu. Auf einem Schild an der Tür stand »Renovierungsarbeiten«. Bauleute liefen herum, eine Bar wurde gebaut, eine Theke für Plastiktabletts.

An dem Mittwoch – dem letzten Tag für ein Telegramm aus Cambridge mit der Zusage, dass Boakes oder ich uns der Begutachtung würdig erwiesen hatten (in Oxbridge wird man nur benachrichtigt, wenn man gewollt wird. Wollen sie einen nicht, hört man nichts) –, am Mittwoch beschloss ich, zu Terrapin zu fahren.

Es ging ein stechend kalter Wind mit graupeligem Regen, und ich stieg, diesmal bei Tageslicht, an seinem schrottreifen und vornehmen Tor aus dem Bus, stand da und sah in die Auffahrt. Sie war kürzer, als sie im Dunkeln gewirkt hatte. Vom Tor aus konnte man sehen, wie sie eine Kurve bis zur Terrasse beschrieb. Die hohen schwankenden Bäume waren nichts als mottenzerfressene Fichten. Neben dem Pförtnerhaus mit den zugenagelten Fenstern und der verbretterten Tür lag ein Haufen Müll. Ich konnte das Herrenhaus nicht sehen, nicht mal den Turm, und ich stand auf der windigen leeren Straße herum und nahm den nächsten Bus nach Hause.

Als ich zurückkam, war Boakes in seinem Zimmer, las eifrig etwas über Spätgotik und Dekorationsstil und aß ein dickes Stück Dundee Cake. Seine Brille saß schief. Er sah albern und unscheinbar aus. Ich sagte: »Ich nehm an, es gab keine Post?«

»Nein.«

»Dann haben sie uns nicht genommen.«

»Wohl nicht.« Er lächelte ungetrübt. »Komm und iss was.«

Ich schlenderte nach unten zum Arbeitszimmer und fand dort wie üblich die Bex, die sehr dicht neben Vater auf dem Sofa saß und ihn inständig, oder so glaubte sie wahrscheinlich, ansah. Er erwiderte ihren Blick nicht direkt, aber irgendwas an ihm war neu. Es war eine Art – was? Verzichtserklärung, ein Loslassen, ein Aufgeben von etwas. Die Fingernägel rutschten am Felsvorsprung ab, das Handtuch wurde weitergereicht – langsam begann er sich aus seinem Schal zu schälen. Er gab ihn ihr, und sie legte ihn mit einem zärtlichen Tätscheln zur Seite, und plötzlich wusste ich, wovor ich die ganze Woche und schon viel länger weggelaufen war – seit ich von Jack Rose zurück war, seit die Bex sich zu jedem Teatime bei uns eingefunden hatte, seit – na ja, natürlich – Paula weggefahren war.

»Sie hat ihn sich gekrallt«, dachte ich. Deswegen war Paula weggefahren. »Er ist am Ende. Und ich auch.«

»Gab's was von Cambridge?« Ich musste irgendetwas sagen, und mir fiel nichts anderes ein. Normalerweise hätte mich nichts auf der Welt dazu gebracht, vor der Bex zu zeigen, dass es mich interessierte. Es war einfach nur, dass ich was sagen musste, um den Bann zwischen den beiden zu brechen, und das kam dabei raus.

Sie sah zu mir rüber, blinkte mit den Zähnen und sagte in grausigem, gespielt sanftem Ton: »Ich fürchte, nein, Liebes.«

»Gab es was, Vater?«

Er war völlig neben sich. »Ähm – nein, Liebes. Nein.«

»Soll ich wieder gehen?«

»Gehen?«, fragte er.

»Ihr seht aus, als wärt ihr beschäftigt.«

»Nein, nein. Natürlich nicht.«

»Vielleicht könnte sie mal nachschauen, ob Boakes im Haus ist? Könnte sie das nicht tun, William? Nur um sicherzugehen, dass er aufpassen kann, solange wir aus sind?«

»Aus?«

»Ja, Liebes – ich habe deinen Vater zu einem ruhigen kleinen Abendessen eingeladen. Jetzt, wo die Prüfungen vorbei sind und das Trimester zu Ende geht, muss er ja nicht mehr im House sein.«

»Ach was«, sagte ich. »Das wusste ich ja noch gar nicht.«

»Marigold«, sagte Vater »du bist frech.«

»Geht ihr wirklich aus?«, fragte ich.

»Nun ja – ähm.«

»Natürlich geht dein Vater aus. Mein liebes Kind, dein Vater geht nicht genug aus. Wirklich nicht zu fassen.«

»Aber heute ist Donnerstag.«

»Was hat denn das damit zu tun?«

»Er geht donnerstags nie aus.«

»Aber warum denn nicht?«

»Na ja, weil's sein *Donnerstag* ist.«

Vater sagte: »Verehrteste Miss Bex – Ursula –, das war mir völlig entfallen. Aber so ist es.«

»Was wird hier eigentlich gespielt?«

»Verehrteste – es tut mir außerordentlich leid. Ich habe donnerstags immer ein paar alte Freunde da. Hastings-Benson, Coleman und – äh – den guten Old Price.«

»Also wirklich«, sagte sie. »Nicht zu fassen. Wie lange geht das schon?«

»Ah, nun – seit vielen Jahren. Seitdem wir alle –«

»Aber die sind doch alle *etliche Jahre* älter als Sie!«

»Ja. Natürlich. Aber, verstehen Sie, wir sind trotzdem sehr alte Freunde.«

»Und ist Marigold dabei, bei dieser kleinen Festivität?«

»Nicht direkt. Schon länger nicht mehr. Als Baby war sie das. Donnerstags ist sie immer – war sie immer – bei Paula. Ach, du meine Güte«, sagte er, aber ziemlich entschieden, »ich fürchte, es ist nicht zu ändern.«

Miss Bex färbte sich dunkelrot und begann mit den Zehen zu klopfen und dann mit der Hand. Es hatte was von ihrem Hamlet-Unterricht. »Aber ich habe Seezunge gekocht«, sagte sie. »Man hätte mich informieren müssen.«

Mit seinem lieblichsten und hilflosesten Lächeln sagte Vater erneut: »Ich bin untröstlich.« Und ich sah einen Hoffnungsschimmer am Horizont, als die Bex noch roter wurde.

»Noch nie in meinem Leben ist mir so ein Unfug untergekommen«, sagte sie. »Sie machen sich zum Fossil – Sie leben hier, haben nie Besuch bis auf ein paar alte Männer – Ihr House liegt brach – Ihre Tochter ist hilflos – je schneller euer abscheulicher Direktor und seine Familie gefeuert werden, desto besser – die Belegschaft samt und sonders senil – der Laden verkommt zur Gesamtschule – was sind das nur für Zeiten. Ihre Dienstboten mögen Sie im Stich lassen – diese sogenannte Hausmutter. Ich werde es nicht tun. Behalten Sie Ihren Donnerstag, wenn's sein muss. Ich bleibe.«

»Ach, Miss Bex«, sagte ich. »Kein Mensch bleibt dafür da. Das ist 'ne reine Männerrunde.«

»Unfug«, sagte die Bex und streckte beide Hände in Vaters Richtung aus. »Lieber William. Lieber Bill.« Ich sah ihn wanken. Ich sah ihn zögern. Einen genügsameren Menschen gibt es nicht. Er blinzelte. Ich konnte ihn denken hören: »Sie kann unmöglich all diese schrecklichen Dinge gesagt haben. Ich habe es nur geträumt.« Er nahm ihre Hände.

Und ich hielt es nicht mehr aus. Ich floh. Ich rannte aus der Tür, geblendet von den Tränen hinter meiner Brille. Jetzt war niemand mehr da. Blindlings stürzte ich durch die Haustür und hinein ins winterliche Dunkel, und blindlings stürzte ich geradewegs Paula in die Arme, die mit großen Schritten aus der Dunkelheit trat.

»Gott, Allmächtiger, was ist passiert?«

»Oh, oh.«

»Liebchen fein, was ist los?«

»Wo *warst* du? Wo *warst* du denn die ganze Zeit? Letzte Woche hatte ich dir geschrieben. Er will heiraten. Er heiratet Miss Bex. Er hasst sie, aber sie hat ihn sich geangelt. Mrs Gathering ist mit Jack Rose durchgebrannt, und Terrapin ist mit Grace Gathering durchgebrannt, und Boakes und ich sind in Cambridge nicht genommen worden, und wir hatten eine Grippe- und Masernepidemie, und Easby war todkrank. Warum bist du nicht eher zurückgekommen?«

»Ich war bei meinem Onkel auf der Farm. Der Brief hat mich verpasst. Ich war erst heute Morgen wieder in Budmouth.«

»Aber es ist Vaters *Donnerstag* – und die Bex bleibt da –«

»Was du nicht sagst«, sagte Paula. »Na, das wollen wir doch gleich mal sehen. Sag meinem Taxi, es soll warten. Hier – hier sind zwei Telegramme aus Cambridge, die wie immer im Postamt lagen. Alles muss man selber machen. Man muss sie abholen, und zwar ist das seit Urzeiten so. Die lagen da rum und haben auf euch gewartet. Einmal Boakes. Einmal Green. Warte hier. Nicht bewegen –«, und damit verschwand sie mitsamt ihrem rauschenden Haar im Arbeitszimmer. Ich stand mit den Telegrammen da, und innerhalb von Sekunden wurde die Bex von einer wutentbrannten Paula hinauskomplimentiert.

Die Bex wirbelte vorbei und hinaus in die Dunkelheit, und ich hörte, wie Paulas Taxi den Motor anließ und davonfuhr.

Paula kam zurück. »Das hätten wir.«

»Ach, Paula! Sie hatte ihn zum Essen eingeladen. Es sollte Seezunge geben.«

»Sie soll sich um ihren eigenen Mist kümmern. So. Lass mich schnell Boakes anrufen.«

Vater stand im Arbeitszimmer, und sein Gesicht war so glücklich und jung, dass ich kurz innehalten und ihn einfach nur ansehen musste. Paula ließ Boakes über das Haustelefon kommen, und während wir auf ihn warteten, rannte sie hin und her, packte das edle Teetablett, schob den Schachhocker zurück an seinen Platz, stieß Entsetzenslaute aus beim Anblick der säuberlichen Papierstapel, wedelte kumpelhaft mit ihrem Schalende Richtung *Frühling*. »So«, sagte sie zu Boakes. »Macht sie auf.«

Erst da ging mir auf, dass ich zwei Telegramme in der Hand hatte.

»Lagen auf der Post. Völlig verschwitzt. Liegt immer alles für mich da. Kaum ist man zum ersten Mal seit siebzehn

Jahren weg! Aber wenigstens hab ich ans Durchklingeln gedacht.«

Vater wirkte betreten. »Paula«, sagte er, »es war der reinste Albtraum. Ich war kaum zu Hause. Marigold hat das alles so gut gemacht – «

»Was hat Marigold gemacht?«

»Keine Ahnung«, sagte ich. »Aber ich hab nicht nur ein Interview für Cambridge. Sondern drei. 9.30 Uhr, 11 Uhr und 16.30 Uhr – übermorgen. Unterschrieben mit Peace.«

»Ich auch. Drei Interviews«, sagte Boakes und rückte sich die Brille zurecht. »Unterschrieben mit ›Master‹.«

»Mein allerliebstes Kind«, sagte Vater mit seinem wunderschönen Lächeln. »Du hast den Platz, du hast ihn. Bei mehreren Interviews denken sie – ah. Hm – über ein Stipendium nach. Bei dir genauso, Boakes.«

»Das ist schön«, sagte Boakes ruhig, während ich in Tränen ausbrach und Paula sich mit einem Siegesschrei in Vaters Arme warf.

In dem Moment traf Uncle Edmund Hastings-Benson ein und stand eine Weile entgeistert da. Puffy Coleman folgte ihm mitsamt einer Dose Pfefferminzbonbons für Posy Robinson, und sein Mund klappte auf, und er vergaß sich wegzudrehen. Ein leises Schnüffeln war zu hören, während Old Price an der Garderobe hantierte.

»Was ist los, Boakes?«, fragte der Bleistift.

»Ich glaube, Marigold und ich kriegen vielleicht Stipendien für Cambridge.«

»Und«, sagte ich laut und deutlich, »Paula und Vater heiraten.«

»Und was ist mit Miss – äh – Bex?«

»Sie isst gerade Seezunge.«

»Ein guter Fisch«, sagte Old Price. »Ich weiß noch, wie er

uns im Burenkrieg gefehlt hat. Oder war's der andere Krieg? Schreckliche Sache mit Afrika, damals.«

Boakes sagte, er müsse seinen Vater anrufen. Uncle Bleistift kündigte an, den Champagner von Posys Eltern aufzumachen. Puffy schlug vor, mich und Boakes zusammen mit Boakes' Vater und dem Bleistift morgen in Uncle Bleistifts Rolls-Royce nach Cambridge zu den Interviews zu fahren.

Aber Boakes – lehnte ab. Bilge und ich, sagte er, würden wirklich lieber gerne allein sein. Und zu meiner großen Überraschung musste ich ihm zustimmen, mit einer ganz besonderen Art von Aufregung.

Epilog

Die Rektorin ging mir nichts, dir nichts mit der Kandidatin die Treppe hinunter und aus der Tür. Als die Kandidatin leicht überrascht schaute, nickte die Rektorin ihr ganz normal zu. »Ich begleite Sie noch ein Stückchen«, sagte sie.

»Oh – danke.«

»Wissen Sie eigentlich, Miss Terrapin, dass ich aus Ihrer Gegend komme?«

»Ja, wissen wir«, sagte Miss Terrapin. »Ja, weiß ich.«

Sie und Lady Boakes gingen durch den Innenhof, vorbei an einem Springbrunnen. Die Buntglasfenster einer Kapelle hoben sich vor der Dunkelheit ab. »Wie anstrengend diese Interviews sind«, sagte Lady Boakes. »Bei mir damals hatte ich mir gerade eine Grippe eingefangen, und mein Mann – der junge Mann, den ich später heiraten sollte – hatte sich mit den Masern angesteckt.«

»So ein Pech.«

»Nein, gar nicht«, sagte Lady Boakes und lachte leise. »Das hatten wir uns selbst eingebrockt.«

Miss Terrapin verstand kein Wort.

»Ich war auf Ihrer Schule, wissen Sie«, sagte die Rektorin.

»O ja«, sagte Miss Terrapin. »Sie stehen auf der Ehrentafel.« Sie warf den Kopf zurück und lachte, und zwei junge Männer blieben stehen, um ihr strahlendes Gesicht und merkwürdig rosagoldenes Haar zu betrachten. »Jeden Morgen bei der Andacht hab ich Ihren Namen in Goldbuchstaben gelesen. Ganz oben auf der Liste.«

»Ach du Schreck«, sagte Bilge.

»Sind Sie nie wieder dort gewesen?«, fragte Miss Terrapin.

Die Rektorin war stehen geblieben, um einen Brunnen zu betrachten, den sie zweifellos schon x-mal hatte betrachten können. Es war ein sehr kalter Tag. Miss Terrapin musste zum Bahnhof.

»Nein. Wohl nicht. Meine Leute sind nach Dorset gezogen – mein Vater hatte es mit der Lunge. Dann haben wir meinen alten Schwiegervater hier in Cambridge, und ich habe noch einen uralten Onkel hier.«

(Sie ist in Plauderstimmung.)

»Wir verreisen nicht oft«, sagte die Rektorin und setzte sich wieder in Bewegung. »Außer natürlich ins Ausland, um die Bauten zu besichtigen.«

(Bauten? Hä?)

»Mit meinem Mann.«

(Gott, ja, natürlich. Die Bauten. Der alte Sir Edward Boakes. Der große Architekturhistoriker. Seine Exzellenz. Seine Magnifizenz.)

»Es gibt eine alte Mrs Rose, der schreibe ich jedes Jahr zu Weihnachten – eine Freundin meiner Mutter. Zahnärztin im Ruhestand –«

(Was kommt denn jetzt?)

»Kennen Sie sie? Aus Ironstoneside?«

»Äh – nein.«

»Wohnen Sie noch –?«, fragte die Rektorin.

»In Marston Hall. Mein Vater – da ist jetzt ein Theater drin.«

»Ich meine davon gehört zu haben.«

»Experimentell.«

»Ja.«

»Manchmal – na ja, ein bisschen genial ist er schon. Und manchmal sind die Experimente – na ja, nicht ganz so erfolgreich.«

»Nein.«

»Etwas runtergekommen, aber ein wunderschönes Haus. Überall sind jetzt benachbarte Anwesen – fast bis an unsere Terrasse. Aber irgendwie haben wir durchgehalten. Mutter hat's gehasst.« (Brabbel, brabbel.)

»Ihre Mutter –?«

»Ach, die ist abgehauen.«

Sie standen unter dem Rundbogen des Gaius, und die Rektorin sagte, wie erfreut sie sei, Miss Terrapins Bekanntschaft gemacht zu haben. »Sie haben die Wangenknochen Ihres Vaters«, sagte sie, »und die Anmut Ihrer Mutter.« Sie reichten sich noch mal die Hand, und beide schauten sehr vernünftig nach links und nach rechts, bevor Miss Terrapin Anstalten machte, die neblige Straße zu überqueren.

»Gibt es den Turm noch?«

»Nein. Den haben wir abreißen lassen. Die alte Schachtel, die sich um uns kümmert – um ihn –, hat drauf bestanden. Sie meinte, sonst passiert noch was, sonst stürzt er über uns ein.«

»Typisch.«

»Wie bitte?«

»Würden Sie Ihrem Vater ausrichten«, sagte Lady Boakes und vergrub das Kinn in ihrem Pelzmantel wie eine kleine Eule – »Würden Sie ihm ausrichten, dass es mir leidtut. Das mit dem Turm.«

Komische Frau, dachte die Kandidatin. Ich frag mich, warum Vater dachte – Hübsch kann sie nie gewesen sein. Eingehend musterte sie Lady Boakes' Gesicht und fand, dass es etwas Trauriges hatte.

»Musste leider sein«, sagte sie freundlich. »Wissen Sie, er war einsturzgefährdet.«

»Er war damals schon einsturzgefährdet.«

Soll ich's ihr sagen, dachte Miss Terrapin. Schaden kann's nicht. Ich komm eh nicht hierher. Hab ich beschlossen. Ich weiß nicht, wann ich's beschlossen habe, aber ich hab's beschlossen. Ich will auf die Schauspielschule – ich zieh zu Mutter in die Earls Court Road.

»Vater war total verrückt nach Ihnen«, sagte sie und kreuzte im Hüpfschritt die Trinity Street. Zwei Radfahrer sahen sie wie ein Licht auf den Market Square springen, kamen ins Schlingern, verkeilten sich und fielen vom Rad.

So, jetzt ist es raus, dachte Terrapins Tochter. Dann wollen wir mal die Daumen drücken, dass ich angenommen wurde an der Schauspielschule! So was zu sagen zu einer Lady Boakes – erste Rektorin des Caius College und bla, bla, bla! Sie drehte sich um und war noch irritierter, denn die Rektorin stand immer noch mit feierlicher Miene an der Bordsteinkante. Man sieht ihr an, dass sie noch nie in ihrem Leben was Albernes gemacht hat, dachte Miss Terrapin, wurde selbst dafür immer alberner und winkte ihr fröhlich zu.

O nein, Hilfe! Was hab ich getan!, dachte sie. Ich hab ihr fröhlich zugewinkt!

Doch Bilge, im wintrigen Nachmittagslicht, winkte zurück.